Eleanor Elliott Thomas

DAS GEGENTEIL VON ERFOLG

Eleanor Elliott Thomas

DAS GEGENTEIL VON ERFOLG

Roman

Aus dem Englischen
von Claudia Voit

DUMONT

»Du bist nicht die Arbeit, die du machst,
sondern der Mensch, der du bist.«

TONI MORRISON

»Jetzt bin ich die Stimme!
Ich werde führen, nicht folgen!
Ich werde glauben, nicht zweifeln!
Ich werde erschaffen, nicht zerstören!
Ich bin eine Kraft für das Gute!
Ich bin ein Anführer!
Trotze den Widrigkeiten!
Setze einen neuen Maßstab!
Voran! Voran! Voran!«

TONY ROBBINS

»Was willste machen?«

TONY SOPRANO

TEIL 1

Lorrie

Der schlimmste Tag in Lorrie Hopes Leben begann wie alle anderen Tage in diesem Jahr: Sie wurde von einer Stimme, die nach einer Mutter rief, aus einem Traum herbeizitiert.

Lorrie drehte sich um.

»Mama?«, rief die Stimme.

Mama ist tot. Der Gedanke trieb von den Rändern ihres Bewusstseins heran. Dass sie tot war, schien durchaus im Bereich des Möglichen zu liegen.

Schon glitt sie wieder zurück ins Nichts, als – Moment. Lorrie schlug die Augen auf. Komisch, sie konnte sich gar nicht daran erinnern, gestorben zu sein. War Sterben etwas, das man einfach so vergaß?

Sie nahm ihr Handy vom Nachttisch und sah auf die Uhr. *Scheiße. Scheißdreck. Scheiß auf alles.* Sie war am Leben, und es war 4.47 Uhr. Immer noch Nacht, keine Frage, aber gerade nah genug am Morgen, dass sie sich keine Illusionen zu machen brauchte, Clara in ihrem eigenen Bettchen wieder zum Schlafen zu bewegen.

»Mama!«

Lorrie streckte sich und wackelte ein paarmal mit den Zehen, bevor sie sich aufsetzte, die Beine über die Bettkante schwang und die Füße auf den Boden stellte. Augenblicklich überkam sie das dringende Bedürfnis, sich wieder hinzulegen.

»Mama! Mama! *Mamamamamama!*«

Sie sah hinüber zu Paul, der bei jedem Ausatmen ein pfeifendes Schnurren von sich gab. Unter der Decke hob und senkte sich sein Körper im zufriedenen Rhythmus eines ruhenden Mannes, eines Mannes, der sich nicht von den entsetzlichen Schreien der Todesfee am anderen Ende des Flurs stören ließ. Lorrie kniff die Augen zusammen. Schlief er wirklich? Bei dem ganzen Krach? War das wissenschaftlich betrachtet überhaupt möglich?

Es war nun einmal so, dass die einfachste Art, ihre jüngere Tochter zu beruhigen, darin bestand, ihr einen Nippel in den Mund zu stecken und zu stillen, und Lorrie daher derjenige Elternteil war, der sich am besten dazu eignete, sich mitten in der Nacht um sie zu kümmern. Das war nicht Pauls Schuld; natürlich war es das nicht. Paul hatte die Situation, in der sie sich befand, nicht herbeigeführt. Doch in Momenten wie diesem, in Momenten, in denen Lorrie verzweifelt aufwachte und wie ein schweißgebadeter, zitternder Junkie nach Schlaf lechzte, war sie von der tiefen Gewissheit erfüllt, dass es sehr wohl – definitiv, absolut, zweifellos – zu 100 Prozent Pauls Schuld war. Die Beweislage war eindeutig. Lorrie war wach, während Paul weiterschlief. *Leck mich, Paul.*

Sie schlurfte zu Claras Zimmer. Clara stand in ihrem Schlafsack am Rand ihres Gitterbettchens. Mit dem Schreien hatte sie aufgehört, sobald sie das vertraute *Tapp-tapp-tapp* von Lorries sich langsam nähernden morgendlichen Schritten vernommen hatte. Lorrie griff ins Bett und hob sie hoch, und Claras übergroßer, strubbeliger Kopf schmiegte sich in ihre Halsbeuge, während sie das Kind zum Sessel auf der anderen Seite des Zimmers trug. Sie legte sich Clara auf den Schoß und zog sich das T-Shirt hoch, und ihre Tochter saugte schläfrig an ihrer Brust.

Lange würde es nicht mehr dauern, bis sie zu groß dafür war. Clara war zweieinhalb, und Lorrie war es schon jetzt etwas unangenehm, eine Person zu stillen, die bereits vernunftbegabt genug war, um in einfachen Sätzen zu sprechen und zu humoristischen Zwecken spöttisch die Augenbraue hochzuziehen. Aber ein paarmal am Tag schlenderte Clara zu Lorrie hinüber und warf ihr ein verschwörerisches Lächeln zu. »Brust? Bitte?«, fragte sie dann in ihrem rauen Stimmchen – und was sollte Lorrie darauf schon antworten?

Zugegeben, ganz uneigennützig war es nicht, dieses Scheitern am Abstillen. Clara die Brust zu geben bedeutete, dass Lorrie, anstatt sich direkt in die frühmorgendlichen elterlichen Pflichten zu stürzen – Claras Windel wechseln, ihr Frühstück machen, sie von wichtigen Arbeiten abhalten, wie den Recyclingmüll zu durchwühlen oder abstrakte Buntstiftmalereien auf der Wand hinter dem Sofa anzufertigen –, noch einmal eindösen und den Fängen des Morgengrauens eine zusätzliche Stunde Schlaf entringen konnte. O Schlaf. Glorreicher, überwältigender, wundervoller, himmlischer Schlaf! Keine andere Tätigkeit mochte Lorrie so gern wie schlafen. Sie mochte es sogar mehr als Fernsehen, was viel aussagte, wenn man bedachte, dass Fernsehen jetzt, als Mutter, im Grunde ihr einziges Hobby war. Es war einmal vor langer, langer Zeit, erinnerte sie sich, da war sie in der nebulösen, 32 Jahre währenden Phase, die der Elternschaft vorausgegangen war, auch anderen Aktivitäten nachgegangen – Aktivitäten wie essen gehen, Galerien besuchen, Arthouse-Filme im Kino ansehen, fremde Länder bereisen, mit LSD experimentieren, sich an die Geburtstage von Freunden erinnern, täglich duschen, sich die Haare schneiden lassen, Zahnseide benutzen, vögeln, Japanisch lernen, durch Geschäfte bummeln. Das war einmal. Für solchen Unsinn war inzwischen keine Zeit mehr.

»Mama, ich will mein Handy«, sagte Clara und riss Lorrie damit erneut aus der süßen Bewusstlosigkeit. Clara war mit dem Trinken fertig, und nun wollte sie *Die Oktonauten* auf Lorries iPhone ansehen. Es war kurz nach 6 Uhr morgens.

Lorrie gab ihr das Handy und ging in die Küche, um sich einen Kaffee zu kochen. Paul war bereits aufgestanden und machte Ruthie zum Frühstück Pancakes. Ihre ältere Tochter war sechs und wie ihre Schwester gut darin, ihren Willen zu bekommen.

Lorrie umarmte Paul kurz von hinten und küsste ihn auf die weiche Haut am Nacken. Ihr vormorgengrauenlicher Zorn hatte sich verflüchtigt oder war zumindest so weit abgeklungen, dass sie die darin aktiven Wirkstoffe nicht mehr identifizieren konnte.

»Willst du einen Pancake?«, fragte er.

»Ja, sehr gern«, sagte sie und beging damit ihren ersten Fehler des Tages – den zweiten, wenn man eine Zweijährige unbeaufsichtigt auf einem Smartphone spielen lassen mitzählt. Die Sonne war noch nicht ganz über den Horizont geklettert.

Vor Kurzem hatte sich Lorrie einem Abnehmprogramm angeschlossen, bei dem sie für zwanzig Dollar pro Woche einen klösterlich kargen Speiseplan und mehrere Mails am Tag erhielt, die sie mit unerbittlich positiven Botschaften über Makronährstoffe, achtsames Essen und Proteinpräparate mit dem Logo des besagten Abnehmprogramms zum Schlanksein verleiten sollten. Sie wollte, dass es funktionierte. Sie wollte wirklich ein besserer, stärkerer, dünnerer Mensch werden. Aber das grundlegende Problem war, sinnierte sie, während sie Ahornsirup über die goldene Scheibe zarter Kohlenhydrate goss, die Paul ihr hingestellt hatte, dass dick zu sein meist nicht so schlimm war, wie keine Pancakes zu essen.

Während Lorrie aß, kam Ruthie zu ihr und setzte sich auf ihre Knie. Sie war so groß geworden, dass sie kaum bequem auf den Schoß passte, ohne hinunterzurutschen. Sie legte Lorrie beide Arme um den Hals und schmiegte den Kopf an die Schulter ihrer Mutter.

»Mama, willst du mit mir Drachen spielen?«

Ganz tief in ihr drin starb Lorrie ein kleines bisschen. Ruthie war ein reizendes Kind, voll grenzenloser Zuneigung und Fantasie, liebenswürdig und einfühlsam, klug und kooperativ. Lorrie liebte sie so sehr; sie wollte sie glücklich machen. Sie wollte eine engagierte und interessierte Mutter sein. Und dennoch lautete die Antwort auf Ruthies Frage in genau diesem Augenblick nein – nein, verdammt noch mal. Sie hatte keine Lust, Drachen zu spielen.

Im Moment wollte Lorrie nichts anderes, als ihren Pancake fertig essen, zum Handy greifen und im Internet versinken – um für ein Weilchen zu vergessen, dass sie Mutter war und einen Job, einen Partner und eine Persönlichkeit hatte. Im Internet wurde sie einfach eines von vielen winzigen Körnchen, das in einer Wolke aus elektronischem Staub umherwirbelte. Und in dem unendlichen Strom an großartigen und grässlichen Ideen anderer Leute verschwand.

Aber gut. Ihr Handy hatte sowieso noch immer Clara.

»Klar, Ruthie, okay. Spielen wir Drachen. Was für ein Drache bist du?«

»Ich bin ein blauer Drache mit einem goldenen Schwanz und Regenbogenaugen …«, begann Ruthie und verwandelte sich erzählerisch in eine Kreatur, die glamouröser und edler war als jedes andere Geschöpf, das jemals in der Geschichte der menschlichen Vorstellungskraft existiert hatte. Gut viereinhalb Minuten lang hörte Lorrie pflichtbewusst zu, bevor sie ankündigte, sie müsse duschen gehen.

»Aber was für ein Drache bist du, Mama?«

»Ach … ich bin ein beiger Drache. Ich bin nicht sonderlich interessant, dafür ziemlich elegant. Ich passe zu allem.«

»Mama.«

»Okay, okay, tut mir leid, Süße. Ich bin ein purpurroter Drache, und meine Augen haben die Farbe von Feuer. Wenn ich wütend bin, verwüste ich die umliegenden Dörfer und verschone niemanden.«

»Welche Farbe haben deine Flügel?«

»Die Farbe des Leids.«

Ruthie sah nachdenklich aus.

»Du bist sehr mächtig«, sagte sie. »Du bist der zweitmächtigste Drache.«

»Nach dir?«

»Ja. Nach mir.«

Lorrie schob Ruthie von ihrem Schoß und ging sich fertig machen. Es war immer noch viel früher, als sie normalerweise zur Arbeit aufbrechen würde. Aber heute stand als Erstes ein Meeting mit ihrer Vorgesetzten Philomena Petrakis an. Philomenas Assistent hatte ihr die Einladung zur Besprechung spät am Vortag mit dem Betreff »Hope«, aber ohne weitere Einzelheiten geschickt. Vermutlich ging es um die Beförderung, um die Lorrie sich vor einem

Monat beworben hatte, aber bei Philomena konnte man nie wissen – vielleicht wollte sie Lorrie nur dazu bringen, pünktlich im Büro zu erscheinen.

Lorrie arbeitete als Referentin bei der Stadtverwaltung. Das war zwar nicht unbedingt ihr Traumjob, aber größtenteils mochte sie ihn, wahrscheinlich sogar mehr, als die meisten Menschen ihren Job mochten. Als sie sich vor zwölf Jahren um die Stelle beworben hatte, war das als eine Art Übergangslösung gedacht, bis sie herausfand, was sie eigentlich machen wollte. Aber während der Sog des Lebens sie mitgerissen hatte und die Jahre unerbittlich ins Land gezogen waren, hatte sie den Fokus verloren. In ein paar Monaten würde sie neununddreißig werden, hatte also fast die Hälfte ihres Lebens hinter sich (wenn es nach der Lebenserwartungsstatistik ging). Und sie hatte immer noch nicht die leiseste Ahnung, was sie damit anfangen wollte.

Um die Beförderung hatte sie sich beworben, nachdem die alte Teamleitung gekündigt hatte. Lorrie war sich nicht ganz sicher, was sie davon halten sollte – die Stelle brachte zusätzliche Verantwortung für nicht nennenswert mehr Geld mit sich, und wahrscheinlich müsste sie einen Tag pro Woche mehr arbeiten –, aber sie war das dienstälteste und erfahrenste Teammitglied, kannte die Stadtverwaltung mitsamt ihren Macken besser als jeder andere, und alle hatten von ihr erwartet, dass sie sich bewarb. Ein positiver Nebeneffekt der Beförderung wäre, dass ihre Mutter vielleicht aufhörte, ihr damit auf die Nerven zu fallen, dass sie ihr Leben vergeude. Besser noch: Lorrie müsste nicht mehr darüber nachdenken, ob ihre Mutter womöglich recht hatte.

Lorrie nahm Clara das Handy ab und checkte ihre Textnachrichten. Sie hatte eine SMS von ihrer Freundin Alex bekommen.

Hey L, ich wollte nur noch mal wegen der Eröffnung von Green Cities nachhaken. Hast du es geschafft, mich auf die Gästeliste zu setzen? Es wäre echt super, wenn ich für meinen Film ein paar Aufnahmen von Glup kriegen könnte xx

Lorrie grunzte genervt. Sie schaute auf die Empfangszeit. Sie war um 6.14 Uhr abgeschickt worden. Lorries Ansicht nach war das keine akzeptable Uhrzeit, um eine Nachricht zu verschicken, außer man hatte einen lebensbedrohlichen Notfall oder dringend hochkarätigen Klatsch zu verbreiten.

Schon seit Monaten lag Alex Lorrie damit in den Ohren. Green Cities war Lorries Hauptprojekt, seit sie aus der Elternzeit zurückgekommen war, und es war wahrscheinlich – nein, definitiv – die angenehmste Aufgabe, seit sie in der Stadtverwaltung angefangen hatte. Irgendwie fand sie es immer noch verrückt, dass aus dieser halbgaren Idee, die sie dem Stadtratsvorsitzenden hauptsächlich deshalb vorgeschlagen hatte, weil sie ein persönliches Entwicklungsziel für ihre jährliche Leistungsbeurteilung hatte abhaken wollen *(Fortschrittskriterium 5.2(a): Ergreifen Sie Maßnahmen, um mehr Eigeninitiative zu demonstrieren)*, tatsächlich ein echtes Stadtratsprojekt entstanden war, das zu wirklich handfesten Veränderungen in der Stadtlandschaft führte.

Sie hatte erwartet, dass Alex beeindruckt sein würde, als sie ihr davon erzählte.

»Also, die Stadtverwaltung will überall in der Stadt solche Dachparks anlegen. Das sollen kleine CO2-neutrale Oasen werden – du weißt schon, Solarpaneele, Regenwasserzisternen, heimische Pflanzen, die ganze Palette. Die werden speziell für die jeweilige Nachbarschaft entworfen, zum Beispiel sollen manche davon Anwohnern Platz bieten, um Lebensmittel anzubauen, und andere sollen für die Öffentlichkeit zugänglich sein. Dadurch entstehen mitten im Herzen der Stadt deutlich mehr kommunale Grünflächen.«

»Klingt teuer«, sagte Alex und zog eine Augenbraue hoch.

»Na ja, ein bisschen was kosten wird es schon, aber es bringt ja auch viele Vorteile mit sich – bessere Luftqualität, Lebensqualität für die Anwohner, Energieeinsparungen, Reduzierung der Stadthitze, alles Mögliche. Außerdem arbeiten wir mit Glup Developments zusammen, die die Hälfte der Mittel bereitstellen und sich um einen großen Teil der Planung und des Baus kümmern werden.«

Nach der Arbeit hatten sie sich zum Abendessen in ihrem Stammlokal getroffen, einem klaustrophoben Ramen-Restaurant in einem kopfsteingepflasterten Gässchen in den Untiefen von Chinatown. Während Lorrie sprach, beugte sich Alex über ihr Essen, schlürfte gekonnt dicke blassgelbe Nudeln und nickte interessiert. Nun aber legte sie stirnrunzelnd ihre Essstäbchen auf den Schüsselrand.

»Glup Developments? Hat das was mit Sebastian Glup zu tun?«

»Na ja –«

»Von der Glup Mining Group?«

»Ich meine … streng genommen ja, die sind ein Tochterunternehmen von GMG, aber –«

»Lorrie. Echt jetzt? Dir ist schon klar, dass GMG einer der zwanzig größten Produzenten fossiler Brennstoffe weltweit ist? Warum willst du mit solchen Leuten unter einer Decke stecken?«

»Okay, GMG ist furchtbar, klar. Aber eigentlich agiert Glup Developments relativ unabhängig, also –«

»Ähm, Lorrie, das ist keine Grauzone. Diese Leute sind im wahrsten Sinne des Wortes Monster. Sebastian Glup hat mit seinen ganzen verrückten Anzeigen quasi den Ausgang der letzten Wahl gekauft.« Alex zog die Schultern hoch und das Kinn ein, womit sie Sebastian Glup, den Hauptaktionär von GMG, ziemlich treffend imitierte. »›Klimawandel-Extremisten klauen eure Nieren! Fossile Brennstoffe sind unsere Zukunft!‹«

Im vergangenen Jahr war Glup das Gesicht und der Finanzier einer Werbekampagne gewesen, die zum Ziel hatte, die großen Parteien von jeglichen politischen Maßnahmen abzuschrecken, die die hemmungslose Plünderung der Erde durch die Familie Glup und die ungehinderte Vermehrung ihres ohnehin schon gigantischen Reichtums auch nur ansatzweise gefährden könnten. Die Kampagne war frustrierend effektiv gewesen.

Lorrie seufzte.

»Ja, ich weiß, Glup ist ein Volltrottel, da widerspreche ich dir ja gar nicht. Aber er ist ein *reicher* Volltrottel. Ist doch besser, wenn er zumindest einen Teil seines Gelds für das Gemeinwohl ausgibt statt für Privatjets und Kohlegruben, oder? Ich meine, je mehr er uns gibt, desto weniger hat er übrig, um unsere Regierungschefs zu kaufen.«

Während Lorrie sprach, kniff Alex die Lippen zusammen und reckte das Kinn hoch. Lorrie kannte diesen Gesichtsausdruck. Er bedeutete, ganz egal was sie sagte, nichts würde Alex von ihrer vorgefassten Meinung abbringen. Jetzt sah Alex sie einen Moment lang schweigend an, dann nahm sie ihre Stäbchen und aß weiter ihre Nudeln.

»Wie hast du ihn überhaupt an Bord geholt?«, fragte sie zwischen zwei Happen.

Lorrie lehnte sich vor, damit Alex sie trotz des Lärms im Restaurant hören konnte. »Das ist eigentlich eine lustige Geschichte. Erinnerst du dich noch an meinen Ex-Freund Ruben Armand?«

Unvermittelt sah Alex auf. »Was hat der damit zu tun?«

»Er arbeitet jetzt für Glup. Er ist sein Anwalt. Im Grunde bin ich durch ihn mit Glup in Kontakt gekommen – hab ihm die Green-Cities-Sache als Möglichkeit gepitcht, wie Glup in seiner Geburtsstadt ein Vermächtnis hinterlassen kann.«

Alex sah sie mit kaum wahrnehmbarem Stirnrunzeln an.

»Ich wusste nicht, dass du mit Ruben in Kontakt stehst.«

Die Kühle in Alex' Stimme ließ keinen Zweifel daran, dass sie nichts davon hielt. Zu Recht, dachte Lorrie – als Ruben und Lorrie zusammen gewesen waren, damals, als sie alle noch Teenager gewesen waren, hatte Alex sich endlose Stunden lang anhören müssen, wie Lorrie hilflos über ihre Liebesangelegenheiten jammerte, als wäre sie eine unterdrückte Bäuerin in einem Roman, der im neunzehnten Jahrhundert spielte, und Ruben ein kapriziöser Aristokrat, der um jeden Preis zufriedengestellt werden musste.

»Na ja, wir stehen nicht *richtig* in Kontakt«, sagte Lorrie. »Ich bin nur zufällig in den sozialen Medien auf ihn gestoßen, und als wir auf der Suche nach einem Partner für die Finanzierung von Green Cities waren, habe ich ihm eine Nachricht geschickt, um ihn zu fragen, ob er uns helfen kann. Dachte, nach all dem emotionalen Leid, das er mir angetan hat, könnte der Versuch nicht schaden, wenigstens einen Nutzen aus unserer Bekanntschaft zu ziehen.«

Alex schwieg.

»Jedenfalls hat sich herausgestellt, dass er inzwischen verheiratet ist«, fuhr Lorrie fort. »Und er hat ein Kind! Kannst du dir das vorstellen? Viel hatte ich gar nicht mit ihm zu tun, aber er hat geholfen, Glup dazu zu bringen, über unseren Vorschlag nachzudenken. Auf jeden Fall scheint er kein so großes Arschloch mehr zu sein wie früher.«

Alex schnaubte. »Ist auch nicht schwer.«

Lorrie lachte. »Wahrscheinlich nicht«, sagte sie und freute sich, dass sie bei diesem Gespräch endlich etwas gefunden hatten, worin sie sich einig waren.

Neunzehn Jahre war es her, dass die Beziehung von Lorrie und Ruben Armand in die Brüche gegangen war. Selbst nach so langer Zeit fühlte es sich für Lorrie nicht richtig an, das, was vorgefallen war, als Trennung zu bezeichnen. Konnte man sich trennen, wenn man nie richtig zusammen gewesen war?

Lorrie und Ruben hatten in ihrem letzten Jahr an der Highschool etwas miteinander gehabt. Vom Sehen her hatten sie sich schon seit Jahren gekannt, aber sie hatte ihn nie als potenziellen Partner in Betracht gezogen. Ruben sah gut aus und war beliebt, und dank einer ganzen Ansammlung von Eigenschaften spielte er in einer völlig anderen Liga als Lorrie: Er war Drummer in einer Band gewesen, wenngleich einer schrecklichen, die eine Reihe noch schlimmerer Namen durchlaufen hatte (Jesuspenis, Clowns of Pus, Gladys Bumhole); er hatte tolle Haare (raumgreifend, wild und exzentrisch, wie die Tolle eines schicken Lamas); und er spielte Basketball in der Schulmannschaft (wobei ihm das bei Lorrie eher Minuspunkte einbrachte, da sie aus seinen sportlichen Leistungen ableitete, dass es ihm wahrscheinlich an Sensibilität und Fantasie mangelte). Lorrie hingegen war vor allem dafür bekannt, dass sie groß, klug und in sozialen Situationen unbeholfen war, und keine dieser Qualitäten machte sie zu einem besonders begehrten Objekt in der Dating-Szene ihrer Highschool. Aber zu Beginn der zwölften Klasse arbeiteten Lorrie und Ruben in Geschichte zusammen an einem Gruppenprojekt, und Lorrie war überrascht, wie unkompliziert es war, mit ihm Zeit zu verbringen. Wie sich herausstellte, hatte Ruben die unglaublich charmante Angewohnheit, über sämtliche ihrer Witze zu lachen, was sie zu dem Schluss kommen ließ, dass er tatsächlich deutlich klüger war als bislang angenommen.

»Warum kommst du nicht am Wochenende zu mir nach Hause, damit wir aus dieser Präsentation das Meisterwerk machen, zu dem sie offensichtlich bestimmt ist?«, fragte er sie an einem Freitagnachmittag gegen Ende des Trimesters. Sie arbeiteten gerade ein Referat aus, in dem es darum ging, ob Lenin der ultimative Held des Proletariats war oder bloß ein weiterer totalitärer Diktator (laut Lorrie Held, laut Ruben Diktator, und sie waren sich beide ziemlich sicher, dass sie, wenn sie nur lange genug darüber diskutierten, auf die richtige Lösung kommen würden).

Lorrie war nervös, als sie sich auf ihre Verabredung zum Lernen vorbereitete. Bevor sie das Haus verließ, probierte sie acht verschiedene Kombinationen eines lässigen Jeans-und-T-Shirt-Looks an und entschied sich schließlich für eine Hüftjeans, ein übergroßes Band-T-Shirt und knöchelhohe Chucks, was, so hoffte sie, den Eindruck von einer Person vermittelte, die es nicht nötig hatte, acht verschiedene Outfits anzuprobieren, bevor sie das Haus verließ. Trotzdem war sie nicht annähernd so nervös, wie sie es vielleicht gewesen wäre, hätte sie geahnt, dass sich zwischen ihnen mehr als nur Freundschaft entwickeln könnte.

Ihre Erwartung für den Nachmittag war, dass sie ein paar Stunden an Rubens Küchentisch sitzen, Instantkaffee trinken und Witze über die Russische Revolution reißen würden und sie danach mit einem leicht verbesserten sozialen Status, aber ansonsten unverändert nach Hause gehen würde. Diese Erwartung wurde sofort über den Haufen geworfen, als sie an der Tür von Rubens Mutter begrüßt wurde, die ihr sagte, dass Ruben in seinem Zimmer auf sie wartete.

Ruben lag in Basketballshorts auf dem Bett und las ein Buch. Bei seinem Anblick spürte Lorrie ein Kribbeln im Hals. Er hatte kein Shirt an, und auf seinem nackten, flachen Bauch war Haarflaum zu sehen.

»Äh, hi, Ruben«, sagte sie, und er sah mit verwirrtem Gesichtsausdruck auf, als hätte er keine Ahnung, wer sie war. Sie machte einen kleinen Schritt zurück. »Ich bin wegen dem Referat hier? Aber wenn es gerade nicht passt …«

»Scheiße, klar, sorry. Ist es schon drei? Ich hab komplett die Zeit vergessen.«

Er setzte sich auf, schwang seinen langen Körper aus dem Bett und schlenderte zur Kommode, um sich ein T-Shirt zu suchen.

»Was liest du gerade?«, fragte sie und versuchte, nicht hinzusehen, während er sein Shirt anzog.

Er gab ihr das Buch.

»*Die Glasglocke.* Hast du es gelesen? Meine Mum hat es mir empfohlen. Ist eigentlich ganz witzig.«

Sie lachte. »Klar, es gehört definitiv zu den fünf lustigsten Büchern, die ich über schwere psychische Erkrankungen und Suizidversuche gelesen habe.«

Er bot ihr etwas zu trinken an, und während er die Treppe hinuntersprang, um ihnen beiden eine Cola zu holen, inspizierte sie seine Büchersammlung in dem großen Regal neben seinem Bett. Vieles davon waren Titel, die sie wohl erwartet hatte – *Herr der Fliegen*, *Der Fänger im Roggen*, J. R. R. Tolkien, Douglas Adams –, aber überraschenderweise waren darunter auch einige Bücher von Frauen (*Die Farbe Lila? Stolz und Vorurteil?* Wer war dieser Kerl bloß?) und mehrere Gedichtbände.

Sie zog einen der Lyrikbände aus dem Regal, setzte sich auf die Bettkante und begann leise vorzulesen:

Als Frau geboren und nach meiner Art
in Nöten und in Neigungen befangen,
erweckt schon deine Nähe mein Verlangen,
du siehst gut aus, ich finde es apart,
die Last zu tragen deines Leibs – gepaart …

»Ah, das ist eins meiner liebsten.«

Erschrocken schaute Lorrie auf und sah Ruben am Türrahmen lehnen. Das Kribbeln im Hals wurde stärker.

»Du hast ein paar interessante Bücher«, sagte sie und bemühte sich um einen lockeren Ton.

Er durchquerte das Zimmer und stellte die Getränke auf den Schreibtisch, dann setzte er sich neben sie aufs Bett. Sie sah auf das Buch hinunter, auf das Gedicht in ihren Händen – aber dann nahm Ruben es ihr ab und legte es vorsichtig auf den Boden. Er sah sie an, und sie sah zurück. Langsam huschte ihm ein Lächeln übers Gesicht. In diesem Moment, zum ersten und vielleicht letzten Mal in ihrer Beziehung, wirkte alles unglaublich klar.

Achtzehn Monate lang lief etwas zwischen Lorrie und Ruben. Sie schliefen miteinander, sie gingen aus, sie sprachen über Bücher, die sie lasen, über Musik, die sie mochten, und über Fernsehsendungen, die sie nicht ausstehen konnten. Sie lernten die Eltern des anderen kennen, sie beschenkten sich zum Geburtstag. Lorrie ging zu seinen Basketballspielen, Ruben kam zum Finale ihres Debattierclubs. Sie taten alles, was man in einer Beziehung eben so tat – und trotzdem wusste Lorrie die ganze Zeit über nicht so recht, woran sie bei ihm war.

Die Hälfte der Zeit war Ruben gefährlich liebenswert, so sanft und liebesbedürftig wie ein Welpe, und sie hatte das Gefühl, dass sie miteinander verbunden waren, sich so nah waren, wie sie es noch nie mit einem anderen Menschen erlebt hatte.

Die andere Hälfte der Zeit war es, als hätte er alles vergessen, was sich zwischen ihnen abgespielt hatte. Wenn sie auf dem Schulflur aneinander vorbeigingen, nickte er ihr freundlich zu, reagierte aber tagelang, manchmal wochenlang, nicht auf ihre Anrufe. »Tut mir leid, Lo, ich hatte wahnsinnig viel um die Ohren«, sagte er, wenn er schließlich doch zurückrief, und dann senkte er die Stimme auf eine verführerische Weise, die sie sowohl abgedroschen als auch unwiderstehlich fand: »Ich lass mir was einfallen, wie ich es wiedergutmachen kann.«

In Phasen, in denen er besonders lieb war, gab Lorrie sich manchmal dem Gedanken hin, dass sie ein Paar waren – doch diese flüchtigen Glücksmomente waren so kurz und irreführend wie ein Werbespot im Fernsehen. Irgendwann passierte unweigerlich etwas, das deutlich machte, dass jegliche Erwartungen an Ruben völlig illusorisch waren. In der Regel umfassten diese Zwischenfälle, dass er mit einem anderen Mädchen rummachte.

Nichts davon verheimlichte er vor Lorrie. Er hatte nie gesagt, dass er ihr treu sein würde – ganz im Gegenteil, er hatte ihr sogar ausdrücklich gesagt, dass er das *nicht* sein werde, dass er diesen Lebensabschnitt als Zeit des Experimentierens und der Offenheit betrachte, nicht als eine Zeit, in der man sich auf eine Person beschränke. Sobald sie Bedenken dazu äußerte, dass er mit anderen zusammen war, winkte er ab.

»Das sind bloß deine Minderwertigkeitskomplexe, Lo«, sagte er einmal, nachdem er mit ihr auf einer Party gewesen war und die ganze Nacht über mit der umwerfenden älteren Schwester des Gastgebers geflirtet hatte – einer Studentin mit dichtem kastanienbraunen Haar und langen, selbstbräuner-braunen Beinen, die Lorrie den armseligen Zustand ihrer eigenen blassen, von Mücken zerstochenen Gliedmaßen äußerst bewusst machten. Lorrie verbrachte die Nacht so weit entfernt von Ruben wie nur möglich. Mehrere Stunden vertrieb sie sich damit, im Garten emsig Zigaretten zu rauchen und sich eine berauschende Menge klebrigen Likörs zu genehmigen, der ihre Zunge kobaltblau färbte, aber frustrierenderweise nicht das Zeug dazu hatte, sie so betrunken zu machen, wie sie es brauchte.

Im Taxi auf dem Weg zu Ruben nach Hause stellte sie ihn zur Rede.

»Du denkst, ich habe Komplexe? Natürlich habe ich Komplexe! Wie soll ich auch keine haben, wenn du die ganze Zeit an einer anderen klebst, während ich danebenstehe? Wie kannst du von mir erwarten, dass ich damit einverstanden bin?«, sagte sie und bemühte sich vergeblich um einen ruhigen Ton. »Sind du und ich – sind wir nicht quasi zusammen?«

Ruben schlüpfte aus dem Gurt, rutschte über den Rücksitz und legte die Arme um sie.

»Du bist die Einzige, die mir was bedeutet, Lo«, sagte er und küsste sie sanft auf den Kopf. »Was du und ich haben, das ist echt toll, das ist was Besonderes. Aber warum braucht das einen Namen? Wir besitzen uns nicht gegenseitig. Ich will bloß, dass wir uns amüsieren.«

Zu dem Zeitpunkt war Lorrie bereits unsäglich verliebt. Sie amüsierte sich nicht. Noch nie im Leben hatte sie sich weniger amüsiert als während ihrer Nicht-Beziehung mit Ruben Armand. Und doch, wenn sie zusammen waren, nur sie beide, war sie überzeugt, dass er tatsächlich etwas für sie empfand, und im Licht seiner ungetrübten Aufmerksamkeit zu stehen, bescherte ihr ein fiebriges Hochgefühl, auf das sie nicht verzichten konnte. Sie war sich sicher, dass er der einzige Mensch war, den sie jemals wirklich würde lieben können.

So ging es das gesamte letzte Schuljahr über weiter und auch noch lange danach. Ihre Gefühle ließen nicht nach, aber sie lernte, mit seiner Unfähigkeit, sich ganz auf sie einzulassen, zu leben – was im Grunde bedeutete, dass sie lernte, in einem ständigen Zustand tiefsten Elends zu leben. Erst gegen Ende des ersten Jahres an der Uni, als Ruben einen Job als Barkeeper fand und die Häufigkeit seiner Liebeleien mit anderen Frauen in die Höhe schoss, fand Lorrie sich schließlich damit ab, dass es keinen Sinn hatte, zu hoffen, dass er sich änderte. Er würde sie weiterhin unglücklich machen, bis sie etwas dagegen unternahm.

Sie bot ihre ganze Kraft dafür auf, um sich per Mail von ihm zu trennen – die Sache persönlich zu beenden, hätte eine innere Stärke erfordert, die sie nicht einmal im Ansatz besaß. Sie schrieb und überarbeitete die Nachricht mehrere Tage lang, schwankte zwischen kühlem Abschied und einer langen Litanei von sämtlichen Verbrechen, die er ihr angetan hatte (das größte, unaussprechliche Verbrechen war sein Versagen, ihre Liebe im gleichen Maße zu erwidern). Sie schloss mit den Worten, dass sie ihn immer lieben und ihm nichts nachtragen werde, es aber für ihre geistige Gesundheit unerlässlich sei, nie wieder mit ihm zu sprechen.

Selbst als sie die E-Mail abschickte, malte sie sich noch aus, dass er zurückschreiben und sie anflehen würde, ihre Meinung zu ändern. Vielleicht würde er jetzt, da sie einen Schlussstrich gezogen hatte, endlich zugeben, dass er sie liebte, und zwar nur sie. Vielleicht würde er endlich mit dem Herumvögeln aufhören.

Gefühlt hörte sie monatelang nichts von ihm, in Wirklichkeit waren es aber nur drei Tage. Seine Antwort, als sie schließlich eine bekam, bestand aus einem einzigen Absatz:

Lo, ich finde es wirklich traurig, dass du diese Entscheidung getroffen hast, aber ich kann dich verstehen. Es tut mir leid, wenn ich es dir schwer gemacht habe und dass ich dir nicht geben konnte, was du wolltest. Du bist ein wunderbarer Mensch, und du bist mir wichtig, daran wird sich nichts ändern.

Alles Liebe
Ruben

In den Wochen nach seiner E-Mail versank Lorrie in einem trostlosen Loch, und in den darauffolgenden zwölf Monaten richtete sie sich darin häuslich ein wie ein Käfer unter der Erde. Es war echter Herzschmerz, ein ebenso realer wie irrationaler Schmerz, der ihr im Prinzip das letzte Jahr ihrer Teenagerzeit und das zweite Jahr an der Uni verdarb. Zum ersten Mal im Leben war sie kurz davor, durchzufallen. Es kam ihr richtig vor. Sie befand sich in einem derart überwältigenden Zustand seelischen Leids, schlimmer als alles, was sie bisher erlebt hatte, dass es komisch gewesen wäre, wenn ihr Alltag seinen gewohnten Lauf genommen hätte, als wäre nichts Ungewöhnliches vorgefallen. Sie war Heathcliff, der im Moor umherwandert und Cathy beschwört, ihn heimzusuchen; sie war Julia, die sich über der Leiche ihres geliebten Romeo ins Herz sticht; sie war Buffy, die nach LA flieht, um in einem Diner zu arbeiten, nachdem sie Angel in die Hölle verbannt hat. Die Vorstellung, morgens aufzustehen, um sich in eine Vorlesung zu setzen, kam ihr völlig absurd vor.

Sie war neunzehn. Sie hätte ein aufregendes Leben führen sollen: interessante Menschen treffen, spannenden Ideen nachgehen und ihre eigene Persönlichkeit erkunden. Stattdessen verbrachte sie den Großteil des Jahres heulend auf dem Sofa, heulend im Bett oder heulend unter der Dusche.

Das Schlimmste davon hatte Alex miterlebt. Damals hatten die beiden zusammen mit fünf anderen in einer WG in einem großen, baufälligen Haus in Carlton North gewohnt. Alex war – im Gegensatz zu einigen der anderen Mitbewohner – unerklärlich geduldig gewesen, als Lorrie Nacht für Nacht weinte und redete und immer wieder ihre Gefühle für Ruben und die ganzen Proben durchging, auf die er sie gestellt hatte, verzweifelt darüber, dass sie niemals mehr Freude oder Zufriedenheit erleben würde, nun, da sie dazu verdammt war, nie wieder zu lieben.

Letzten Endes zeigte die Zeit Wirkung, und der erdrückende Nebel von Lorries Traurigkeit lichtete sich langsam. Schritt für Schritt kam sie wieder zu Kräften. Sie hörte auf, die Tage zu zählen, seit sie ihn zuletzt gesehen hatte. Sie ging wieder zu ihren Vorlesungen, sie ging wieder aus. Sie verknallte sich in andere Jungs. Sie malte sich nicht mehr aus, was sie Ruben sagen würde, falls sie ihm über den Weg lief. Wie sie feststellte, war Herzschmerz doch nicht der lebenslange, unheilbare Zustand, für den sie ihn gehalten hatte – und als sie ein paar Jahre später Paul kennenlernte, konnte sie sich kaum noch daran erinnern, was sie an Ruben Armand so unwiderstehlich gefunden hatte.

Als sie nach jahrelanger Funkstille zum ersten Mal wieder von ihm gehört hatte, war das ein Schock gewesen. Eine Benachrichtigung ploppte auf ihrem LinkedIn-Account auf (eine Plattform, die sie so selten aufrief, dass die Nachricht schon über einen Monat alt war, als sie sie las): Ruben Armand hatte eine Kontaktanfrage geschickt. Ein paar Sekunden lang blieb Lorrie mit der Maus über dem »Ignorieren«-Button – sie war inzwischen mitten in den Dreißigern, und mit ihrem Job, zwei kleinen Kindern und dem vollen Abendprogramm, das daraus bestand, sich aufs Sofa fallen zu lassen und vor dem Fernseher einzuschlafen, war ihr Leben zum Bersten voll. Zu hören, wie es alten Lovern ging, war so ungefähr ihre letzte Sorge. Doch dann siegte die Neugier, und sie rief sein Profil auf. Sein Foto – die neckischen dunklen Augen, das offene Grinsen, die anziehende selbstbewusste Ausstrahlung, die Gewissheit, dass ihn alle ebenso reizvoll finden würden wie er sich selbst – erweichte ihr Herz.

Doch so erweicht ihr Herz auch sein mochte, sie hätte wahrscheinlich nie mit Ruben Kontakt aufgenommen, wäre ihr nicht der Beitrag oben auf seinem Profil aufgefallen: *Dreijähriges Jubiläum bei der Glup Mining Group!* Zu dem Zeitpunkt war Lorrie auf der Suche nach einem Partnerunternehmen für Green Cities gewesen. Sie hatte so ziemlich jede Firma und jeden Investmentfonds im Land kontaktiert, die sich als *ethisch*, *natürlich* oder *nachhaltig* vermarkteten – aber bisher hatte sich niemand auch nur im Entferntesten interessiert gezeigt. Sebastian Glup erschien als möglicher Partner ziemlich weit hergeholt, aber einen Versuch war es wert.

Sie nahm Rubens Anfrage an.

Lorrie sah auf Alex' SMS und war sich nicht sicher, was sie tun sollte. Seit dem Abendessen im Ramen-Restaurant hatte Alex Lorrie immer wieder mit Green Cities und ihrer Verbindung zu Glup genervt. Offenbar war sie der Ansicht, dass Lorrie eine Art Pakt mit dem Teufel geschlossen hatte – was, wie Lorrie fand, wohl nicht ganz unzutreffend war, aber wie sollte man den Teufel auch sonst dazu bringen, gesellschaftlich verantwortungsvoller zu handeln? Und dann hatte Alex sie wie aus dem Nichts vor ein paar Wochen angerufen und gebeten, sie auf die Gästeliste für die Eröffnung des Flagship-Dachparks von Green Cities, Glup Gardens, zu setzen. Sebastian Glup sollte dort eine Rede halten, und Alex wollte ein paar Aufnahmen davon für die Dokumentation, an der sie arbeitete.

»Die Sache ist die«, hatte sie gesagt, »in Klimaaktivistenkreisen ist Glup eine ziemlich wichtige Persönlichkeit. Die meisten Leute, mit denen ich für meine Doku gesprochen habe, *hassen* ihn geradezu, mehr als so ungefähr jeden sonst in diesem Land. Daher ist es schon interessant, dass ausgerechnet er ein Projekt wie Green Cities finanziert. Es wäre toll, ein paar Aufnahmen von ihm zu bekommen, in denen er über seine Beweggründe spricht.«

Lorrie hatte nur eine vage Vorstellung davon, worum es in Alex' Dokumentarfilm ging. Seit über einem Jahr arbeitete Alex daran, hatte sich sogar längere Zeit von ihrer Lehrtätigkeit beurlauben lassen, um sich darauf zu konzentrieren, aber über den Inhalt hatte sie nicht viel gesagt. Was sie Lorrie erzählte, beschränkte sich darauf, dass es um eine Gruppe radikaler Umweltschützer ging, die sich Future Earthlings nannten. (»Erdlinge der Zukunft?«, hatte Lorrie gesagt. »Ich meine – sind das nicht einfach nur gegenwärtige Erdlinge? Wie der Rest von uns?«)

Als Alex um eine Einladung zu Green Cities bat, war Lorrie überrumpelt. »Ähm, also, du hoffst, einen Beleg dafür zu bekommen, dass Sebastian ein scheinheiliges Arschloch ist, richtig? Damit du ihn in deinem Film diskreditieren kannst?«

Alex lachte. »Bin ich so leicht zu durchschauen? Okay, ja. So in etwa. Ich meine, wäre das ein Problem für dich? Dir ist schon klar, dass er diskreditiert werden muss?«

Lorrie zögerte. Sie war sich nicht sicher, was sie davon halten sollte. »Ich weiß nicht, Al. Ich würde dir gern helfen, aber ich bin nicht … Ich weiß nicht, ob ich dir Zutritt verschaffen kann.«

Alex sagte nichts, aber Lorrie konnte ihre Enttäuschung förmlich spüren. Sie lenkte ein. »Hör zu, ich versuch's, okay? Mal sehen, was ich tun kann.«

Natürlich wusste sie bereits, was sie tun konnte. Sie hatte Zugriff auf die Gästeliste, und wenn sie wollte, konnte sie Alex ohne Weiteres daraufsetzen. Das Problem war nur, dass sie damit riskierte, Glup vor den Kopf zu stoßen – und das konnte sie im Moment definitiv nicht gebrauchen. Sie versuchte immer noch, Glup dazu zu bringen, zusätzliche zwei Millionen Dollar für das Projekt bereitzustellen, damit die Stadtverwaltung drei weitere Gärten im Westen der Stadt anlegen konnte. Damit dieses Vorhaben auch nur die geringste Aussicht auf Erfolg hatte, musste sie ihn bei Laune halten.

Heute war der Morgen des Glup-Gardens-Events, die Premiere des ersten, des wichtigsten Gartens im gesamten Programm. Sie hatte sich immer noch nicht überlegt, wie sie mit Alex' Bitte umgehen sollte. Nein zu sagen wäre die richtige, die professionelle Antwort – aber zu diesem finalen Schritt konnte sie sich nicht durchringen. Alex und sie hatten sich vor über zwanzig Jahren kennengelernt, als Lorrie noch eine kaum geformte Amöbe von einem Menschen gewesen war, und ihre Freundschaft hatte sie durch die lange Übergangsphase zu ihrem erwachsenen Ich getragen. Neben Paul und ihren Kindern war Alex der Mensch, den sie auf der Welt am meisten liebte.

Es musste einen Weg geben, Alex zufriedenzustellen, ohne ihre Arbeit zu gefährden. Sie würde sich etwas einfallen lassen. Nur … nur nicht jetzt gleich. Nein, sie würde genauer darüber nachdenken, wenn sie im Büro war, nach dem Meeting mit Philomena.

Sie legte das Handy weg und ging unter die Dusche, wo sie eine einzige Minute der Ruhe genoss, bevor aus dem Wohnzimmer ein verzweifelter Klageschrei ertönte. Wenige Sekunden später flog die Badezimmertür auf, und Clara stürmte herein, drückte das Gesicht an die Duschscheibe und schluchzte aus tiefster Seele.

»Was ist los, Mäuschen?«, fragte Lorrie, seifte sich oberflächlich ab und stieg aus der Dusche. Sie wickelte sich ein Handtuch um und kniete sich hin. Clara klammerte sich an den feuchten Körper ihrer Mutter, und ihre Tränen vermischten sich mit den Tropfen des Duschwassers.

»Birdie hat mir Aua demacht!«

»Oh, Süße.«

»Er hat ein Loch in mich demacht!«

»Lass mal sehen«, sagte Lorrie. Auf Claras Unterarm, wo der Kater sie mit den Krallen erwischt hatte, war ein winziger Kratzer.

Clara liebte den Kater nur ein kleines bisschen weniger als ihre Mutter. Sie hob ihn von Herzen gern hoch, drückte ihn an sich und schleppte ihn durchs Haus, obwohl er fast so groß war wie sie. Bedauerlicherweise hatte Birdie daran nicht ganz so viel Freude wie Clara.

Lorrie gab Clara einen Kuss auf den Kratzer, streichelte ihr über den Rücken, während Clara weinte, und spähte über die Schulter ihrer Tochter zur Badezimmertür. Clara, die noch nicht groß genug war, um den Türgriff zu erreichen, hatte ins Bad platzen können, weil sich das Holzhaus über den Winter auf seinen Stelzen verzogen hatte und die Tür nicht mehr richtig schloss. Das war eines von etwa sechzig Problemen rund ums Haus, die Lorrie mindestens einmal am Tag auffielen, und immer wieder aufs Neue nahm sie sich vor, sie zu beheben. Die abplatzende Farbe an den Fenstern, das Laub, das sich an der Haustür sammelte, der muffige Geruch in der Speisekammer, der Schimmel an der Decke, die Schränke der Kinder, die mit Kleidung, die ihnen nicht mehr passte, und Spielzeug, mit dem nie gespielt wurde, vollgestopft waren. Immer gab es so viel im Haushalt zu tun, was erledigt werden musste, so viele *Sachen*, die sortiert und aufgeräumt und weggeworfen werden mussten. Sie wusste gar nicht, wo sie anfangen sollte.

Manchmal strotzte Lorrie beim Aufwachen nur so vor Energie. Angetrieben von einem fast schon psychotischen Wunsch nach häuslicher Perfektion raste sie an solchen Tagen nur so durchs Haus und faltete und wischte und fegte und schrubbte. Doch wie auch immer die Ordnung aussah, die sie zu schaffen vermochte, sie hielt nie länger als ein paar Stunden an. Dann kamen die Kinder heim und schleuderten die Schuhe von den Füßen, ein neuer Stapel sauberer Wäsche ergoss sich aus dem Trockner oder die Katze kotzte unter die Couch. Manchmal träumte Lorrie davon, das Haus zu verkaufen, ihr ganzes Hab und Gut zurückzulassen und in eins der anästhetisch-modernen Reihenhäuser zu ziehen, die überall um sie herum aus dem Boden schossen. Noch häufiger stellte sie sich vor, wie sie ihr Haus mit all ihren Habseligkeiten darin in Brand setzte und zusah, wie alles in Flammen aufging, ein prächtiges Inferno, das sie vom schweren Joch des materiellen Besitzes befreien würde – die KonMari-Methode für Pyromanen; im wahrsten Sinne des Wortes ein Funke der Freude.

Sie hob Clara hoch und trug sie ins Wohnzimmer. Trotz des Chaos und der Last, die es mit sich brachte – und trotz ihres Drangs, in einem *Heim*-tückischen Anschlag alles niederzubrennen –, liebte sie ihr Haus. Es war ein schlichter Bungalow aus den Sechzigern mit warmen Holzdielen und hohen Decken. Eine Wand war eingerissen worden, um hinten im Haus einen offenen Wohn-Essbereich zu schaffen. Die hohen Fenster dort boten einen Blick auf den unkrautbewachsenen Rasen mit heimischen Sträuchern. Ein riesiger Affenschwanzbaum, in dem eine Großfamilie glänzender Krähen lebte, dominierte die nordöstliche Ecke des Gartens. Für Lorrie war es Luxus, ein Haus nicht allzu weit entfernt vom Stadtzentrum zu haben, mit einem kärglichen Garten, den sie vernachlässigen konnte, und einem eigenen Zimmer für jedes Kind. Die meisten Leute, die sie kannte, lebten in Reihenhäusern oder Wohnungen oder in abgelegenen Vororten, deren Namen in ihr ein panisches, klaustrophobisches Kribbeln auslösten (*Narre Warren*, *Croydon South*, *Keilor Downs*); sie wusste, dass dahinter Snobismus steckte und diese Orte wahrscheinlich ganz in Ordnung waren und es sich da gut leben ließ, aber für Lorrie beschworen sie immer das bedrückende Gefühl, gefangen zu sein, aus ihrer Teenagerzeit herauf: fettige Focaccias, sexuelle Verwirrung, Schulsportwettkämpfe und Impulse-Deo.

Nur durch pures Glück hatten sie und Paul sich das Haus leisten können. Als sie Ende zwanzig waren, hatte sie zur rechten Zeit ein Segen in Form einiger Todesfälle in der Familie ereilt. Die Kombination aus zwei kleinen Erbschaften und einer großen Hypothek ermöglichte es ihnen, ihr Haus zu kaufen, bevor der örtliche Immobilienmarkt völlig aus dem Ruder lief. Ohne Pauls Großvater, der mit vierundsiebzig an Verbitterung (laut Pauls Mutter) oder Lungenkrebs (laut den Ärzten) starb, und Lorries kinderlose Großtante Esme (ein Windstoß, eine Klippe) hätten sich Lorrie und Paul wahrscheinlich nach wie vor mit ihrer alten, abbruchreifen Mietwohnung in Brunswick West abfinden müssen.

Als Lorrie mit Clara aus dem Bad kam, waren Paul und Ruthie in der Küche. Sie setzte Clara ab und machte vor den beiden im Vorbeigehen einen halbnackten Shimmy. Mit kräftigem Beifall zeigten sie sich erkenntlich.

Ruthie folgte ihr ins Schlafzimmer und musterte ihre Mutter, die in einem Haufen unsortierter Kleidung im Wäschekorb nach einer sauberen Unterhose wühlte. Beim Hinknien hatte sich Lorries Handtuch gelöst und war auf den Boden gefallen, und nun war sie nackt.

»Alles ist schlaff, Mama«, sagte Ruthie, die hinter ihr auf dem Bett saß und vergnügt auf Körperteile deutete. »Dein Po ist schlaff, dein Bauch ist schlaff, deine Brüste sind schlaff!«

Unerwarteterweise spürte Lorrie Wut in sich aufwallen.

»Gott, kannst du mich nicht in Ruhe lassen, Ruthie? Nur eine Minute, damit ich mich in Frieden anziehen kann?«

Mit großen Augen starrte Ruthie ihre Mutter an, dann rannte sie wortlos aus dem Zimmer. Sofort hatte Lorrie ein schlechtes Gewissen. Normalerweise schnauzte sie die Kinder nicht so an, aber – *ah*. Sie rechnete schnell im Kopf nach. Ja. Natürlich. Ihre Periode war fällig.

Seit der Pubertät hatte Lorrie gelernt, sich vor den brutalen Emotionen in Acht zu nehmen, die sie jeden Monat ein paar Tage lang überkamen. Manchmal waren diese Gefühle wunderbar: Beim Frühstück wurde sie plötzlich von einer tosenden Welle der Liebe zu Paul oder ihren Kindern mitgerissen, und zarte Tränen traten ihr in die Augen; oder sie saß an einem sonnigen Fleckchen im Garten, wenn ein sanfter Windhauch ihr Gesicht streifte, und sämtliche Atome in ihrem Körper bebten vor Freude angesichts der schlichten Tatsache, am Leben zu sein. Leider beschränkte sich diese Intensität nicht auf die süßere Seite ihrer Gefühlswelt. Manchmal, wie an diesem Morgen, spürte sie keine sanfte Brise, sondern eine unangenehme Böe, die erschreckend leicht in einen wütenden Orkan umschlagen konnte.

Schließlich tat Ruthie nur, was Lorrie auch selbst tat: ihren Körper wie einen Witz behandeln. Aber dahinter steckte mehr. Hinter Ruthies Lachen und in ihrem Tonfall hatte Lorrie einen Hauch von echtem Ekel angesichts des nackten Anblicks ihrer Mutter wahrgenommen.

Lorrie warf einen Blick in den Spiegel auf der anderen Seite des Zimmers. Sie konnte die Reaktion ihrer Tochter nachvollziehen. Ihr Körper bestand aus Kurven und Falten, alles war aufgebläht und sackte nach unten. Sie sah nicht aus, wie man aussehen sollte.

Das war nicht immer so gewesen. Früher war sie dünn, obwohl sie sich selbst nie so bezeichnet hätte. Als Kind war sie kräftig gewesen, und als ihr das im Alter von sechs oder sieben Jahren bewusst wurde, war die Vorstellung des Dickseins, ein *dicker Mensch* zu werden, für sie so grauenhaft, dass sie die folgenden zwei Jahrzehnte damit verbrachte, so ziemlich alles, was sie in den Mund steckte, sorgfältig zu kontrollieren – und zu bereuen.

Übernommen hatte sie diesen Gewichtsfanatismus von der Welt im Allgemeinen und ihrer Mutter im Speziellen. Anne war dünn wie eine Bohnenstange, eine hoch aufgeschossene Frau, die ihre körperliche und moralische Integrität wahrte, indem sie auf alles verzichtete, was zuckerhaltig, fettig oder kohlenhydrathaltig war oder anderweitig Spaß machte. Einmal schlug sie Lorrie vor, wenn sie unbedingt etwas Leckeres essen müsse, dann solle sie es am besten nach dem Kauen in die Toilette spucken. »So hast du zwar den Geschmack, aber es landet nicht auf den Oberschenkeln.«

In der Jugend kam Lorrie der Ratschlag sinnvoll vor, aber er ließ sich schwer mit ihrem starken körperlichen Drang vereinbaren, ihr Essen herunterzuschlucken. Was gestörtes Essverhalten anging, so war es ihre persönliche Vorliebe, gar nicht erst zu essen.

»Kennst du das, wenn einem schwindlig wird, wenn man eine Weile nichts gegessen hat?«, hatte sie Alex einmal gefragt, als sie beide um die sechzehn waren. »Das Gefühl, als würde man einfach durch die Luft schweben? Das ist wie ein natürliches High. Irgendwie steh ich da drauf.«

Sie hatte gehofft, dass Alex, die ärgerlich dünn war, zugeben würde, dass ihr dieses Vergnügen ebenfalls bekannt war – dass auch sie hungern musste, um ihre perfekte Elfengestalt zu bewahren. Aber als Lorrie die erlesene Ekstase erwähnte, die man durch einen Tag ohne Kalorien erreichen konnte, guckte Alex verwirrt.

»Ach du Scheiße, Lorrie! Wirst du etwa magersüchtig oder was?«

»O Gott, schön wär's«, antwortete Lorrie und betrachtete auf der Schultoilette mürrisch ihr deutlich beleibtes Spiegelbild. Nein, offenbar musste Alex nichts dafür tun. Sie war einfach von Natur aus ein besserer Mensch.

Für Lorrie hatte sich der Verzicht auf Essen gefährlich, aber auch aufregend angefühlt. Ihr Problem war nur, dass auch essen aufregend war. O Mann, wie sie es liebte, zu essen. Nichts war tröstlicher, und leider stellte sich heraus, dass ihr die Überflieger-Typ-A-Persönlichkeit fehlte, die für eine ausgereifte Essstörung notwendig war. Zwar begann ihr Tag oft mit eiserner Disziplin (kein Frühstück, ein Apfel zum Mittagessen, ein brutales Ausdauertraining nach der Schule), endete aber für gewöhnlich in einer enttäuschenden Spirale des Scheiterns, wenn sie, der Ohnmacht nahe, kapitulierte und zu Abend aß und die postmahlzeitliche Selbstverachtung wiederum dazu führte, dass sie sich anschließend mit einem Sandwich aufheiterte. Das Gefühl, Kohlenhydrate hinunterzuschlingen, verschaffte ihr aber nur flüchtig Erleichterung. Schon bald stürzte sie in ein tiefes Loch der Verzweiflung – auf dessen Grund nur noch Eis und Schokokekse und eine insgesamt geradezu albtraumhafte Anhäufung überschüssiger Kalorien lagen.

Doch wirklich dick wurde sie erst, als sie Paul kennenlernte. Sie waren sich auf die altmodische Art begegnet – sturzbesoffen in einer Bar –, als Lorrie fünfundzwanzig war, und sie hatten sich sofort ineinander verliebt. So etwas hatte Lorrie noch nie gekannt, geschweige denn erlebt, und es war, als wäre sie in eine neue, unbegreifliche Galaxie eingetreten, in der Raum und Zeit anders funktionierten. Von Anfang an war es, als würden sie ein Lied singen, dessen Text sie beide von vorne bis hinten kannten, und innerhalb weniger Monate waren sie einander so verbunden wie ein Paar Präriewühlmäuse. Er liebte sie, sie liebte ihn, sie liebten sich, und so war's um sie geschehen.

Zu Beginn der Beziehung gingen sie oft aus, zogen von Bar zu Bar, trafen sich mit Freunden, freundeten sich mit Fremden an und taumelten munter von einem Spaß zum anderen. Wenn sie am nächsten Tag aufwachten, waren sie völlig kaputt und hatten Heißhunger auf frittiertes Essen und halb gefrorene Getränke. Sie konnten ganze Tage im Bett verbringen, vögeln und reden, standen ab und zu auf, um sich aus dem 7-Eleven gegenüber von Pauls Wohnung irgendwelchen Müll zum Essen zu besorgen, bevor sie direkt wieder ins Bett gingen, um weiter zu vögeln und zu reden.

Lorrie legte ein bisschen zu. Paul liebte sie weiterhin. *Wie bitte, was?* Dann legte sie *ordentlich* zu, und er liebte sie immer noch.

»Stört dich das nicht?«, hatte sie ihn nach rund sechs Monaten Beziehung gefragt. Nach einer Runde faulem Morgensex lagen sie nackt im Bett, beide verschlafen und verschmust und noch leicht betrunken von der Nacht zuvor.

»Stört mich was nicht?«

»Das«, sagte sie und gab sich einen Klaps auf die neuerdings üppige Hüfte.

»Ist das deine Art, mir durch die Blume zu sagen, dass ich abnehmen soll?«, fragte er und tätschelte sich den Bauch, der, seit sie sich kennengelernt hatten, ebenfalls gewachsen war.

Lorrie nahm an, dass er sie gern dünner hätte – ihrer Erfahrung nach wollten Männer selbstverständlich immer, dass sie zierlicher war als ihr Ist-Zustand –, aber seltsamerweise war das offenbar kein K.o.-Kriterium. Langsam dämmerte ihr, dass sie vielleicht auch dann ein guter und liebenswerter Mensch sein konnte, wenn sie nicht gertenschlank war.

Die Erkenntnis, dass ein paar zusätzliche Pfunde sie nicht automatisch zu einem unsympathischen Freak machen würden – zu einer Aussätzigen und so unerwünscht wie ein Atomunfall –, hätte nicht so überraschend sein sollen. Schließlich setzte Lorrie diesen

Maßstab auch nicht bei anderen an. Sie lief nicht mit dem Gedanken durch die Gegend, dass der Körperumfang eines Menschen seinen moralischen oder sozialen Wert bestimmte – oder zumindest lief sie nicht *bewusst* mit diesem Gedanken durch die Gegend. Und doch war sie erstaunt, dass Paul sie auch noch liebte, nachdem sie zugenommen hatte. Sie fing an, sich selbst anders zu sehen, und begriff, dass sich die Eigenschaften, die er an ihr schätzte, durch eine größere Kleidergröße nicht sofort in Luft auflösten.

Das Problem war, dass Lorrie, sobald die riesige Angst vor dem Dicksein nachließ, kein inneres Kontrollsystem mehr hatte, das ihr half, bei der Lebensmittelauswahl ein vernünftiges Maß zu halten. Ihre zwanghafte Selbstbeschränkung verwandelte sich in etwas anderes, und sie begann, fieberhaft und unkontrolliert zu essen, wie ein unterernährter Grizzlybär, der sich auf den Winter vorbereitet. Durch die ganzen Jahre der Einschränkung war sie es gewohnt, hungrig zu sein, aber sie hatte nie richtig ein Gefühl dafür entwickelt, was Sattsein bedeutete. Es dauerte lange, bis sie auf der Skala zwischen Hungern und Vollstopfen einen Platz fand, an dem sie sich bequem ausruhen konnte – und als sie diesen Platz gefunden hatte, war sie im Grunde genommen bereits fettleibig, so dick, dass, wann immer sie mit irgendeinem Leiden zum Arzt ging (wiederkehrende Virusinfektionen, anhaltende Müdigkeit, übermäßige Menstruationsschmerzen, ein komisch aussehendes Muttermal), der erste, manchmal der einzige ärztliche Rat lautete, abzunehmen. Als ginge das so einfach! Als hätte sie nicht bereits selbst gemerkt, dass sie dick war!

Das Seltsamste war, dachte sie, während sie sich zärtlich in die fleischigen Pölsterchen am Bauch pikste, dass sie ihren Körper heutzutage nicht annähernd so abstoßend fand wie in ihrer Jugend, als sie und ihr BMI noch Anfang zwanzig waren. Damals hatte sie stundenlang vor dem Spiegel gestanden, nach Makeln gesucht und sich mit den Händen über den Bauch gestrichen, als könnte sie ihn dadurch fest und flach formen. Regelmäßig hatte sie den Umfang ihrer Oberschenkel gemessen und sich oft gewogen, nicht bloß einmal, sondern gleich mehrmals am Tag. Inzwischen war sie so weit von dem perfekten schlanken, glatten Körperbau entfernt, den Frauen anstreben sollten, dass es keinen Sinn mehr hatte, sich reinzustressen. Keiner schaute sie mehr an, jedenfalls nicht wie früher. Ihr Gewicht konnte sie wie einen Tarnumhang tragen. Das war erstaunlich befreiend.

Trotzdem, dachte sie mit missbilligendem Blick auf ihr Spiegelbild, sollte sie sich mit dem Abnehmprogramm wirklich mehr Mühe geben. Sie wollte nicht mehr dünn sein, aber Himmel noch mal, sie wollte einfach *normal* sein, ein normaler Mensch, der sich keine Sorgen machen brauchte, zu viel Platz auf einem Flugzeugsitz zu beanspruchen oder sich in einer Reportage über die Adipositas-Epidemie wiederzufinden, für die er in Zeitlupe vom Hals abwärts gefilmt wird. Außerdem wollte sie nicht, dass ihre kaputte Beziehung zum Essen auf ihre Töchter abfärbte. Sie sollten ihre Körper lieben, und sie wusste, wie schwer das sein würde, wenn ihre Körper so aussähen wie ihrer. Ja, inzwischen gab es auch fülligere Models, eine zunehmende Anzahl von Onlineshops mit Kleidung in Übergrößen und hin und wieder einen molligen Popstar – aber richtig was geändert hatte sich nicht. Lorries Social-Media-Feed war immer noch voll von Anzeigen, in denen dünne Frauen mit Sixpacks 21-tägige Sportprogramme und Stoffwechseldiäten anpriesen. Noch immer war es eine Seltenheit, einen dicken Menschen im Fernsehen zu sehen, dessen Dicksein nicht zu humoristischen

Zwecken eingesetzt wurde oder dafür, jemanden zu beschämen. Beispielsweise sah man bei *Der Bachelor* nie eine auch nur leicht übergewichtige Kandidatin, was Lorrie erstaunlich fand – als würden die Produzenten denken, Grübchen am Hintern oder schlaffe Arme seien ein größeres Hindernis für dauerhaftes Liebesglück, als eine ungeheuerliche Narzisstin oder eine komplette Vollidiotin zu sein. Daher galt nach wie vor: Selbst wenn man sich völlig akzeptiert, wie man ist, heißt das noch lange nicht, dass die Welt das ebenfalls tut. Dick zu sein machte einem das Leben noch immer schwer, und Lorrie wollte, dass ihre Töchter ein leichtes Leben hatten.

Lorrie zog sich Slip und BH an und ging zu Ruthie, die auf ihrem Bett lag und schmollend die Wand anstarrte. Sie setzte sich neben sie und tätschelte ihr die Schulter.

»Tut mir leid, dass ich so patzig war, Mäuschen. So hätte ich nicht mit dir reden sollen.«

Ruthie, die für eine Sechsjährige außergewöhnlich verständnisvoll war, drehte sich um und schmiegte den Kopf an Lorries Bauch.

»Schon okay, Mama. Tut mir leid, dass ich gesagt hab, du bist schlaff.«

»Na ja, ich meine, ein bisschen schlaff bin ich schon. Aber …« Sie unterbrach sich. Mit ihren Töchtern über Gewicht zu sprechen, war eine heikle Angelegenheit. »Ich meine, Ruthie, es ist okay, dass ich schlaff bin, das macht mich nicht zu einem schlechten Menschen. Aber … am besten macht man keine Kommentare zum Aussehen anderer Leute, außer man hat etwas Nettes zu sagen. Und selbst dann … mach daraus vielleicht lieber keine große Sache? Ich weiß auch nicht. Aber, ähm, nenn andere auf jeden Fall nicht schlaff.«

»Also, du hast schöne Haare, Mama«, sagte Ruthie und gab Lorrie einen Kuss auf den Arm.

»Ha, danke, Liebes. Du auch.«

Da Ruthie ihr anscheinend verziehen hatte, ging Lorrie sich fertig anziehen. Clara kam ins Schlafzimmer, um ihr zuzusehen, und gab sachliche Kommentare ab, in die sie hin und wieder ein Kompliment einstreute.

»Du trägst einen Rock. Du hast einen BH. Ich mag deinen Arm, Mama.«

Wie Ruthie machte auch Clara manchmal eine Bemerkung über Lorries teigigen Bauch oder wabbelige Oberschenkel – aber im Gegensatz zu Ruthie tat sie das nüchtern und legte keinen besonderen Wert oder Bedeutung in ihre Beobachtungen. Clara war noch klein genug, um den Körper ihrer Mutter auf unkomplizierte Art und in seliger Unwissenheit um kulturelle Zusammenhänge zu lieben. Für sie war Lorrie einfach groß und weich und kuschelig.

Lorrie fischte das am wenigsten ausgeblichene ihrer sechs identischen Bürotops aus der Schublade und zog sich fertig an. Vollständig bekleidet und sämtliche schlaffe Körperteile in eine lockere schwarze Silhouette gehüllt, betrachtete sie sich im Spiegel. Sie sah passabel aus, dachte sie. Ihre Haare waren immer noch dicht und fielen ihr ordentlich auf die Schultern. Kein Grau hatte sich in den kastanienbraunen Glanz geschlichen. An guten Tagen hielt sie sich sogar noch für hübsch – obwohl sich in den letzten Jahren der Alterungsprozess bemerkbar gemacht hatte. Langsam drückte er ihr flache Linien in die Stirn, zog die Mundwinkel nach unten und ließ die Haut um die Augen durchscheinender werden. Damit ging es ihr nicht allzu schlecht, im Gegenteil, mit jedem Jahr, das verging, fühlte sie sich besser. Mit fünfunddreißig war sie sich wie der älteste junge Mensch der Welt vorgekommen, aber jetzt, da sie sich der Vierzig näherte, fühlte sie sich wie im Frühling ihrer Lebensmitte, als würde das nächste Kapitel gerade erst beginnen.

Clara stellte sich zwischen Lorrie und den Spiegel.

»Du gehst arbeiten, Mami? Ich darf mit?«

Seit den Kindern arbeitete Lorrie Teilzeit. Montags und donnerstags blieb sie mit Clara zu Hause, während Ruthie zur Schule und Paul zur Arbeit ging. An den anderen drei Wochentagen bürstete sie sich die Haare, zog sich saubere Kleider an und nahm den Zug in die Stadt, um die Stunden zwischen 9 und 18 Uhr damit zu verbringen, vernünftige Gespräche mit Erwachsenen über ernste politische Themen zu führen und ihr Recht auf einen unbehelligten Gang zur Toilette wahrzunehmen.

Lorrie hielt das für eine recht gute Balance, für eine faire Aufgabenverteilung – aber ihre Kinder sahen das anders. Wenn sie das Haus verließ, schienen sie das jedes Mal aufs Neue als Stich ins Herz zu empfinden. Sie weinten oder schrien nicht, aber sie standen an der Tür, sahen ihr mit verzweifelten Gesichtern nach und versuchten tapfer zu sein, als würden sie sie in den Krieg verabschieden.

»Tut mir leid, Mäuschen, aber du musst hierbleiben und auf Birdie aufpassen«, sagte Lorrie und gab Clara einen Kuss auf den Kopf.

Paul kam ins Schlafzimmer, ließ sich aufs Bett fallen und sah zu, wie Lorrie Lippenstift auftrug.

»Gut siehst du aus.«

»Danke. Ich habe heute Abend diese Veranstaltung auf der Arbeit, darum muss ich mich ein bisschen schick machen.«

»Oh, klar, natürlich. Die Glup-Sache.«

»Ja, das. Habe ich dir erzählt, dass mein alter Ex-Freund Ruben Armand auch da sein wird?«

»Ah, der berühmte Ruben Armand.«

»Der *berüchtigte* Ruben Armand wohl eher.«

»Muss ich mir Sorgen machen?«

»Ja. Ich habe fest vor, dich für ihn zu verlassen. Dir ist es einfach nie gelungen, mir den gleichen andauernden emotionalen Stress zu verschaffen, den ich bei Ruben immer so genossen habe.«

»Na dann, es war mir eine Freude, dich gekannt zu haben.«

»Gleichfalls, Babe. Oh – außerdem habe ich heute Morgen ein Meeting mit Philomena. Hoffentlich gibt sie mir wegen der Teamleitungsstelle Bescheid.«

Paul lehnte sich auf dem Bett zurück und stützte sich auf die Ellbogen. Clara, die auf seine Brust geklettert war, fing an, auf und ab zu hüpfen, und stieß einen schrillen Freudenschrei aus.

»Uff, Clara, lass das. Du brichst mir noch die Rippen«, sagte er, rollte sie beiseite und setzte sich auf. »Klingt nach einem großen Tag, Lo. Soll ich schon mal den Champagner kalt stellen?«

»Na ja, ich will mich nicht zu weit aus dem Fenster lehnen. Ich weiß nicht, ob das alles schon in trockenen Tüchern ist.« Sie drehte sich zu ihm, und ein kleines Lächeln umspielte ihre Mundwinkel. »Aber was soll's, stell den Champagner kalt. Es kann ja nicht schaden, vorbereitet zu sein.«

TEIL 2

Alex

An den meisten Tagen wachte Alex um sechs Uhr morgens auf, und obwohl sie höchstens ein paar Stunden geschlafen hatte, war das heute nicht anders. Sie hatte Schlafstörungen, was nichts Ungewöhnliches war: Schlaf war immer das Erste, was flöten ging, wenn in ihrem Leben etwas schieflief. Sie war um kurz nach elf ins Bett gegangen, aber es hatte lange gedauert, bis sich das hochfrequente Rauschen in ihrem Hirn so weit gelegt hatte, dass sie einnickte. Selbst dann war ihr Schlaf unruhig und von langen Wachphasen unterbrochen gewesen, in denen sie sich dabei ertappte, wie sie im Geiste sämtliche Probleme durchging, die sie tagsüber nicht hatte lösen können, und eins nach dem anderen hervorzog, um sie in den dämmerigen Stunden zwischen ein und vier Uhr morgens genauestens unter die Lupe zu nehmen, als könnte sie in der Dunkelheit besser sehen als im Licht.

Bis vor zwei Wochen war es ihr noch gut gegangen. Sie hatte gegessen, Sport getrieben und – laut ihrer Armbanduhr, die ihre Körperdaten analysierte und auswertete, als wäre sie eine Hochleistungssportlerin, für die diese Informationen wichtig waren –

sogar anständig geschlafen, manchmal über sechs Stunden pro Nacht. Aber das war zwei Wochen her. Jetzt konnte sie sich nicht einmal dazu durchringen, die App zu öffnen. Sie hatte kein Bedürfnis, die deprimierende digitale Aufzeichnung ihrer mangelnden Nachtruhe zu sehen und des körperlichen Spitzenzustands, in dem sie sich nicht mehr befand.

Stattdessen öffnete sie ihren Messenger – nichts Neues, bis auf eine Nachricht von ihrem Vater mit einer Liste von Lebensmitteln, die sie ihm besorgen sollte. (Tomaten der Sorte Black Russian? Einen ganzen Red Snapper? Eine Yuzu? Wo sollte sie das alles herkriegen?) Er hatte die Nachricht um 4.41 Uhr abgeschickt und ihr damit wieder einmal bestätigt, dass seine Gene an ihrer verflixten Schlaflosigkeit schuld waren.

Alle anderen, von ihrem Vater abgesehen, ignorierten sie anscheinend. Sogar Lorrie, die inzwischen wissen müsste, wie sehr es Alex stresste, wenn man ihr nicht antwortete, sogar Lorrie hatte ihr immer noch nicht wegen der Green-Cities-Sache Bescheid gesagt. Bestimmt hatte sie es vergessen. Alex schickte ihr eine Erinnerung, legte das Handy weg, legte sich zurück aufs Bett und starrte an die Decke, die genau über der Stelle, wo sie schlief, leicht durchhing. Scheiße. Würde sie in der Nacht über ihr einstürzen und sie unter einem Haufen Gipskartonplatten, Rattenscheiße und modriger Isolierung begraben? Sie war sich relativ sicher, dass das nicht gemeint war, wenn man davon sprach, friedlich im Schlaf zu sterben.

Sie spürte einen vertrauten Schmerz in den Beinen, der ihr sagte, dass sie noch etwas schlafen sollte, aber die ebenso vertraute Kakofonie in ihrem Kopf bestätigte ihr, dass sie es gar nicht erst zu versuchen brauchte. Die Sonne fiel schwach durch die Jalousien, und schon jetzt war sie überfordert von den ganzen Sachen, die sie tagsüber zu erledigen hatte – die ganzen Sachen, die sie gestern nicht geschafft hatte und vorgestern nicht und auch nicht am Tag davor. Sollte heute der Tag sein, an dem sie ihre Fähigkeit zurückerlangen würde, sich um einfache Aufgaben zu kümmern? Den Eindruck hatte sie nicht. Aber sie konnte nicht alles ewig aufschieben.

Ramone winselte leise am Fußende des Betts. Wahrscheinlich musste er raus zum Pinkeln. Er war in die Jahre gekommen, der arme alte Kerl. Seine Blase war nicht mehr das, was sie mal war.

»Morgen, Süßer«, sagte sie, ließ die Hand über die Bettkante baumeln und wartete darauf, dass er sich hochrappelte. Die Pfoten klackerten auf den Dielen, als er um die Ecke kam und seine Schnauze in ihre Handfläche drückte. »Ja, mein Lieber. Ich steh ja schon auf.«

Sie wickelte sich in einen Kimono über Unterhemd und Slip, schlüpfte barfuß in ihre Turnschuhe und nahm mit Ramone den Aufzug hinunter zur Straße. Vor dem Haus befand sich ein kaum nennenswertes Dreieck aus Erde und Gras, das sein bevorzugter Platz zum Urinieren war. Es war ein trostloser Anblick: der Himmel verdunkelt, die Gebäude leblos, der Bürgersteig stank nach Erbrochenem. Vielleicht war es an der Zeit, dachte sie nicht zum ersten Mal, woanders hinzuziehen. Sie könnte raus aufs Land und sich dort eine günstige Bleibe suchen. Die Idee, inmitten von Bäumen zu leben, hatte ihr schon immer gefallen, und Ramone würde sich über mehr Platz zum Herumtollen freuen. Aber was dann?

Zurück in der Wohnung ging sie ins Bad und schrubbte sich das Gesicht mit Seife aus Kaffee und Tonerde, die sie im Internet bestellt hatte, weil irgendein Mensch auf Instagram behauptet hatte, sie würde *für einen strahlenden Teint sorgen* und *die Vitalität wiederherstellen*. Tja, das war Blödsinn. Sie spülte sie ab, setzte ihre Kontaktlinsen ein und betrachtete sich im Spiegel. Unter dem grellen Licht der Deckenlampe sah sie aus wie eine Leiche.

Sie trug ein bisschen Eyeliner auf, tupfte sich ein wenig Rosa auf die Wangen, bürstete sich die Augenbrauen – aber es war sinnlos. Sie blieb – gnadenlos – sie selbst. Ihr Gesicht kotzte sie so was von an. Es war unerhört, wirklich, eine absolute Grausamkeit, dass man sein ganzes Leben lang in der gleichen Haut leben musste, dass man sich selbst ertragen musste, für immer, ohne jeglichen Lichtblick. Kurz verzog sie das Gesicht zu einer verrückten Grimasse mit aufgerissenem Mund und schiefen Augenbrauen. Abscheulich! Sie entspannte die Muskeln und guckte mit finsterem Blick in den Spiegel. Wahrscheinlich sollte sie dankbar sein, dass das Gesicht, das ebenso finster zurückblickte, selbst in diesem erschöpften Zustand objektiv betrachtet immer noch attraktiv war. Es war ein gepflegtes, modernes Gesicht: die Züge glatt und ebenmäßig, die Augen groß, die Knochenstruktur klar definiert. Es könnte schlimmer sein.

Sie schlüpfte in Leggings und ein übergroßes T-Shirt, auf dem vorne ein Bild der jungen Debbie Harry aufgedruckt war – also *das*, das war ein Gesicht, mit dem man sich bis in alle Ewigkeit abfinden könnte –, und rollte ihre Yogamatte vor dem Sofa aus. Während sie ihre morgendliche Routine absolvierte und vor der Pflanzenwand, die ihre kleine Wohnung zusehends in Beschlag nahm, die Berghaltung einnahm, während Ramone sich neben ihr ausstreckte und die altersschwachen Hundeglieder in Positionen brachte, von denen sie nur träumen konnte, versuchte sie, den Kopf freizubekommen. Es würde helfen, das wusste sie, wenn sie es sich bloß gestatten könnte, einfach nur in ihrem Körper zu existieren und ihre volle, ungeteilte Aufmerksamkeit darauf zu richten, die langen Muskeln am Rücken, die geschmeidige Kraft ihrer Körpermitte wahrzunehmen, sich auf die herrliche Ruhe der Gegenwart zu konzentrieren, und sei es nur für ein paar Minuten.

In letzter Zeit fiel es ihr jedoch schwer, sich ganz auf ihr physisches Selbst einzulassen. Ganz gleich, was sie tat, ganz gleich, wie langsam oder tief sie atmete, der Rest ihres Verstandes versuchte immer wieder zu dem Vorfall von vor zwei Wochen zurückzukehren.

Gehirn, halt verdammt noch mal die Klappe, dachte sie. Damit wollte sie gar nicht erst wieder anfangen.

Nach der Yogaeinheit hatte Alex plötzlich Riesenhunger. Sie konnte sich nicht erinnern, wann sie das letzte Mal etwas Richtiges gegessen hatte. Sie machte sich einen Espresso, öffnete eine Dose Futter für Ramone und begutachtete den Inhalt des Kühlschranks, obwohl sie genau wusste, was sich darin befand: Hafermilch, ein Glas Oliven, ein paar Take-away-Dosen mit Resten von dem Reis und Dal, die sie vor einer Woche unten beim Inder bestellt hatte. Sie setzte sich mit ihrem Kaffee an die Kochinsel, aß mit einer Gabel Oliven aus dem Glas und rieb mit den nackten Füßen über Ramones seidige Wirbelsäule. Was für ein trister Zustand. Sie musste sich zusammenreißen.

Zunächst einmal war ihr zu kalt. Sie musste sich einen vernünftigeren Morgenmantel besorgen, irgend so ein hässliches, flauschiges, warmes Teil. Ihre Wohnung befand sich in einer Lagerhalle aus dem neunzehnten Jahrhundert, die in den Neunzigern in kleinere Einheiten unterteilt und zu Wohnzwecken umgebaut worden war, und die extrem hohen Decken, die der Wohnung eine gewisse Geräumigkeit verliehen, machten sie von April bis Oktober leider auch zu einem luftigen Eisschrank. Es war fast November, aber ihr war immer noch, als würde sie in einem besonders geräumigen Kühlschrank leben.

Für das Apartment hatte sie sich wegen der großen Industriefenster entschieden, die über die gesamte Breite des Wohnraums gingen. Es lag im fünften Stock mit Blick auf eine belebte Straße am Rand des Stadtzentrums. An Sommerabenden öffnete sie gern eine der oberen Scheiben und lehnte sich hinaus, um die Menschen zu beobachten, die sich auf dem neonbeleuchteten Bürgersteig in kaleidoskopischen Mustern bewegten, und lauschte den Wellen aus Lärm, den die Menschenmassen, Autos und Straßenbahnen erzeugten. In solchen Momenten empfand sie eine Art zärtliche Liebe für die Menschen dort unten – ein schönes Gegenmittel zu den Gefühlen, die sie für sie hegte, wenn sie unten auf der Straße mitten im Getümmel war und andere Menschen scheinbar nur zu dem Zweck existierten, ihr auf den Wecker zu gehen oder in die Quere zu kommen. Nur hier oben in ihrer Wohnung – einem Ort, an dem sich niemand mit ausgefahrenem Ellbogen an ihr vorbeidrängeln, langsam vor ihr hergehen, sie sexuell belästigen oder Geld, eine Wegbeschreibung oder Aufmerksamkeit von ihr wollte –, nur allein zu Hause war sie in der Lage, echte, unkomplizierte Zuneigung für andere Wesen der Gattung Homo sapiens zu empfinden.

Aufgrund der Größe der Wohnung hielt Alex sie möglichst aufgeräumt und minimalistisch, was in der Regel nicht allzu schwierig war – zum einen, weil sie kein großes Interesse an dem Konzept von materiellem Besitz hatte, und zum anderen, weil sie es sich nie leisten konnte, etwas zu kaufen, selbst wenn sie wollte. Die einzige Extravaganz, die sie sich gegönnt hatte, war ein teures hohes Metallregal, das eine ganze Wand einnahm und üppig bepflanzt war:

Wachsblumen, Tillandsien, Fensterblätter, Friedenslilien, Philodendren, eine Alocasia Amazonica. In Zeiten, in denen es Alex besser ging, hatte sie eine morgendliche Pflanzenroutine, eine Routine, die ihr half, die Kontrolle nicht zu verlieren und die Nervosität in Zaum zu halten, die sonst den ganzen Tag wie eine Flipperkugel aus Emotionen in ihrem Körper herumsauste. Nach dem Yoga goss sie für gewöhnlich ihre Pflanzen, besprühte ihre Blätter und gab allen, die aussahen, als könnten sie ein wenig Aufmunterung gebrauchen, Algendünger. Einmal pro Woche schnitt sie überschüssige Triebe ab, steckte die Ableger in Reagenzgläser mit Wasser, damit sie zu neuen Pflanzen heranwachsen konnten, und topfte alles um, was neue Erde brauchte. Manchmal drehte sie die Töpfe so, dass alle Blätter Sonnenlicht bekamen, und ab und zu ordnete sie sie in den Regalen neu an, damit sie etwas Neues zu sehen bekamen und die Pflanzen sich nicht vom immer gleichen Anblick langweilten.

Nachdem sie sich um die Pflanzen gekümmert hatte, duschte sie in der Regel, zog sich an und machte mit Ramone einen langen Spaziergang durch die Carlton Gardens, vorbei am Museum, manchmal die ganze Strecke bis zum städtischen Friedhof, bevor sie den Rückweg antrat und bei der schicken Bäckerei an der Ecke in ihrer Straße anhielt, um sich zum Frühstück ein Gebäckteilchen zu holen. Sie nahm es mit nach Hause und aß es langsam und mit Bedacht, bevor sie den Laptop einschaltete und ihre E-Mails abrief. Die Routine war keine Hexerei – sie hatte die dumpfe, allgegenwärtige Furcht, ihr emotionales Grundrauschen, solange sie zurückdenken konnte, nicht vollständig ausschalten können, aber wenn sie diese kleinen Rituale täglich durchführte, so hatte Alex festgestellt, blieb die Furcht beherrschbar und das Risiko von Panikattacken relativ gering.

Das Problem war nur, dass die Routine in Zeiten, in denen es ihr nicht gut ging, zusammenbrach, und das wiederum machte es deutlich schwieriger, *sich selbst* vor dem Zusammenbruch zu bewahren. Als sie an diesem Morgen die lebenden Organismen betrachtete, um die sie sich eigentlich kümmern sollte, was sie ganz offensichtlich nicht tat, machten sich in ihrer Brust Schuldgefühle breit. Ihre Gassirunden mit Ramone waren immer kürzer geworden. So langsam wirkte er lustlos, seine sonst so gewinnende Energie schwand von Tag zu Tag. Den meisten ihrer Pflanzen ging es immer noch gut, aber einige von ihnen bekamen allmählich welke, hängende Blätter. Sie konnte sich nicht erinnern, wann sie sie zuletzt gegossen hatte – wahrscheinlich nicht seit der Sache mit Zoe.

»Tut mir leid, ihr Lieben«, sagte sie und schloss die Augen, um ihre vernachlässigten Babys nicht ansehen zu müssen. Ihre offensichtliche Not war überwältigend. Gut, dass sie keine echten Babys hatte, dachte sie.

Alex hatte lange gebraucht, um zu verstehen, dass eine Routine sie weder langweilig machte noch einschränkte, sondern sie sich dadurch sogar freier fühlte. Den Großteil ihrer Zwanziger hatte sie in chaotischen WGs verbracht und sich das Studium mit einer Reihe von Jobs als Servicekraft mit gutem Trinkgeld, aber unregelmäßigen Arbeitszeiten finanziert. Ihre Hauptstrategien, um in jenen Jahren mit der bedrückenden Erfahrung, *am Leben zu sein*, fertigzuwerden, waren Joggen (wenn's gut lief) und Freizeitdrogen (wenn's weniger gut lief). Alkohol mochte sie nicht besonders, weil er sie auf eine Art traurig und wild machte, die sie eher als stressig denn als lustig empfand, aber sie genoss den vernebelten Traumzustand beim Kiffen, und sie nahm gern eine bestimmte Kombination aus

Uppern und Downern, um sich für kurze Zeit euphorisch, voller Energie und gleichzeitig komplett mit sich und der Welt im Reinen zu fühlen.

Ihr Drogenkonsum verschlimmerte sich, als sie mit Ende zwanzig nach London zog. Sie promovierte in Kunst – so weit jedenfalls der Plan –, aber es war eine Menge Kokain im Umlauf, und der Nervenkitzel und Schrecken einer unbekannten Stadt hatten Alex' Hang zum Leichtsinn noch verschärft. Nach dem Erfolg ihrer ersten großen Ausstellung gab es eine Zeit, in der sie richtig Probleme hatte. Aber dann zog sie mit einer alternden Hippiefrau zusammen, die total auf Yoga stand und Alex überredete, bei ihren täglichen Übungen mitzumachen. Sie überzeugte sie auch, sich wegen ihrer psychischen Gesundheit Hilfe zu holen.

Die Ärztin, die sie aufsuchte, war eine winzige Frau mit klarem, gelassenem Selbstbewusstsein, das Alex ein wenig einschüchterte. Alex erklärte ihr so gut wie möglich, was los war.

»Die Patientin beschreibt Reizbarkeit, Schlaflosigkeit, Fatigue, Neigung zum Ruminieren«, murmelte die Ärztin vor sich hin, während sie ihre Notizen eintippte. Alex fand es beunruhigend zu hören, wie diese persönlichen Probleme in diagnostische Kriterien gemeißelt wurden, aber vermutlich war nichts davon inkorrekt. Die Ärztin verschrieb ihr einen SSRI.

»Sie versuchen aber nicht, schwanger zu werden, oder?«, fragte sie und sah vom Bildschirm auf.

»Ne.«

»Okay, gut. Na dann. Versuchen wir's mal hiermit. Ich sollte Sie darauf hinweisen, dass es zu einigen Nebenwirkungen kommen kann – achten Sie auf Übelkeit, Schlaflosigkeit, Kopfschmerzen, Durchfall und so weiter.«

Sie reichte Alex ein Faltblatt mit der vollständigen Liste. Alex warf einen Blick darauf und spürte sofort, wie sich ihr Herzschlag beschleunigte. Sie holte tief Luft und drückte sich die Fingernägel in den Daumenrücken. Bald würde alles gut werden. Bald würde es ihr wieder gut gehen.

Gut gewesen waren die Pillen tatsächlich. Sie machten zwar nicht so viel Spaß wie die illegale Selbstmedikation, die Alex zuvor betrieben hatte, aber sie ermöglichten ihr, sich eine geregeltere Routine aufzubauen, besser zu arbeiten und sich Klarheit zu verschaffen, was sie mit ihrem Leben anfangen wollte. Nach monatelangen Gesprächen mit ihren Mitbewohnern darüber, wie es ihr ging und welchen Weg sie einschlagen wollte, kam sie zu dem Schluss, dass die Promotion zu viel Stress für sie bedeutete und es das Beste wäre, sie abzubrechen.

Alex teilte Lorrie ihren Entschluss per Mail mit und umriss in groben Zügen ihre Gründe. Lorrie schrieb sofort zurück und zeigte sich sowohl besorgt über Alex' Wohlergehen als auch begeistert über die Aussicht, dass Alex wieder nach Hause kommen würde.

Wann kommst du zurück?, schrieb Lorrie.

Ich kann es kaum erwarten, dir unser neues Haus zu zeigen! Es ist ein bisschen heruntergekommen, und ein paar langweilige Sachen müssen erledigt werden, zum Beispiel müssen die Stelzen erneuert und das Dach repariert werden, aber es hat Charme. Kannst du dir vorstellen, dass ich eine verdammte Hypothek habe? Wenn das mal kein beispielloses Maß an Erwachsensein ist – da stimmst du mir sicher zu.

Alex verband Lorrie mit langen Nächten in WGs, in denen sie kifften, sich Platten anhörten und über die Witze der jeweils anderen schieflachten. War es wirklich möglich, dass Lorrie in dem Jahr, seit Alex das Land verlassen hatte, zu einer Person verkommen war, die *renovierte*? Sie empfand echte Trauer um ihre Freundin, als hätte Lorrie soeben verkündet, dass bei ihr eine unheilbare Krankheit diagnostiziert worden wäre.

Sorry, aber ich werde nicht zurückkommen, antwortete Alex und fügte nach einem kurzen Moment des Überlegens hinzu: *Hoffe, dass mit den neuen Stelzen etc. alles gut klappt.*

Ein Freund eines Freundes vermittelte Alex eine neue Stelle als Assistentin in einer Produktionsfirma. Das erwies sich als nicht weniger stressig als ihr Doktorandenprogramm, aber es war eine neue Art von Stress, eine Art, die sie als aufregend empfand. Sie war quasi Mädchen für alles und musste bei sämtlichen Schritten der Filmproduktion mit anpacken – an einem Tag baute sie auf Anweisung des Tontechnikers eine Tonangel auf, am nächsten recherchierte sie Interviewfragen oder suchte nach Drehorten. Ständig lernte sie etwas Neues. Sie verlor zunehmend das Interesse, die sehnigen Metallformen weiterzuentwickeln, die sie in den letzten acht Jahren als Bildhauerin perfektioniert hatte. Stattdessen kaufte sie sich eine tragbare Videokamera und fing an, in der Freizeit Fremde auf der Straße zu filmen, Nahaufnahmen von Menschen, die melancholisch, sehnsüchtig oder verloren aussahen.

Vermisst du deine Heimat denn gar nicht?, schrieb Lorrie. Alex wusste nicht, was sie antworten sollte. Ihr war klar, was Lorrie hören wollte, aber was sie wirklich fühlte, war nicht so leicht zu erklären. Die Distanz zwischen ihr und ihrem Geburtsland verschaffte ihr eine geistige Freiheit, die sie nie zuvor gekannt hatte – als wäre sie durch einen schmalen Kanal gesegelt und endlich draußen auf dem offenen Meer angelangt.

Ich vermisse dich, hatte sie Lorrie geschrieben. *Und natürlich vermisse ich meine Schwestern. Meinen jüngsten Neffen habe ich noch gar nicht kennengelernt.*

Das stimmte zwar, aber es war nicht die ganze Wahrheit. Die Entfernung zu allen, die sie liebten, zu allen, die sie liebte, war zugleich das Schlimmste *und* das Beste am Leben im Ausland. Manchmal, ja, da fühlte sie sich so einsam, dass es wehtat – und doch, ohne das Gerümpel im Kopf durch ihre alten Freunde und ihre Familie, ohne die endlose vorstädtische Monotonie ihres alten Zuhauses, die sich immer einen Weg in ihre Psyche gebahnt hatte, fand sie den Freiraum, neue Ideen zu entwickeln, einen neuen Blick auf sich selbst zu werfen und in der Welt zu existieren.

Die Veränderungen, die Alex in London durchmachte, fühlten sich spirituell an – oder zumindest hätten sie das, wenn sie an solchen Kram geglaubt hätte. Sie nahm ab, obwohl sie ohnehin schon schlank war, und von den Yogastunden jede Woche wurde sie muskulös und sehnig. Die Kleidung, die sie trug, wurde eleganter, sie wählte sie bewusster. Sie ließ sich die Haare zu einem lockeren Bob schneiden. Sie fand neue Freunde. Sie ging zu Musikfestivals und probierte sich beim Underground-Theater aus. Wenn sie Menschen kennenlernte, zu denen sie sich hingezogen fühlte – manchmal Männer, manchmal Frauen –, ging sie eine Weile zwanglos mit ihnen aus, aber sie stellte enttäuscht fest, dass ein Partner oder eine Partnerin ihr Leben immer noch eher einschränkte statt bereicherte. Sie war ständig pleite, sie war oft erschöpft, sie mühte sich ewig ab – aber auf berauschende Weise fühlte sie sich auch voll und ganz lebendig.

Vier Jahre später flog sie nach Hause, weil ihre Mutter gestorben war. Ein Herzinfarkt, während sie im örtlichen Schwimmbad ihre morgendlichen Bahnen geschwommen war. Als Alex davon erfuhr, war ihr, als wäre sie selbst unter Wasser getaucht worden. Marie war Anfang sechzig gewesen, immer noch schlank und fit, und Alex war davon ausgegangen, dass sie noch dreißig weitere Jahre leben würde.

Ihre Mutter hatte sie zuletzt bei der Familienfeier gesehen, die Alex' Schwestern vor ihrem Umzug nach London organisiert hatten.

»Du ziehst also raus in die Welt«, hatte Marie statt einer Begrüßung zu ihr gesagt.

»Sieht ganz so aus.«

»Erklär mir noch mal, warum du nach London musst, um genau das Gleiche zu machen, was du auch hier machen könntest?«

»Ich muss nicht, Mum. Ich will.«

»Richtig. Tja. Sag uns auf jeden Fall Bescheid, falls du jemals eins dieser großartigen Kunstwerke verkaufst, von denen du uns ständig erzählst.«

Ihre Mutter grinste, und Alex biss sich auf die Wange, um sie nicht anzuschnauzen, dann ließ sie sich irgendeine Ausrede einfallen, um mit ihren Schwestern abzuhängen. Später, als Alex aufbrach, legte Marie Alex die Hände an die Wangen und betrachtete sie nachdenklich, und einen peinlichen Moment lang war sich Alex sicher, dass Marie ihr sagen würde, dass sie sie liebte. Aber dann zog Marie sie nur an sich, drückte sie kurz und fest und ließ sie ziehen. »Also tschüss dann, mein Schatz«, sagte sie – und das war's. Das war das letzte Mal, dass Alex sie lebend gesehen hatte.

Sie kam gerade rechtzeitig zur Beerdigung nach Hause. Der einzige Flug, den sie so kurzfristig finden konnte, ging über Kairo,

Kuala Lumpur und Auckland und dauerte über dreißig Stunden. Während der gesamten Reise konnte Alex nicht schlafen. Sie konnte nicht aufhören, an den Körper ihrer Mutter zu denken, an ihre knotigen Fingerknöchel, die Silhouette ihrer Schultern, die azurblauen Adern, die innen an den Handgelenken entlangliefen. Es war unvorstellbar, dass sie nun tot war, dass ihr Körper – ein Körper, in dem einst Leben gewesen war, in dem Alex' eigenes Leben begonnen hatte! – nicht mehr ein Mensch, nicht mehr ihre Mutter war.

Als Alex klein war, waren ihr der Körper ihrer Mutter und was damit einherging, unangenehm gewesen. Marie war eine nervöse Frau gewesen, ständig am Rande des Nervenzusammenbruchs, ständig unter Strom. Manchmal riss ihr der Geduldsfaden, dann flogen die Fetzen und Marie verschoss in alle Richtungen eisige Funken der Wut. »Eines Tages zieh ich mir meinen Mantel an und werde von hier verschwinden, und dann seht ihr mich nie wieder«, zischte sie immer, wenn ihre Kinder sich weigerten, ihr Abendessen zu essen, zu viel Lärm machten oder zu lang im Bad brauchten. Ihre andere Drohung war weniger drastisch, aber vielleicht sogar noch erschreckender: »Eines Tages lege ich mich ins Bett und bleibe dort. Mal sehen, wie es euch gefällt, wenn ihr euch zur Abwechslung mal um *mich* kümmern müsst.«

Alex hatte in ständiger Angst davor gelebt, dass die unberechenbare Energie ihrer Mutter in Gewalt oder, schlimmer noch, Verzweiflung umschlagen könnte. Natürlich hatte Marie ihre Drohungen nie in die Tat umgesetzt – bis jetzt. Nun hatte sie alle auf die endgültigste Art im Stich gelassen.

Nach der Beerdigung blieb Alex ein paar Wochen lang bei ihrem Vater Bill. Bill war ganz anders als seine tote Frau. Wenn Marie ein Gewitter war, dann war Bill ein sumpfiges Moor – träge, trüb, langsam zersetzend. Bills Trauer über den Tod seiner Frau äußerte sich in dem Bedürfnis, tagelang vor dem Fernseher zu sitzen und Kricket anzusehen, eine Sportart, an der er bislang exakt null Interesse gezeigt hatte. Alex hatte ihm Gesellschaft geleistet, beide auf den gegenüberliegenden Enden des unausstehlich hässlichen Ledersofas ihrer Eltern geparkt, und zugesehen, wie Männer in Weiß auf einem Feld in Grün herumliefen. Eigentlich wäre das für Alex unerträglich gewesen, denn für gewöhnlich schaffte sie es nicht, längere Zeit still zu sitzen, aber in den vernebelten Wochen nach dem Tod ihrer Mutter fiel es ihr erstaunlich leicht, sich von dem dumpfen Gequassel der Kommentatoren, dem Aufschlagen des Balls auf dem Spielfeld und auf dem Schläger und von dem Hintergrundrauschen der Menge einlullen zu lassen. Es weckte in ihr die merkwürdig nostalgische Sehnsucht nach einer Erfahrung, die sie nie gemacht hatte.

Als kein Kricket mehr lief, schlug Alex vorsichtig vor, dass ihr Vater vielleicht darüber nachdenken sollte, was er nun mit seiner ganzen Zeit anfangen wollte.

»Bist du immer noch an der Wohnwagenidee interessiert?«, fragte sie. Im Jahr zuvor war Bill in Rente gegangen, und er und Marie hatten geplant, einen Wohnwagen zu kaufen und durch das Land zu reisen.

»Das hat mich noch nie interessiert«, sagte er ausdruckslos. »Das war Maries Ding, nicht meins. Warst du mal auf einem Campingplatz? Die sanitären Einrichtungen an manchen ... Mein lieber Schwan.«

»Aber wäre es nicht spannend, ein bisschen was von Australien zu sehen? Den Big Chook vielleicht? Oder Big Banana? Willst du sterben, ohne Big Pineapple gesehen zu haben?«

Er warf ihr einen Blick zu, und sie spürte einen Stich zwischen den Rippen. Warum hatte sie das gesagt? *Willst du sterben?* Aber dann, nach kurzem Zögern, schenkte er ihr ein mattes Lächeln.

»Was ist denn das für eine Einstellung, Mädchen? Sag bloß, die Weltbürgerin ist sich zu gut für unser stolzes australisches Erbe?«

»Komm schon, Dad. Niemand ist zu gut für Big Pineapple.«

Er lachte. Es war ein zurückhaltendes Lachen, das erste, das sie seit Maries Tod von ihm gehört hatte. Aber an seinem Entschluss, nicht zu verreisen, ließ sich nicht rütteln.

Einen Monat nach der Beerdigung taten sie immer noch nichts: nur im Haus herumhängen und sich gegenseitig auf die Nerven fallen. Als Marie noch am Leben gewesen war, hatte Alex ihren Vater immer als stoischen, kompetenten Mann gesehen. Jetzt wirkte er auf einmal hilflos und labil, als ob die Sorge um seine unberechenbare Frau das Einzige gewesen war, was ihn im Gleichgewicht gehalten hatte. Sein Tagesablauf war unregelmäßig, manchmal stand er vor sechs Uhr morgens auf, an anderen Tagen tauchte er erst am frühen Nachmittag aus seinem Schlafzimmer auf. Er trank jeden Tag Whiskey, oft ziemlich viel. Einmal weckte er Alex mitten in der Nacht, als er betrunken Chris de Burghs »The Lady in Red« mitsang, das er laut und in Dauerschleife auf der Stereoanlage im Wohnzimmer laufen ließ.

Alex fand, dass sie so nicht nach London zurückkehren konnte, jedenfalls nicht, solange Bill in diesem Zustand war. Offenbar wollte er, dass sie blieb, zumindest schloss sie das daraus, dass er sie nicht zum Gehen aufforderte. Aber sie fand auch, dass sie nicht weiterhin mit ihm in diesem Haus leben konnte.

Sie bewarb sich um einen Job an der örtlichen Fachhochschule und mietete eine Wohnung. Als sie Bill erzählte, sie werde in eine eigene Wohnung ziehen und sich ihre Sachen aus London nachschicken lassen, fragte er: »Wozu hast du das denn getan?«, und ihr rutschte das Herz in die Hose. Ja, wozu hatte sie das denn getan? Wollte er sie am Ende doch nicht in seiner Nähe haben? Aber dann sagte er, dass er zum Abendessen Lachssteaks mache, und fragte, ob sie auch eins wolle. Bill hatte beschlossen, dass eins der Dinge, die er mit dem Rest seines Lebens anfangen wollte, kochen lernen war.

»Wenn du willst, kannst du meine Testesserin sein«, hatte er an dem Abend vor ihrem Umzug beiläufig gesagt. Das war sechs Jahre her. Seitdem hatten sie eine Routine entwickelt, bei der Bill Alex jeden Freitag seine Einkaufsliste schickte und sie am Sonntagnachmittag die Zutaten mitbrachte. Dann saß Alex an dem großen quadratischen Tisch in seiner Küche und trank Ginger Beer, während er ein aufwendiges Festmahl zubereitete. Anfangs hatte es sich ein bisschen wie gerichtlich angeordnete Sozialstunden angefühlt, aber inzwischen genoss sie diese gemütlichen Nachmittage, die zwanglosen Gespräche und das unaufdringliche Interesse ihres Vaters an ihrem Leben.

Die letzten beiden Sonntage hatte sie allerdings abgesagt und sich fadenscheinige Ausreden einfallen lassen, warum sie nicht kommen konnte. In Wahrheit ertrug sie den Gedanken nicht, dass er sie fragte, wie es ihr ging (schrecklich), was sie gemacht hatte (nichts) und wie es mit der Doku voranging (gar nicht). Sie ertrug den Gedanken nicht, ihm erklären zu müssen, was in ihrem Leben los war, wenn sie es sich nicht einmal selbst erklären konnte.

Nun fragte sie sich, ob sie versuchen sollte, mit *irgendwem* darüber zu sprechen – vielleicht würde ihr das helfen, sich Klarheit über ihre Gefühle zu verschaffen. Aber mit wem? Lorrie wäre natürlich ideal – Lorrie würde dem Ganzen etwas Lustiges abgewinnen können, und nachdem sie zusammen gelacht hatten, würde Lorrie ihr vielleicht helfen, einen Weg durch ihre Angst zu finden hin zu einer intuitiv vernünftigen Lösung. Die einzige Lösung, die Alex momentan einfiel (ihre Gefühle mit synthetischen Opiaten zu betäuben), war wohl eher weniger vernünftig.

Die Schwierigkeit, mit Lorrie darüber zu sprechen, bestand allerdings darin, dass sie sich dann auch mit etwas anderem auseinandersetzen müsste: mit Lorries unausgesprochenen, aber irgendwie dennoch ungemein lauten Urteilen über Alex' Lebensentscheidungen, ihre Unentschlossenheit und Vermeidung dessen, was Lorrie als normale menschliche Verpflichtungen ansah. Schlimmer noch, Lorrie würde die ganze Geschichte hören wollen, würde wissen wollen, wie Alex in die Situation geraten war, in der sie sich befand – und schon das allein bedeutete, dass sie auf keinen Fall mit Lorrie reden konnte, denn wer wusste, wohin sie *dieses* Gespräch führen würde? Es spielte keine Rolle, dass Lorrie mit Paul zusammen war, zwei Kinder hatte, ein Haus und ein ganz anderes Leben. Es spielte keine Rolle, dass zwanzig Jahre vergangen waren. Tatsache war, dass sie Lorrie nie die ganze Geschichte darüber erzählen konnte, was sie durchmachte.

Das Problem war natürlich Ruben Armand.

Es hatte schon eine gewisse Ironie, denn ohne Lorrie würde Alex gar nicht in diesem Schlamassel stecken. Nach dem Abendessen im letzten Jahr, als Lorrie ihr von ihrem Dachgartenprojekt erzählt und erwähnt hatte, dass sie wieder in Kontakt zu Ruben stand, war Alex in eine Angstspirale geraten. Sobald sie zu Hause war, schaltete sie den Laptop ein, googelte seinen Namen und fand seine Kontaktdaten im Internet. Sie schickte ihm eine knappe Nachricht und fragte, ob er sich auf einen Kaffee treffen wolle. Tags darauf schrieb Ruben zurück, offenbar froh, von ihr zu hören, und zwei Wochen später fand sich Alex einen Hafermilchkaffee schlürfend in einem grässlichen Café am Südufer des Flusses wieder, wo sie auf Ruben wartete und sich wünschte, sie wäre sonst wo, bloß nicht hier.

Ihr Wiedersehen fing schlecht an. Ruben tauchte mit zwanzig Minuten Verspätung auf, weswegen sie, noch bevor er überhaupt zur Tür hereinkam, bereits so gereizt war, dass sie aus der Haut hätte fahren können. Alex erschien in der Regel gern mindestens fünfzehn Minuten zu früh zu Terminen. »So wie Sauberkeit gleich nach Gottesfurcht kommt«, hatte ihre Mutter immer zu sagen gepflegt, »so kommt Frömmigkeit gleich nach Pünktlichkeit.« Als Kind hatte sie darüber insgeheim die Augen verdreht – aber die Botschaft hatte sich eingebrannt. Heutzutage ärgerte sie kaum etwas mehr als die unbekümmerte Gleichgültigkeit eines gnadenlosen Zuspätkommers.

Als Ruben schließlich eintraf, erkannte sie ihn sofort. Er stolzierte mit derselben sorglosen Haltung wie früher in das Café, als wären alle Augen auf ihn gerichtet, und genau so mochte er das auch. Ärgerlicherweise waren tatsächlich alle Augen auf ihn gerichtet. Ruben hatte schon immer gut ausgesehen, mit seiner honigfarbenen Haut, dem schwungvollen Auftreten, dem üppigen Haar. Alex war sich ziemlich sicher, dass Rubens gutes Aussehen – oder, besser gesagt, sein ausgeprägtes *Bewusstsein* für sein gutes Aussehen – einen wesentlichen Anteil daran hatte, dass er ein so beschissener Mensch war.

Das Alter hatte ihm nichts anhaben können, er sah sogar noch besser aus. An den Schläfen war inzwischen ein wenig Silber. Er war kein fauler Student mehr, der in Kapuzenpulli, Jeans und mit Dreitagebart herumlümmelte. Der Mann, der das Café betrat und auf der Suche nach ihr den Blick durch den Raum schweifen ließ, trug ein elegant geschnittenes marineblaues Sakko und ein schneeweißes Hemd, und seine Frisur passte perfekt zu seinem langen, markanten Gesicht. Er sah fast erschreckend erwachsen aus, wie jemand, der wusste, wie man Squash spielt oder in einen Hedgefonds investiert.

Nichts davon machte ihn für sie attraktiver. Im Gegenteil, auf sie hatte die schillernde Fassade des Mannes, der Ruben Armand anscheinend geworden war, eher eine abstoßende Wirkung. Sie nickte nur knapp, als sein Blick schließlich auf ihr landete.

»Mein Gott, Alex, du bist ja noch ganz die Alte«, sagte er und grinste sie an, während er sich setzte.

Und das obwohl sie mittlerweile ein völlig neuer Mensch war und die Mädchenversion von sich, die Ruben kannte, längst überwunden hatte. Sie konnte sich kaum noch erinnern, wie sie mit neunzehn gewesen war – es war, als würde sie versuchen, sich an die Einzelheiten eines Films zu erinnern, den sie seit Jahren nicht mehr gesehen und eigentlich schon damals nicht besonders spannend gefunden hatte. Wie konnte er nicht erkennen, dass sie in den vergangenen neunzehn Jahren mehr als nur eine radikale Metamorphose durchlaufen hatte?

Mehr aus Höflichkeit denn aus Neugier fragte sie ihn, was er so getrieben hatte, und zu ihrem Entsetzen vergeudete Ruben ganze dreißig Minuten ihres Lebens damit, ihr detailliert Bericht zu erstatten: Studium, Praktikum in einer großen Anwaltskanzlei, ein paar Jahre in Paris, mehrere Versuche, einen Roman zu schreiben, eine Knierekonstruktion, der Tod seiner Mutter, eine Heirat, ein

Haus, ein Kind. Während er erzählte, murmelte Alex gelegentlich »Oh?« und »Ach was«, nickte aufmerksam und versuchte zu verhindern, dass sich ihre bebende Ungeduld auf ihrem Gesicht widerspiegelte.

Schließlich hörte Ruben auf zu reden, lehnte sich zurück und griff nach seinem größtenteils unberührten Kaffee (ein Long Black, in den er, wie Alex bemerkt hatte, zwei Tütchen Süßstoff geschüttet hatte; sie warf einen Blick auf den vom Hemd bedeckten Bauch und vermutete, dass er auf Diät war).

»Und was ist mit dir, Alex? Machst du immer noch deine Skulpturen?«

Sie lieferte ihm eine knappe Zusammenfassung über ihr Leben als Erwachsene – kurze, frühe Erfolge in ihrer Kunstkarriere, Interesse von Galerien, Umzug nach London, Schwenk zum Filmemachen – und tat ihm den Gefallen, auf sämtliche langweilige Erwähnungen ihrer verkorksten Beziehungen, des Tods ihrer Mutter, ihrer schweren depressiven Episoden, ihres Drogenkonsums und der abgebrochenen Promotion zu verzichten. Ihm war hoch anzurechnen, dass er sich interessiert zeigte und eine Menge Fragen zu dem Dokumentarfilmprojekt stellte, an dem sie gerade arbeitete – aber Alex' Antworten fielen schroff aus, und sie beeilte sich, zum eigentlichen Grund des Treffens zu kommen.

»Also«, sagte sie, als sie nicht länger warten konnte. »Lorrie hat mir erzählt, dass ihr zwei wieder in Kontakt steht.«

Er zuckte die Achseln. »Na ja, kann man so nicht sagen. Ich habe ihr nur bei einem Projekt für die Arbeit geholfen.«

»Das habe ich gehört.«

»Es war schön, ihr einen Gefallen zu tun.« Er kippelte lässig mit dem Stuhl und verschränkte die Hände hinter dem Kopf mit einer Bewegung, die aussah, als hätte er sie sich aus einem Film abgeguckt.

»Kannst du dir vorstellen, dass ich vor ein paar Jahren mit einer Therapie angefangen habe?«, sagte er und lachte. Alex, die mit einem weiteren Monolog rechnete, unterdrückte den Impuls, loszuschreien.

»Tatsächlich.«

»Meine Frau bestand darauf – sie ist der Ansicht, jeder sollte eine Therapie machen. War aber nichts für mich. Du hättest den Therapeuten sehen sollen. Ich dachte mir so: Wenn du erwartest, dass ich deine Ratschläge annehme, Kumpel, dann solltest du vielleicht nicht mit Fliege und Tweedjacke zu unseren Sitzungen erscheinen? Als wäre er der langweilige englische Boss aus *Mad Men*. Ich wollte ihm nur helfen, aber er hat nicht gut auf mein konstruktives Feedback reagiert.«

»Kann ich mir vorstellen.«

»Ich war nur vier oder fünf Mal da. Er wollte ständig über meine sexuellen Eskapaden von früher sprechen – Betonung liegt auf *früher*, heutzutage bin ich ziemlich brav –, und im Großen und Ganzen war es eine enorme Zeitverschwendung, aber es hat mir unter anderem geholfen, einzusehen, dass ich Lorrie damals nicht gerade der beste Freund war.«

»*Jetzt* gibst du also zu, dass du ihr Freund warst?«

Ruben grinste reumütig und legte den Kopf auf eine Art schief, von der Alex annahm, dass sie charmant gemeint war.

»Ja, hör zu, ich glaube, damals dachte ich, wir wären emotional progressiv oder so, indem wir alles offenließen. Aber Lorrie ... na, ich denke nicht, dass sie das auch so gesehen hat. Ich glaube, sie ist immer noch ein bisschen nachtragend – ich habe sie gefragt, ob sie sich mit mir treffen will, um über die alten Zeiten zu sprechen, aber sie hat abgelehnt.«

Vor Erleichterung lief Alex ein Schauer über den Rücken.

»Das ist der eigentliche Grund, warum ich mit dir sprechen wollte«, sagte sie. »Lorrie und ich stehen uns nämlich immer noch sehr nahe. Und ihre Freundschaft bedeutet mir unglaublich viel. Die Sache ist die …«

Alex unterbrach sich, als ein Kellner kam, um ihre Kaffeetassen abzuräumen. Als er weg war, sah sie aus dem Fenster auf eine Gruppe von Touristen, die vor dem trüben braunen Fluss Fotos schossen, bevor sie ihren Blick wieder auf Ruben richtete.

»Die Sache ist die: Ich habe ihr nie erzählt, dass ich damals bei dir in der Bar war.«

Er sah sie ausdruckslos an, bevor ihm allmählich dämmerte, wovon sie sprach, und er legte ernst die Stirn in Falten.

»Meinst du –«

»Ja. Nachdem sie dir gemailt hatte, um die Sache zu beenden, und ich dich gebeten habe …«

»Sie in Ruhe zu lassen.«

»Ja. Davon weiß sie nichts.«

Sein Stirnrunzeln wurde stärker.

»Ich bin davon ausgegangen, dass sie von dem Abend wusste. Ich dachte wohl immer, dass sie dich darum gebeten hat.«

Alex nahm einen Schluck Wasser.

»Weißt du, es war das Beste, dass ihr euch damals getrennt habt. Das sehe ich immer noch so. Aber sie wusste nichts von meinem Besuch bei dir in der Bar. Das war meine Idee. Ich schätze, ich wollte sie vor sich selbst schützen.«

»Und vor mir?«

Sie zuckte die Achseln. »Ja, auch das. Ich wollte nicht, dass du sie mit deinem Charme zum Bleiben überredest. Wie auch immer, der entscheidende Punkt ist jedenfalls, dass sie nichts davon weiß, und ...« Alex atmete tief ein und wünschte, sie müsste ihn nicht um diesen Gefallen bitten – aber sie hatte keine Wahl. »Das alles ist schon so lange her. Nichts davon spielt mehr eine Rolle. Ich wollte dich nur bitten, dass du, falls du sie sehen solltest, nichts über – nichts von all dem erwähnst.«

»Alles klar, verstanden. Ich sag nichts.«

Damit hätte die Sache beendet sein sollen. Beendet sein können. Nur dass Ruben Alex ein paar Wochen später aus heiterem Himmel anrief und sie zum Abendessen zu sich nach Hause einlud. »Es war schön, dich neulich zu sehen, Alex – da dachte ich mir, hey, wir sollten nicht wieder zwanzig Jahre verstreichen lassen. Ich habe mich gefragt, ob du nicht mal zum Essen vorbeikommen willst. Meine Frau Zoe würde dich gern kennenlernen.«

»Mich? Warum?«

»Ich habe dir doch erzählt, dass Zoe Französin ist, oder? Wir haben uns kennengelernt, als ich in Paris gearbeitet habe. Es war eigentlich ganz romantisch, unsere Einkaufswagen ...«

»Ja, ich erinnere mich, eure Einkaufswagen sind im *supermarché* zusammengestoßen.«

»Genau. Jedenfalls sind wir vor ein paar Jahren wieder hergezogen, aber sie kennt immer noch nicht viele Leute – zumindest nicht viele, die sie auch tatsächlich mag. Von meinen Freunden von der Arbeit ist sie nicht gerade begeistert, was verständlich ist – manchmal bin ich selbst nicht besonders scharf darauf, die zu sehen. Aber sie interessiert sich sehr für Kunst, daher dachte ich, dass ihr euch bestimmt gut versteht. Du würdest mir einen großen Gefallen tun.«

Alex hatte mit sich gehadert. Für eine Dinnerparty mit einem Ehepaar in die Vorstadt rauszugondeln, war nicht gerade ihr Traum von einem unterhaltsamen Abend, und sie hatte auch nicht sonderlich Lust darauf, die Freundschaft mit Ruben wieder aufleben zu lassen. Aber sie wollte ihn auch nicht vor den Kopf stoßen und hatte keinen vernünftigen Grund, abzulehnen. Zu ihrer Überraschung war sie auch ein wenig neugierig, die Frau kennenzulernen, die es geschafft hatte, ausgerechnet Ruben Armand in den Hafen der Ehe zu locken.

Zoe und Ruben wohnten in einem riesigen modernistischen Backsteinhaus in einer steilen Straße, rund dreißig Kilometer außerhalb der Stadt. Alex musste zweimal klingeln, bevor Ruben die Tür öffnete. Er wirkte leicht genervt über ihr Erscheinen, was sie sofort ärgerte, immerhin war er derjenige gewesen, der auf dem Wiedersehen bestanden hatte.

»Mensch, Alex, du bist aber früh dran.«

»Bin ich das? Tut mir leid. Ich war mir nicht sicher, wie lange der Zug brauchen würde. Ich war noch nie so weit im Osten.«

»Ach so. Na, jedenfalls war ich gerade dabei, Iris ins Bett zu bringen. Zoe ist in der Küche. Du musst dich eine Weile selbst beschäftigen.«

Er führte sie ins Wohnzimmer. »Fühl dich wie zu Hause«, kam es aus der Küche, die durch eine holzgetäfelte Wand mit Durchreiche vom Wohnbereich getrennt war. Zoes Stimme war tief und melodisch, mit einem leichten französischen Akzent. »Ich bin gleich da.«

Ruben verschwand in einem Korridor. Alex stellte ihre Tasche auf einem Samtsessel ab und sah sich im Zimmer um. Das Haus war, wie Ruben ihr erzählt hatte – wie er wahrscheinlich jedem erzählte –, von einem berühmten Architekten entworfen worden. Der Hauptwohnbereich hatte an einer Seite riesige Fenster, die einen Blick auf das dicht bewaldete Tal darunter boten. Der Großteil des Innenraums wurde von einer Sofagrube mit schicken niedrigen Möbeln aus den frühen Sechzigern eingenommen. Weiter hinten im Raum, eine Stufe über dem Loungebereich, stand ein langer Esstisch mit klobigem Siebzigerjahre-Geschirr darauf, beleuchtet von einer tief hängenden Pendelleuchte mit gelblichen Glaskugeln. Alex schlenderte zu einem Bücherregal aus Teakholz hinten an der Wand, in dem eine Sammlung von Vintage-Kochbüchern stand. Sie blätterte in einem davon und wurde mit knallbunten Bildern von Gemüse in Aspik und mehrschichtigen Desserts auf Puddingbasis konfrontiert. Du lieber Himmel. Na, hoffentlich war das nicht die Art von Essen, die heute serviert werden sollte.

Zoe kam aus der Küche und wischte sich die Hände an einem Geschirrtuch ab. Alex hatte vermutet, dass Ruben mit seiner offensichtlichen Attraktivität und dem gut bezahlten Job mit einer zierlichen Blondine, jemand Süßem, verheiratet sein würde, aber Zoe war nichts von alledem. Sie war eine schlanke, hochgewachsene Frau mit ausgeprägtem Bizeps und kräftigen Unterarmen, die in der Kombination aus ärmellosem Leinenhemd und schwarzer Hose mit weit geschnittenem Bein gut zur Geltung kamen. Sie war eher gut aussehend denn hübsch – sie hatte ein breites Kinn, grünbraune Augen und eine kräftige, schnabelartige Nase. Ihre Wimpern waren lang und geschwungen wie die eines Kamels. Alex bemerkte, dass sie auch einen auffälligen – aber nicht unangenehmen – natürlichen Geruch hatte, als wäre sie körperlicher Arbeit nachgegangen oder hätte ein paar Tage lang nicht geduscht.

Sie legte Alex die Hände auf die Schultern und küsste sie auf beide Wangen. Ein undefinierbarer Impuls rührte sich in Alex.

Zoe wich zurück.

»Ich habe mich so darauf gefreut, dich kennenzulernen, Alex. Ich habe *Vessels* angesehen, weißt du – zusammen mit Ru, als ihr beide wieder Kontakt aufgenommen habt, und ich konnte sofort sehen, dass du, wie sagt man, eine ›waschechte‹ Künstlerin bist. Kannst du mir verraten – wo hast du Film studiert?«

Alex war sich nicht sicher, wie sie das verstehen sollte. Machte sie sich über sie lustig? *Vessels* war Alex' erster Solo-Film gewesen, ein Dokumentarprojekt, an dem sie drei Jahre lang spätnachts und an Wochenenden gearbeitet hatte, um ihn mit ihrer Lehrtätigkeit vereinbaren zu können. Als sie sich den Film vor Kurzem wieder angesehen hatte, war er ihr furchtbar peinlich gewesen. Das Thema lag ihr immer noch am Herzen – es ging um das Leben von Abtreibungsaktivistinnen in den Sechzigern –, aber er war voller technischer Fehler, Anfängerfehler, die sie heute nicht mehr machen würde. Glücklicherweise hatte ihn, abgesehen von dem kleinen Publikum auf den feministischen Filmfestivals, auf denen er lief, und den Jurys für die wenigen kleinen Preise, die er gewonnen hatte, fast niemand gesehen. Seit zwei Jahren war er auf YouTube, und er hatte immer noch weniger als tausend Aufrufe.

»Also, eigentlich habe ich gar nicht Film studiert«, antwortete sie vorsichtig. »Ich meine, ich habe hier und da in meinem Kunststudium ein paar Kurse belegt, aber das meiste – Kamera, Beleuchtung, Ton, die ganze Chose –, das habe ich in der Praxis gelernt.«

»Wie faszinierend«, sagte Zoe.

Alex fühlte sich immer noch unwohl. Sie musste sich und ihre Arbeit irgendwie verteidigen.

»Angefangen habe ich eigentlich in Europa – in London. Da habe ich ein paar Jahre lang für eine Produktionsfirma gearbeitet, hauptsächlich habe ich Dokus für die BBC gemacht.«

»Und für wen arbeitest du jetzt?«

»Inzwischen meistens allein. Ich meine, ich habe natürlich ein Team, mit dem ich in manchen Projektphasen zusammenarbeite, ich kann nicht alles selbst machen, aber ich versuche, möglichst unabhängig zu arbeiten. Das gibt mir eine Menge Freiheit.«

Zoe nickte. Sie hatte, wie Alex feststellte, ein erstaunliches Gesicht. Die Art von Gesicht, die ein Maler lieben würde.

»Du hast gesagt, vorher hast du Kunst studiert?«

»Ursprünglich habe ich eine Ausbildung zur Bildhauerin gemacht.«

»Bildhauerin! Wie toll. Sind deine Arbeiten irgendwo ausgestellt? Ich würde sie gern sehen.«

Alex schaute zu Boden. Die Demütigung, über ihre dauerhaft unterbrochene Bildhauerkarriere sprechen zu müssen, versetzte ihr einen Stich.

»Nun ja, nein. Nicht mehr. Wenn ich gerade keine Filme mache, unterrichte ich immer noch Kunst – das reicht für die Miete –, aber für eigene Arbeiten in dem Bereich bleibt einfach nicht viel Zeit übrig.«

»Verstehe, verstehe. Und erzähl mal, was hat dich dazu veranlasst, dich dem Film zuzuwenden?«

Konnte sie nicht sehen, dass Alex lieber nicht darüber sprechen wollte?

»Ich – also, das war so, dass ich als Assistentin bei einer Produktionsfirma angefangen habe, einfach weil ich einen Job gebraucht habe, und dann habe ich festgestellt, dass es mir gefällt. Ich hatte wohl das Gefühl, dass Dokus zu machen wertvoller, sinnvoller sein könnte, als es meine Skulpturen je sein würden.«

Es bestand keine Notwendigkeit, Zoe zu erzählen, dass Alex nach ihrem größten Erfolg – einer Einzelausstellung kurz nach ihrer Ankunft in London, für die sie begeisterte Kritiken erhalten hatte (die meisten Werke waren schon vor der Eröffnung verkauft, so groß war der Wirbel um sie gewesen) – jahrelang nicht in der Lage gewesen war, auch nur ein einziges Stück zu schaffen. Der Gedanke, dass andere sich für sie interessierten und sehen wollten, was sie als Nächstes tat, belastete sie extrem. Sie hatte schreckliche Angst gehabt, etwas offensichtlich Schlechtes oder, schlimmer noch, Mittelmäßiges zu schaffen, und aus diesem Grund hatte sie überhaupt nichts gemacht. Aber davon brauchte Zoe nichts zu erfahren; sie brauchte nicht zu wissen, dass der Wechsel zum Filmemachen eher aus Notwendigkeit erfolgt war denn aus einem persönlichen Wunsch heraus.

Zoe schien sich mit ihrer Antwort allerdings nicht zufriedenzugeben.

»Willst du damit etwa sagen, dass Kunst an sich … dass sie nicht bedeutungsvoll genug ist?«

»Nein, es ist nur – für mich hat es sich nicht richtig angefühlt, mein Leben damit zu verbringen, hübsche Sachen zu machen, während die Welt um mich herum zusammenbricht. Ich meine, mit meinen Skulpturen, da habe ich immer über Politik nachgedacht, darüber, wie uns das System, in dem wir leben, beeinflusst … aber ich schätze, diese Arbeiten waren eher der Versuch, etwas über die psychologischen Folgen des Kapitalismus darzustellen, anstatt tatsächlich etwas dagegen zu unternehmen.«

Gott. Warum sprach sie mit dieser Frau, die sie erst vor wenigen Minuten kennengelernt hatte und über die sie rein gar nichts wusste, über die *psychologischen Folgen des Kapitalismus*? Schließlich wohnte Zoe in einem großen, schicken Haus voller echt aussehender Eames-Stühle und Saarinen-Beistelltische. Wahrscheinlich fand sie, dass der Kapitalismus ziemlich gut funktionierte. Alex sollte aufhören, davon auszugehen, dass andere Menschen die Welt genauso sahen wie sie.

Zoe jedoch wirkte unbeeindruckt.

»Deine Arbeit, das alles klingt so faszinierend«, sagte sie ernst, woraus Alex schloss, dass sie vielleicht doch aufrichtig interessiert war. »Weißt du, ich bin Wissenschaftlerin, aber ich habe mir immer gewünscht, auf diese Weise kreativ zu sein.«

»Oh, also, ich bin ja der Ansicht, dass jeder Mensch kreativ ist, wenn er nur will. Es ist größtenteils eine Frage der Übung, eine Frage der Aufmerksamkeit.«

Alex hatte diesen Spruch schon mal gebracht – vielleicht hatte sie ihn sogar von jemandem geklaut. Ihr gefiel, wie er klang, auch wenn sie sich nicht ganz sicher war, ob sie daran glaubte.

»Ich würde schon sagen, dass ich aufmerksam bin«, antwortete Zoe und sah Alex mit einer Direktheit an, die sie nervös machte. Alex fühlte sich entblößt – als ob die dicke Rinde um sie herum abgezogen worden war, um den klebrigen Saft im Inneren offenzulegen.

»Tja«, sagte sie und zuckte bescheiden die Achseln, »dann bist du wohl eine Künstlerin.«

Zoe legte den Kopf in den Nacken und stieß ein heiseres Lachen aus, das eine perfekte weiße Zahnreihe enthüllte. »Ich bin höchstens eine Künstlerin, wenn es darum geht, Bullshit zu produzieren.«

Aus dem Flur war der Schrei eines Kindes zu hören.

»Tut mir leid – du musst mich kurz entschuldigen. Unsere Kleine lässt sich immer noch nicht von ihrem Papa ins Bett bringen, ohne hundert Küsse von mir zu wollen.«

Sie ging, und Alex trat ans Fenster und bewunderte die Aussicht. Die Sonne war gerade in der Ferne hinter den Hügeln versunken und tauchte den Himmel in Gold, und am Horizont vollführte ein Vogelschwarm einen trägen Tanz, stieg auf und nieder und zog Schleifen und Kreise, immer und immer wieder, während die letzten Sonnenstrahlen auf den Flügeln abkühlten. Der Anblick war so atemberaubend, dass er allein beinahe für die fünfundvierzigminütige Zugfahrt entschädigte.

Zoe kam zurück und setzte sich auf das teuer aussehende Sofa, streckte die langen Beine aus und stützte den knochigen Ellbogen auf die Rückenlehne. Sie hatte dunkle Haare unter den Armen. »Komm, bitte, setz dich«, sagte sie und deutete auf den eleganten Slingsessel ihr gegenüber. Er war so tief geneigt, dass Alex fast lag, als sie sich hineinsetzte. Sie schlug die Beine übereinander und versuchte, einen entspannten Eindruck zu machen.

»Kannst du mir was über das Projekt erzählen, an dem du gerade arbeitest? Ruben hat mir gesagt, dass du einen Dokumentarfilm über diese Gruppe, die Future Earthlings, drehst? Ich würde gern mehr darüber erfahren.«

»Hm«, sagte Alex und war erstaunt, dass Ruben sich nicht nur daran erinnert, sondern sogar seiner Frau davon erzählt hatte. Mühsam richtete sie sich auf und balancierte auf der Stuhlkante. »Also, von den Earthlings hast du gehört, ja?«

»Natürlich. Ich interessiere mich sogar sehr für Umweltbewegungen.«

Unwillkürlich zog Alex die Augenbrauen hoch.

Zoe lachte. »Wie ich sehe, überrascht dich das. Weil mein Mann für Sebastian Glup arbeitet, ja? Aber diese Angelegenheiten sind kompliziert. Erzähl mir doch bitte mehr über diese Dokumentation.«

»Ach, sie steckt noch in der Entstehungsphase, deshalb lässt sich das nicht so leicht beschreiben. Ich filme die Protestaktionen der Earthlings und interviewe Mitglieder der Gruppe zu ihren Beweggründen und Methoden. Ich will, dass die Leute verstehen, was sie tun und warum das so wichtig ist.«

»Das müssen interessante Menschen sein.«

»Sie sind ziemlich krass drauf.«

Es brauchte nur etwas mehr Bestärkung von Zoe, und Alex fing an, ausführlicher über das Projekt zu sprechen, darüber, was sie erreichen wollte, über die Proteste, die sie bereits gefilmt hatte, über den Aufbau der Geschichte, die ihr vorschwebte. Während sie erzählte, kam Ruben ins Zimmer, setzte sich neben Zoe und legte ihr beiläufig die Hand in den Nacken.

»Soll ich Sebastian fragen, ob er dir ein Interview gibt?«, erkundigte er sich. »Er hält die Future Earthlings für eine Horde alternativer Spinner.«

»Siehst du das auch so?«

»Es steht mir nicht frei, meine persönlichen Ansichten zu äußern«, sagte er in einer monotonen Roboterstimme, und bevor er die persönlichen Ansichten äußern konnte, die er ihr ganz offensichtlich mitteilen wollte, fiel ihm Zoe ins Wort, die glaubte, ein Geräusch aus dem Zimmer ihrer Tochter gehört zu haben, und nach ihr sehen wollte. Als sie aufstand, nahm Ruben Zoes freie Hand und drückte ihr seinen Mund auf den Handrücken. Sie zog sie rasch zurück, sagte schnell etwas auf Französisch zu ihm und verließ den Raum.

Das Abendessen war angespannt. Wie sich herausstellte, hatte Zoe gerade ihren Doktor in Astrophysik gemacht, bevor sie schwanger wurde, und sie hatte eine Menge komplexer Ideen über schwarze Löcher und den Ursprung einer bestimmten Art von Magnetfeldern, die sie Alex auf Rubens Drängen hin ausführlich erklärte. Alex vermutete, dass er mit seiner klugen Frau angeben wollte. Sie versuchte – und scheiterte daran – zu verstehen, worüber Zoe sprach, schaltete irgendwann völlig ab und nickte, wenn Zoe Begriffe wie »elektromagnetische Strahlung« und »nichtlineare Dynamotheorie« benutzte, ließ aber ihre Gedanken schweifen.

Ruben wirkte nervös, obwohl er nach außen hin einen heiteren Eindruck machte. Diese Seite von ihm war merkwürdig. Sie hatte ihn nicht als nervösen Menschen in Erinnerung. Damals, als sie zusammen auf der Highschool gewesen waren, hatte Ruben auf sie beinahe unnatürlich selbstbewusst gewirkt. Aber womöglich hatte er diese Unsicherheit schon immer in sich getragen, und sie hatte sie nur nicht als solche erkannt. Die Anzeichen, die sie heute Abend wahrnahm, waren relativ subtil und äußerten sich nur in ein paar kleinen, bedürftig wirkenden Gesten, die er immerfort machte, wie zum Beispiel Zoe mit Daumen und Zeigefinger am Ohrläppchen zu berühren oder sie beim Tellerabräumen auf den Kopf zu küssen. Er gab vor, sich ganz auf seine Frau zu konzentrieren, während sie ihn allem Anschein nach kaum beachtete. Alex wurde nicht schlau daraus, was zwischen den beiden vor sich ging.

Kurz nach dem Essen verabschiedete sich Alex, um den Zug zurück in die Stadt zu erwischen, und bedankte sich für die Einladung. An der Tür nahm Zoe Alex' Hände in ihre.

»Ich würde dich gern wiedersehen, Alex. Ich schreib dir.«

»Ja, klar, das wäre super«, antwortete Alex, ohne groß darüber nachzudenken. Sie wollte nur so schnell wie möglich aus diesem Haus verschwinden.

Im Zug zurück in die Stadt dachte sie darüber nach, was sie Zoe über ihre Doku und die Future Earthlings gesagt hatte. Hoffentlich hatte sie nicht zu viel erzählt oder zu langweilig geklungen. Obwohl sie absolut fasziniert von den Earthlings war, wusste sie, dass nicht alle so über sie und ihre Aktionen dachten, mit denen sie verhindern wollten, dass die Menschheit ihren Wirtsplaneten verschlang.

Von den Earthlings hatte Alex durch ihre Freundin Dana erfahren. Die beiden lernten sich kennen, als Alex als Dozentin an der technischen Hochschule anfing. Während einer Mittagspause in der ersten Woche setzte sich Dana ihr gegenüber an den kleinen Tisch in der Personalküche und fing ein Gespräch an, als steckten sie bereits mitten in einem.

»Also, ich weiß, dass du Alex heißt, auch wenn wir uns noch nicht begegnet sind, und du hast wahrscheinlich inzwischen mitbekommen, dass mein Name Dana Chan ist. Auf dem Campus kennen mich alle, ich unterrichte hier, aber ich hab noch andere Aufgaben – ich bin so was wie eine inoffizielle Personaltherapeutin, das heißt, du kannst dich an mich wenden, wenn du Probleme mit den Studierenden oder wegen dem Arbeitsschutz hast oder nicht vernünftig bezahlt wirst oder einfach nur reden willst. Ich meine, es gibt auch eine offizielle Gesundheitsberaterin, Jan, aber die ist ein hoffnungsloser Fall, ganz ehrlich, zu ihr geht eigentlich nie jemand, Gott weiß, was sie mit ihrer Zeit anfängt, soweit ich das sehe, verbringt sie ihre Tage auf Immobilien-Websites und tut, als könnte sie sich Anlageobjekte leisten. In diesen Zeiten! Na, wie dem auch sei, falls du dich fragst, meine Pronomen sind sie/ihr, oder du kannst auch dey/dem benutzen, wenn du willst, ich seh das nicht so eng. Früher habe ich mich als nicht-binär identifiziert, aber in letzter Zeit habe ich gemerkt, dass ich eigentlich ein Demigirl bin. Ich finde ja immer, das klingt ein bisschen wie *demigod*, aber ich meine, wer würde sich nicht als Halbgöttin identifizieren, stimmt's? Aber eigentlich bedeutet es, dass ich mich zum Teil als Frau verstehe, obwohl ich größtenteils agender bin, womit ich meine, dass ich mich keinem der Geschlechter deutlich zugehörig fühle, was wahrscheinlich widerspiegelt, dass Gender in meinem Selbstverständnis einfach keine so große Rolle spielt.«

Alex hatte Dana auf dem Campus gesehen – sie nicht zu bemerken, war unmöglich. Sie hatte türkisfarbenes Haar, einen Nasenring und ihre Arme waren aufwendig mit Waldwesen tätowiert. Heute trug sie eine magentafarbene Latzhose über einem rosa-grün gestreiften T-Shirt und Doc Martens mit Plateausohle und Zebraprint.

»Hi«, sagte Alex und schenkte Dana ein gelassenes Lächeln, das hoffentlich nett wirkte, ohne den Eindruck zu erwecken, dass sie sich mit ihr anfreunden wollte. Doch offenbar hatte Dana etwas in Alex gesehen, das ihr gefiel, und wie Alex bald erfahren sollte, umfassten Danas Umgangsformen mit anderen weder die Verwendung subtiler Signale noch auf solche zu reagieren.

In den folgenden fünf Wochen saß Dana jeden Donnerstag in der Mittagspause mit Alex zusammen und kaute ihr ein Ohr ab mit endlosen Reden über ihre Arbeit (sie gab Grafikdesignseminare), ihre Beziehungen (sie war in einer komplexen polyamoren Situation mit drei anderen Menschen und führte zudem eine intime nicht-sexuelle Beziehung mit einem Mann, der, wie sie erklärte, »Enthaltsamkeit als Mittel erforschte, um eine tiefere spirituelle Verbindung mit Gott und/oder seinem eigenen Penis zu erlangen«), ihre politischen Ansichten (radikaler intersektionaler Umweltfeminismus, derzeit erste Annäherungen an Anarchie) und ihre psychischen Probleme (diverse Diagnosen von ADHS, bipolarer Störung und Borderline-Persönlichkeitsstörung; derzeit zweimal wöchentlich Gruppentherapie, trotz der Sorge, es könnte sich dabei um eine *unglaubliche* Zeitverschwendung handeln).

Eine Zeit lang versuchte Alex, Danas Freundschaftsangeboten zu widerstehen. Danas Gesellschaft hatte dieselbe Penetranz, als würde man mit jemandem, der zu viel Parfüm trägt, im Aufzug feststecken, und nach ihren Mittagspausengesprächen hatte Alex immer das Bedürfnis, eine Aspirin zu schlucken und längere Zeit mit geschlossenen Augen in einem dunklen Zimmer zu sitzen. Und doch hatte Dana etwas unbestreitbar Anziehendes an sich. Sie war offenherzig, exzessiv und beharrlich und hatte oft eine überraschend scharfsinnige Sichtweise zu Themen, über die Alex selbst so noch nie nachgedacht hatte. Sie musste zugeben, dass Danas Intensität es spannend machte, sie um sich zu haben. Jede Woche fragte Dana, ob Alex sie in die heruntergekommene Lagerhalle begleiten wolle, die sie sich mit acht anderen teilte, damit sie zusammen Shrooms nehmen und in den Himmel gucken konnten, was Dana für die einzige Möglichkeit hielt, einen Menschen richtig kennenzulernen, und jede Woche lieferte Alex einen plausiblen Grund, warum sie nicht konnte – bis sie eines Tages feststellte, dass sie keinen Grund hatte, abzusagen, und sie sich auch keinen einfallen lassen wollte. In dieser Nacht fand sie sich auf dem Dach einer Lagerhalle in Brunswick sitzend wieder, hielt Danas Hand und ließ ihr Gehirn sanft in den Himmel sickern.

Als Dana bei den Future Earthlings einstieg, wusste Alex noch nicht einmal, wer sie waren, aber während ihrer Zeit in Großbritannien hatte sie von ähnlichen Gruppen gehört, Gruppen, die direkte Aktionen und zivilen Widerstand bevorzugten, statt höflich über die Apokalypse zu verhandeln. Eines Nachmittags ließ Alex sich nach der Arbeit von Dana zu einem Treffen der Earthlings mitschleppen. Sie entpuppten sich als bunt gemischter Haufen. Einige waren genau, wie man es erwarten würde: junge, politisch höchst engagierte Menschen wie Dana oder Menschen am Rande der Gesellschaft, entweder weil sie an einer psychischen Erkrankung litten oder weil sie gern mit Feuer jonglierten (ebenfalls wie Dana). Aber viele waren auffallend normal: ein Mann mittleren Alters im Fahrraddress, der wohl was mit Maschinenbau machte und die Gruppe mit Tee und Kaffee versorgte; eine Hausfrau und Mutter Anfang vierzig mit dünnem blondem Haar, die den Mailverteiler verwaltete; eine winzige Frau über siebzig in Cordhose und Strickjacke, die das gesamte Treffen über strickte und offenbar selbst bei den gesetzeswidrigsten Aktivitäten der Gruppe eine zentrale Rolle spielte. Solche Menschen faszinierten Alex am meisten – Leute, deren Altersgenossen oft bloß herumsaßen, die Hände rangen und schwer seufzten, während um sie herum der Planet starb. Was war an ihnen anders? Warum war ihnen die Sache so wichtig, dass sie bereit waren, das eigene Leben auf den Kopf zu stellen und an Aktionen teilzunehmen, die Verhaftungen, Geldstrafen und manchmal sogar Freiheitsstrafen zur Folge haben konnten? Sie kam einfach nicht dahinter.

Zu Danas Enttäuschung sträubte sich Alex allerdings, der Gruppe offiziell beizutreten. Sie versuchte zu erklären, dass das im Prinzip nichts mit den Earthlings im Speziellen zu tun hatte – sondern vielmehr ihre grundsätzliche Unfähigkeit widerspiegelte, überhaupt Teil einer Gruppe zu sein.

Trotzdem war sie fasziniert. In der folgenden Woche ging sie zu einem weiteren Treffen mit, diesmal hatte sie ihren Notizblock dabei, und während die Gruppe über ihre neuesten Pläne sprach, den Kohletransport zum Erliegen zu bringen, skizzierte Alex die Grundpfeiler dessen, woraus schließlich ihre Dokumentation werden sollte.

Das war zwei Jahre her. Anfangs ging es mit der Doku rasant voran. Alex stellte ihren Projektplan zusammen, überzeugte die Earthlings davon, dass sie gute Absichten hatte, und beantragte eine Förderung im Rahmen eines staatlichen Kunstprogramms. Sie ließ sich von ihrem Job beurlauben, und es gelang ihr, schnell eine Menge brauchbares Filmmaterial von Liegeblockaden in der Rushhour, theatralischen Demonstrationsmärschen vor dem Parlament und einer Übernahme des Rollfelds des Flughafens Tullamarine zu sammeln, die den Flugverkehr über eine Stunde lang lahmgelegt hatte. Dana und ihre Gruppe waren ein fesselndes Thema. Als Alex mit Ruben und Zoe darüber sprach, hatte ihre Begeisterung für das Projekt ihren Höchststand erreicht. Sie hatte das Gefühl, es könnte die bedeutsamste Arbeit ihrer gesamten Karriere werden.

Nach der Einladung zum Abendessen hörte Alex ein paar Wochen lang nichts mehr von Ruben und Zoe. Allmählich geriet ihr Versprechen, Zoe wiederzusehen, in Vergessenheit, und sie nahm an, dass auch Zoe es vergessen oder ohnehin nie vorgehabt hatte, es einzulösen. Aber dann schrieb ihr Zoe an einem Sonntag aus heiterem Himmel eine Nachricht, dass sie allein in der Stadt sei und ob Alex nicht Lust habe, etwas trinken zu gehen?

Alex zögerte. Sie war sich nicht sicher, ob ihr der Sinn danach stand, wieder Begeisterung für Astrophysik vorzutäuschen. Aber dann fiel ihr ein, dass Ruben erwähnt hatte, Zoe fühle sich einsam, und aus ihrer Anfangszeit in London wusste sie noch, wie es sich anfühlte, niemanden zu kennen. Mit dem Alleinsein war Alex zwar immer gut klargekommen – vielleicht bevorzugte sie das sogar –, aber diese spezielle Form der vollständigen Isolation hatte sie fertiggemacht, und sie war immer dankbar gewesen, neue Leute kennenzulernen, die etwas mit ihr unternahmen und ihr nicht das Gefühl gaben, dass sie in deren ohnehin schon aus allen Nähten platzendem Sozialleben überflüssig war.

Sie traf Zoe im italienischen Viertel im Norden der Stadt in einem Café mit kunstvoll modelliertem Gebäck, glatten Marmortresen und herzerweichend schönen Servicekräften. Zoe trug schwarze Röhrenjeans, Stiefel mit Absatz und ein erdfarbenes Top, das den satten Olivton ihrer Haut betonte. Sie sah jugendlicher aus, als Alex sie in Erinnerung hatte. Zoe begrüßte Alex mit einem breiten Lächeln, als wären sie alte Freundinnen, und unerwarteterweise war Alex auf der Stelle von der Frau bezaubert, die Zoe anscheinend in Rubens Abwesenheit war.

Sie sprachen über alles Mögliche: Kunst und Musik, Reisen, Politik, Natur und Tod. Zoe stellte Alex Fragen über ihre Arbeit, ihre Familie und Beziehungen. Sie fragte, ob Alex Kinder wolle.

»Ich weiß nicht«, sagte Alex. »Ich habe darüber nachgedacht. Aber es gibt so viel, was ich in meinem Leben machen will, und ich kann mir nicht vorstellen, wie ich irgendwas davon mit Kindern schaffen soll.«

Zoe nickte. »Ich verstehe das, weißt du. Für mich war das auch nicht so einfach. Als ich mit Iris schwanger wurde, mein Gott, ging es mir da miserabel. Es war Sommer, es war richtig heiß. Gefühlt musste ich mich den lieben langen Tag nur übergeben. Ich bin zu meiner Mutter gefahren – sie lebt in Südfrankreich, in einem wunderschönen Dorf. Das hätte nett werden können, aber meine Mutter, sie hat mich wahnsinnig gemacht – sie hat nur noch von Babys gesprochen, als wäre ich nichts anderes mehr für sie, nur noch die Mutter ihres Enkelkinds. Obwohl ich da schon ziemlich weit in der Schwangerschaft war, wusste ich immer noch nicht sicher, ob ich das Kind wirklich wollte.« Sie nahm einen Schluck Wein. »Für Ruben und mich war das eine schwierige Zeit. Es war kompliziert. Und ich dachte, dieses Baby, es würde mich verwässern, verstehst du? Ich hatte Angst, dass ich nicht mehr die – die – ähm, auf Französisch sagen wir *protagoniste* – sein würde. Kennst du das Wort?«

»Im Englischen ist es das Gleiche – Protagonistin.«

»Protagonistin, ja. Ich war mir nicht sicher, ob ich in meinem Leben noch die Protagonistin bin, wenn ich ein Kind habe. Ich war wirklich deprimiert.«

»Klingt nach einer schwierigen Zeit.«

»Und natürlich liebe ich meine Tochter jetzt, aber ein bisschen vermisse ich mein Leben, wie es früher war. Die Situation zwischen Ruben und mir hat sich dadurch sehr verändert. Weil er arbeiten geht, kann er sein Leben einfach weiterleben. Aber meines musste pausieren. Ich glaube, ich habe mich verändert, und er ist immer noch derselbe. Manchmal ist das ein Problem.«

Zoes Offenheit war entwaffnend. Alex hatte das Gefühl, mit ihr über alles sprechen zu können, über Dinge, die sie normalerweise niemandem sagen würde. Sie fragte Zoe, ob sie es jemals bereut habe, ihre Tochter bekommen zu haben.

»O mein Gott, nein, das könnte ich nicht. Sie hat mir geholfen, das Universum zu begreifen, verstehst du?« Sie lachte.

»Wie meinst du das?«, fragte Alex und runzelte die Stirn. Die Vorstellung, dass ein Mensch das Universum begreifen könnte, erschien ihr verrückt.

»Es gab da diese eine Nacht, als ich schwanger war, es war sehr *humide*, mir war schlecht, und ich konnte nicht schlafen. Also bin ich raus in den Garten, um Luft zu schnappen. Es war etwa zwei Uhr, und ich stand da draußen im Gras und habe zu den Sternen hinaufgesehen. Ich dachte an all die Tausenden, vielleicht Milliarden von Frauen, die vor mir in denselben Himmel gesehen haben, während ein neuer Mensch in ihnen heranwuchs. Und ich musste an die ganzen Frauen denken, die ihre Babys großziehen und ihnen beim Überleben helfen mussten, nur damit ich überhaupt *existieren* konnte. Da kam mir der Gedanke, dass ich mich nicht von diesen Frauen unterscheide und auch nicht von irgendwem sonst in der Menschheitsgeschichte. Und ich unterscheide mich auch nicht von den Sternen, den Bäumen, den Ameisen auf dem Boden unter meinen Füßen. Ich hatte das Gefühl, dass ich mit diesem anderen Leben in meinem Körper ein Teil dieses großen Lebens bin, verstehst du, dieses Lebens, das alle Menschen gemeinsam haben?« Sie lachte wieder. »Und dieser Gedanke, durch den ging es mir besser.«

Zoes Selbstbewusstsein, die Gewissheit in ihrer langsamen, französischen Stimme, war hypnotisierend. Wenn Zoe sprach, spürte Alex förmlich, dass auch sie Teil dieses einen gemeinsamen Lebens war – dass auch sie Teil der Sterne und der Bäume und der Ameisen auf dem Boden war. Es war ein aufregendes Gefühl, das Alex nicht mehr empfunden hatte, seit sie als kleines Mädchen in einer Kirche gesungen hatte und sich ihre Stimme erhob und mit den Stimmen der Menschen um sie herum vermischte, was einen Klang erzeugte, der so freudig, so mystisch schön war, dass er Alex wie die wahrhaftigste Repräsentation des Himmels auf Erden vorkam. Sie hatte ganz vergessen, wie gern sie in der Kirche gesungen hatte, bevor sie aufgehört hatte, hinzugehen, bevor sie aufgehört hatte, an Gott und auch an den Himmel selbst zu glauben.

Später jedoch, als sie wieder in ihrer Wohnung war und über das Gespräch mit Zoe nachdachte, beschlich sie ein ungutes Gefühl, das sich nicht abschütteln ließ. Was genau war das Leben überhaupt? Sie war am Leben, aber sie wusste nicht, warum. Die Erde existierte, aber niemand wusste, warum. Es war schrecklich, auch nur darüber nachzudenken. Sobald Alex' Verstand versuchte, sich mit dem unlösbaren Rätsel des *Lebens* und seinem *Sinn* zu befassen, ging es ihr geradezu körperlich schlecht.

Das Problem war, dass sie, sobald sie über das Leben im Allgemeinen und über seine Bedeutung nachdachte, das zwangsläufig auch über ihr eigenes Leben im Speziellen tat und darüber, dass es nichts bedeutete. Klar, sie hatte ein passables Maß an Talent, sie war attraktiv, anscheinend fand man sie sympathisch. Aber tief in ihrem Inneren konnte sie sich nicht von einem ständigen Schwanken freimachen, von dem reflexhaften Gedanken, dass sie nutzlos war. Sie hatte versucht, sich dieses Gefühl zunutze zu machen, es für etwas Gutes einzusetzen – daraus entsprang ihr Wunsch, Sachen zu erschaffen und zu verbessern, etwas anderes zu suchen als ein gewöhnliches Leben –, und doch machte sie sich Sorgen, ob das, was sie schuf, es wert war, ob das, was sie tat, das Richtige war, das Beste, was sie tun konnte. Auf jeden Weg, den sie wählte, kamen tausend andere Wege, die sie nicht erkunden konnte. Es war unmöglich, sich überhaupt jemals sicher zu sein, dass sie die richtigen Entscheidungen traf.

Doch einer Sache war sie sich nach diesem Sonntag in der Bar sehr wohl sicher: Sie wollte mehr Zeit mit Zoe Apolline Moreau verbringen.

Im Laufe der Monate baute Alex eine Intimität zu Zoe auf, wie sie sie noch nie mit jemandem erlebt hatte, nicht einmal mit Lorrie. Lorrie war immer zu Scherzen aufgelegt, was Alex an ihr liebte – aber das machte es manchmal schwierig, mit ihr über wirklich wichtige Themen zu reden. Mit Zoe war das anders. Bei Zoe konnte sie offen und verletzlich sein; sie konnte sich sicher sein, dass, wenn sie Zoe ihre Wunden zeigte, Zoe sie behutsam und mit der nötigen Ernsthaftigkeit behandeln würde.

Sie musste es von Anfang an gewusst haben. In gewisser Weise hätte sie wissen müssen, dass das, was zwischen Zoe und ihr vorging, keine normale Freundschaft war. Aber sie hatte beschlossen, nicht genauer zu hinterfragen, um welche Art von Freundschaft es sich genau handelte. Es hatte keine Notwendigkeit bestanden, zu ergründen, warum sie jedes Mal ganz kribbelig vor Euphorie war, wenn Zoes Name auf ihrem Handy aufleuchtete, oder warum sie nach einem Treffen mit ihr stundenlang nicht aufhören konnte zu lächeln. Sie hatte es nicht für nötig befunden, dem Gefühl, das offenbar zwischen ihnen aufkeimte, einen Namen zu geben. Sie wusste nur, dass es sich gut anfühlte, Zoe in ihrem Leben zu haben, überwältigend gut, so gut, dass sie sich vorstellte, sie könnten ewig so weitermachen wie bisher, auf unschuldige Weise glücklich in der Gesellschaft der jeweils anderen.

Jetzt sah sie natürlich ein, wie lächerlich das war. Im Nachhinein kam ihr alles völlig unausweichlich vor, und wäre sie nur ehrlicher zu sich selbst gewesen – hätte sie sich nur eingestanden, was tatsächlich zwischen Zoe und ihr vor sich ging –, dann wäre sie nicht so blauäugig und hoffnungslos unvorbereitet zu dem Treffen an jenem Abend vor zwei Wochen gegangen.

Als Alex Zoe das letzte Mal getroffen hatte, wollten sie sich einen Film ansehen, ein düsteres französisches Beziehungsdrama im Kino am oberen Ende der Collins Street. Davor hatten sie sich zum Abendessen in einem schummerigen Restaurant in der Flinders Lane verabredet, einem Lokal, das eigentlich nicht Alex' Budget entsprach, mit dicken Servietten, aalglatten Kellnern und Hundert-Dollar-Steaks. Das Essen ließ lange auf sich warten, und als sie fertig waren, hatten sie schon anderthalb Flaschen Prosecco getrunken und den Beginn des Films verpasst. Anstatt sich einen anderen auszusuchen, beschlossen sie, in eine Bar ums Eck zu gehen, in der Livemusik gespielt wurde. Sie sahen einer Gruppe von Jugendlichen zu, die mehrere kurze, lustige Lieder zum Besten gaben, die sich offenbar alle auf die ein oder andere Art um Geld drehten, und anschließend hörten sie einer anmutigen Frau Mitte vierzig zu, die eine Reihe ironischer Popsongs über Liebe und Depression und darüber, wie einem am Ende der Welt das Herz gebrochen wird, vortrug.

Als die Bar schloss, hatte Alex damit gerechnet, dass sie nach Hause gehen würden, aber Zoe schlug vor, sich noch eine andere Bar zu suchen. »Solche Nächte habe ich sonst nie. Nicht, seit ich aus Paris weggezogen bin.«

Alex schlug ein Lokal vor, in dem sie in ihren Zwanzigern oft gewesen war, eine kleine Cocktailbar auf der anderen Seite von Chinatown, die bis drei Uhr morgens geöffnet war. Es war ein frischer, windstiller Abend. Selbst im Herzen der Stadt konnte man die Sterne schwach am dunstigen blauschwarzen Himmel schimmern sehen.

Sie liefen zügig Arm in Arm und unterhielten sich angeregt darüber, was sie an der Musik in der Bar am meisten gemocht hatten und was überhaupt nicht, und darüber, wie schrecklich jung das Publikum ausgesehen hatte. Als sie die Gasse erreichten, in der Alex die Bar vermutet hatte, fanden sie die Straße menschenleer vor.

»Scheiße«, sagte Alex verlegen. »Vielleicht hat sie dichtgemacht. Ich war zuletzt vor meinem Umzug nach London hier.«

Sie zückte ihr Handy und wollte gerade nachsehen, als sie Zoes Hand auf der Schulter spürte, die sie leicht an eine Backsteinwand drückte. Zoe schob Alex die Hand in den Nacken. Plötzlich waren sich ihre Körper sehr nahe. Zoe lehnte sich zu ihr vor, den Kopf zur Seite geneigt – ihre Finger jetzt in Alex' Haaren, ihr Mund jetzt auf Alex' Mund –, und es fühlte sich an wie Magie, wie Musik, wie durch den Weltraum zu stürzen, Zoes Mund so schön und natürlich und brennend heiß wie die Sonne selbst.

Und dann vermasselte es Alex. Sie geriet in Panik. Es war zu viel; es fühlte sich zu gut an; sie war nicht bereit. Einen Augenblick lang dachte sie, sie würde ohnmächtig werden. Sie drehte den Kopf leicht nach links, sodass Zoes Mund auf ihre Wange rutschte, und dann lachte sie unsicher, schlüpfte aus Zoes Umarmung und machte einen Schritt von ihr weg.

Zoe sah sie an, die Lippen immer noch geöffnet, eine steile Falte zwischen den Augenbrauen.

»Tut mir leid – Zoe –, es ist nicht so, dass ich nicht …«

»Schon gut.«

»Ich bin mir nur nicht sicher, ob wir …«

»Schon okay. Ich sollte sowieso nach Hause. Ruben wartet sicher auf mich.«

Zoe blieb vor Alex stehen und sah sie eine gefühlte Ewigkeit lang an. Dann machte sie auf dem Absatz kehrt und ließ Alex allein in der Gasse zurück.

Das war vierzehn Tage her. Vierzehn Tage, seit Zoe sich entschieden hatte, zu gehen, und Alex wie erstarrt stehen geblieben war, wie eine Idiotin und unfähig, ihr nachzulaufen. Vierzehn Tage, in denen Zoe nicht auf Alex' Nachrichten reagiert hatte.

TEIL 3

Lorrie

Lorrie und Alex kannten sich, seit sie fünfzehn waren. In diesem Alter ertrug Lorrie ein durch akute Einsamkeit geprägtes Leben, hatte sich damit abgefunden, die Mittagspause in der Bibliothek zu verbringen oder mit den Außenseitern abzuhängen, die sie ihre Freunde nannte, eine bunt gemischte, unbeholfene Gruppe von Sonderlingen, deren größte Gemeinsamkeit war, ausgegrenzt zu sein. Jedes Mitglied dieser Clique hatte einen spürbaren Makel – ein Ganzkörperekzem, Mundgeruch, ein Gesicht wie eine alte Kartoffel – Eigenschaften, die erklärten, wenn auch nicht unbedingt rechtfertigten, warum andere Gleichaltrige sie ablehnten. Lorries Problem war, dass sie in jungen Jahren als hochbegabt eingestuft worden war.

Erstmals gezeigt hatte sich diese angebliche Hochbegabung bei der Einschulung. An einem Tag ein oder zwei Monate nach Schulbeginn bestellte ihre Vorschullehrerin Mrs White Lorries Mutter Anne zu sich ins Klassenzimmer. Während Lorrie sich in der Ecke Bücher ansah, bat Mrs White Anne, sich an einen Tisch in Lorries Nähe zu setzen. Die Lehrerin nahm auf einem Stuhl in Kindergröße gegenüber von Anne Platz und sah sie gutmütig an.

»Mrs Hope. Danke, dass Sie heute hergekommen sind.«

»Ms, um genau zu sein. Ms Downer«, antwortete Anne und ließ Lorries kleinen Bruder auf ihrem Knie hopsen. Damals befand sich Anne ganz am Anfang ihrer zehn Jahre währenden Trennungsphase von Lorries Vater – der erste Schritt bestand darin, Unmengen feministischer Literatur zu lesen und wieder ihren Mädchennamen zu benutzen.

»Natürlich, Ms Downer. Also gut. Sind Sie sich bewusst, dass Lorrie bereits lesen kann?«

»Natürlich weiß ich, dass sie lesen kann«, sagte Anne und schüttelte ungeduldig den Kopf. »Das hat sie im Kindergarten gelernt. Warum? Ist das ein Problem?«

»Wussten Sie auch, dass sie einfache Divisionen und Multiplikationen beherrscht? Ist Ihnen aufgefallen, dass sie ungewöhnliche Wörter verwendet?«

»Ach?«

»Gestern, als sie Kleber über ihrer Collage verschüttet hat, sagte sie mir, sie habe ›ein Fiasko erlitten‹.«

Nichts davon hatte Anne bemerkt. Auf Kinder achtete sie nicht besonders, es sei denn, sie hatte diese Kinder selbst zur Welt gebracht, und bisweilen nicht einmal dann. Sie behielt sie selten genauer im Blick und dachte auch nicht viel über sie nach. Folglich hatte sie nicht die leiseste Ahnung gehabt, dass es für ein so junges Kind wie Lorrie nicht normal war, fließend lesen oder rechnen zu können oder ganz nebenbei das Wort »Fiasko« in einen Satz einfließen zu lassen. Wäre Mrs White nicht gewesen, hätte man Lorrie in ihrer Kindheit vielleicht wie ein ganz normales Kind behandelt.

Langfristig gesehen wäre das womöglich besser gewesen. Als Teenager hatte Lorrie inzwischen begriffen, dass ihre vermeintliche Begabung im Grunde alles andere als ein Geschenk war. Sie war weder sozial noch körperlich noch ästhetisch noch emotional begabt; sie war einfach nur so gut in der Schule, dass es ein Problem war. Sie konnte in letzter Minute einen Aufsatz verfassen, musste kaum für eine Prüfung lernen, konnte ein Forschungsprojekt in der Nacht vor dem Abgabetermin runterschreiben und gehörte trotzdem zu den Klassenbesten. Im Großen und Ganzen ging das ihren Lehrkräften gegen den Strich, da sie grundsätzlich Schülerinnen und Schüler bevorzugten, die ihre Bildung ernst nahmen, Kinder, deren gute Noten das Ergebnis harter Arbeit und Beharrlichkeit waren und nicht das eines genetischen Zufalls. Und bei ihren Mitschülern machte sie das definitiv auch nicht beliebt.

Doch Lorries schulischer Erfolg war nicht der einzige Quell ihrer sozialen Probleme. Das wurde deutlich, als sie versuchte – und daran scheiterte –, sich mit anderen intelligenten Kindern an der Schule anzufreunden. Sie sah sich nicht die richtigen Sendungen im Fernsehen an, sie hörte nicht die richtige Musik; ihre Witze waren zu trocken und kamen nie gut rüber. Ihre Versuche, sich wie ein normales Mädchen zu verhalten, das normal mit ihren Mitmenschen interagierte, waren ungefähr so anmutig, wie wenn ein Betrunkener spontan beschließt, sich im Hindernislauf auszuprobieren. Wenn sie versuchte, sich an Gruppendiskussionen über Partys oder Hausaufgaben oder an Klatsch über Klassenkameraden zu beteiligen, sahen die klugen Kinder sie mit einer Art angewidertem Mitleid an, als wäre sie eine Kakerlake, die irrigerweise dachte, sie beherrsche die Sprache der Menschen. Kurzum: Sie war anderen unangenehm.

Alex Black war etwa zweieinhalb Monate nach Beginn der 10. Klasse in Lorries Schule aufgetaucht. Sie war ein kleines Mädchen mit Zahnspange und Brille und ziemlich verkrampften Schultern. Ihre Schönheit war noch nicht ganz da, und ihre Gesichtszüge waren noch weich und kindlich und ein wenig aus dem Gleichgewicht. Sie trug eine zu große Schuluniform, die offensichtlich aus zweiter Hand stammte – auf der Vordertasche ihres grau karierten Sommerkleids war ein Tintenfleck, und ihr Schulpulli hatte ein Mottenloch über dem Saum –, aber sie trat mit einer Art kratzbürstigen Eleganz auf, wodurch das Gesamtbild dann doch ganz gut passte. Schon früh ging das Gerücht um, sie sei so etwas wie ein Kunstgenie.

Für Lorrie war es Liebe auf den ersten Blick. Noch bevor sie mit der Neuen gesprochen hatte, bahnte sich in ihrem Kopf eine Idee an wie eine Welle, die sich auf der Oberfläche des Ozeans bildete: natürlich, unwillkürlich und unaufhaltsam. Sie war sich sicher, dass Alex Black der perfekte Weirdo war, *der perfekte Weirdo, auf den sie ihr Leben lang gewartet hatte.*

An Alex' zweitem Tag an der Schule bemerkte Lorrie, wie sie konzentriert außen an der Pappe ihres Ordners kratzte. Bei genauerem Hinsehen stellte sich heraus, dass sie ein äußerst treffendes Strichporträt des Leadsängers von Radiohead, Lorries Lieblingsband, hineinkratzte. Lorrie spürte ein Surren in der Brust, wie ein sanfter elektrischer Schlag ins Herz. Als sie später an dem Tag feststellte, dass Alex denselben Bus nahm wie sie, sie nur ein paar Haltestellen früher ausstieg, sie *quasi Nachbarinnen* waren, hätte sie vor Freude tot umfallen können.

Am Montag in Alex' zweiter Woche an der Schule setzte sich Lorrie auf dem Heimweg im Bus neben sie. Für Lorrie war das ein noch nie dagewesenes Zeugnis von Tapferkeit, ihr persönliches Klettern aus dem Schützengraben. Ganz lässig ging sie auf Alex zu, versuchte, locker zu bleiben, fest entschlossen, nicht so tollpatschig rüberzukommen wie sonst – aber gerade als sie sich setzen wollte, fuhr der Bus los, sie verlor das Gleichgewicht, und als sie auf den Sitz plumpste, stieß sie Alex heftig am Arm. Alex hatte etwas auf einem Notizblock gezeichnet, und als Lorrie auf sie stürzte, rutschte ihr Bleistift quer über das Blatt und hinterließ einen dunklen Strich über der Zeichnung.

»O Gott, o nein, das tut mir so leid«, sagte Lorrie nervös und war sich sicher, dass sie damit bereits alles vermasselt hatte, aber Alex schien das nicht weiter zu stören.

»Macht nichts. Das Bild war sowieso Mist.«

»Was? Nein! Du bist so eine coole Künstlerin! Ich meine, ich habe das coole Bild von Thom Yorke gesehen, das du gestern auf deinem Ordner gemacht hast? Das war ziemlich cool. *So* cool.«

Erstaunlicherweise schreckte es Alex nicht ab, dass Lorrie innerhalb von weniger als dreißig Sekunden viermal das Wort »cool« verwendet hatte. Sie fragte Lorrie, ob sie auf britische Musik stehe, und Lorrie war ganz aus dem Häuschen, als sie hörte, dass Alex viele der Bands mochte, die sie selbst liebte.

Kurz bevor sie Alex' Bushaltestelle erreichten, stand Alex auf und quetschte sich an Lorrie vorbei. Als der Bus langsamer wurde, drehte sie sich zu ihr um.

»Ich hatte vor, mir am Samstag Magic Dirt bei einer Underage-Show im Corner anzusehen«, sagte sie beiläufig. »Vielleicht hast du ja Lust, mitzukommen?«

»Oh! Okay. Klar«, antwortete Lorrie und versuchte, ruhig zu klingen.

»Cool. Na dann, wir sehen uns.«

Lorrie hatte keinen blassen Schimmer, wer Magic Dirt war, was dieser Corner sein sollte, von dem Alex sprach, oder ob Anne ihr erlauben würde, zu einer Veranstaltung zu gehen, die so frivol klang wie *Underage-Show* – aber das würde sie schon noch alles herausfinden. Wichtig war erst mal nur, dass Alex mit ihr abhängen wollte. Es fühlte sich an wie der Beginn von etwas Großem, etwas Wunderbarem. Das war einer der größten Glücksmomente in Lorries Leben.

Lorrie ertappte sich dabei, wie sie an diesen Moment zurückdachte, als sie durch die schmale Gasse vom Bahnhof zu ihrem Büro ging. Inzwischen fand sie Alex nicht mehr perfekt – ha, ganz und gar nicht. Aber selbst jetzt, obwohl sie die ganzen doch eher frustrierenden Eigenschaften von Alex kannte (ihre Ernsthaftigkeit, ihre Eitelkeit, ihre Selbstbezogenheit, ihre gelegentliche Blindheit offensichtlichen Wahrheiten gegenüber), liebte Lorrie sie ebenso sehr wie mit fünfzehn. Das Beste an ihrer Freundschaft war, dass sie nicht perfekt füreinander sein mussten; sie konnten Makel haben und dumm und nervig und schlecht drauf sein, und sie würden sich immer noch lieb genug haben, dass die Freundschaft Bestand haben würde, unerschütterlich wie ein alter roter Eukalyptus.

Es war Punkt neun, als Lorrie das Bürogebäude erreichte. Bei seinem Anblick spürte sie ein freudiges Kribbeln. Vor ein paar Jahren hatte Lorries Abteilung eine halbe Etage in Beschlag genommen, nachdem sie aus Platzgründen aus dem alten Rathaus vertrieben worden waren. Sie arbeitete gern in diesem Turm aus Stahl und Glas, hoch über den Straßen der Stadt. Sie konnte nicht fassen, wie der Himmel vom 22. Stock aus betrachtet immer wieder eine neue wunderschöne Gestalt annahm, wie er jeden Abend, während die Sonne langsam erlosch, wie in Ekstase explodierte.

Lorrie entdeckte ihren Freund Ivan vor den Aufzügen. Mit benommenem Gesichtsausdruck starrte er auf die Knöpfe, was sie dazu veranlasste, sich zu fragen, ob er wieder in seine alte Gewohnheit verfallen war, mit einer Bong in den Tag zu starten.

»Hey, Ivan«, sagte sie, womit sie ihn aus seiner Benommenheit aufschreckte. Er blinzelte sie an.

»Lorrie«, sagte er, und seine krächzende Stimme bestätigte ihren Verdacht. »Hiii.«

Er kam ihr mit ausgebreiteten Armen entgegen. Lorrie konnte diese Konvention des Körperkontakts zur Begrüßung nicht leiden, aber sie wusste nicht, wie man ihn höflich ablehnte, ohne den Eindruck zu erwecken, Bindungsprobleme zu haben. Hilflos akzeptierte sie Ivans Umarmung, spürte einen Moment lang seine Hand auf ihrem Rücken und versuchte, den Anflug von Scham zu ignorieren, den sie wegen des schwammigen Speckröllchens unter dem BH-Träger empfand.

Ivan war einer der Hausanwälte der Stadtverwaltung. Lorrie hatte ihn vor zehn Jahren kennengelernt, als ein Projekt, an dem sie arbeitete, Gegenstand eines langwierigen Streits vor dem Schiedsgericht für Bagatellfälle wurde. Unter seinen gesichtslosen, langweiligen Kollegen war Ivan hervorgestochen: Er war blass und interessant, und seine Garderobe hatte einen charmant-satirischen Touch. In den wärmeren Monaten trug er zur Arbeit gelbe Damensandalen kombiniert mit einem blauen Leinenanzug. Im Winter bevorzugte er einen Dreiteiler aus Tweed und ein elegantes Cape.

Seit er die Tore zum mittleren Alter erreicht hatte, nahm er sich etwas zurück, aber er war immer noch ein schräger Vogel. Heute hatte er ein zerknittertes pfirsichfarbenes Sakko an, dazu ein Seidenhemd, rostfarbene Schuhe und ein besticktes Halstuch. Seine

Haare trug er lang und lässig zerzaust, wie Keanu Reeves zu *Bill-&-Ted*-Zeiten. Er war chinesisch-malaysischer Abstammung, und für einen Vierzigjährigen war sein Gesicht entwaffnend jugendlich, was er wohl unter anderem den hohen Wangenknochen, der zierlichen Nase und faltenfreien Haut zu verdanken hatte.

Er musterte Lorrie neugierig.

»Du siehst ... fröhlich aus.«

»Tu ich das?«, fragte sie. »Tja, du kennst mich ja. Meine quirlige Persönlichkeit lässt sich durch nichts unterkriegen.«

»Was du nicht sagst.« Er sah sie mit zusammengekniffenen Augen misstrauisch an.

»O ja. Ich bin eine menschliche Wunderkerze. Eine lebende Brausetablette. Sozusagen ein personifizierter Sonnenstrahl.«

Mit einem leisen Ping kündigte der Aufzug seine Ankunft an. Im spiegelnden Glas der Rückwand sah Lorrie, dass sie ein Stück Erdbeere im Haar hatte. Es musste an ihr hängen geblieben sein, als sie Clara zum Abschied einen Kuss gegeben hatte. Sie zupfte es vorsichtig heraus.

»Heute bin ich tatsächlich ziemlich gut drauf«, sagte sie und wickelte die Erdbeere in ein Taschentuch, das sie zusammengeknüllt in den Untiefen ihrer Handtasche gefunden hatte. »Mein Arbeitsbaby, Green Cities, hat heute Abend seine Geburtsstunde.«

»Scheiße, das ist heute Abend?«

»Außerdem habe ich heute Morgen ein Meeting mit Philomena – ich hoffe, es geht um die Teamleiterstelle.«

»Die ist dir doch sicher. Wie ich höre, hast du bei Green Cities tolle Arbeit geleistet. Ich habe zufällig mitbekommen, wie deine Chefin zu meinem Chef gesagt hat, dass du ... oh, Moment, das ist meine Etage.«

»Du hast Philomena mit deinem Chef sprechen hören?« Lorrie spürte, wie ihr die Schamesröte den Hals hinaufkletterte.

»Jepp. Wie auch immer, vielleicht sieht man sich ja später.«

Ivan trat aus dem Aufzug, und während sich die Türen hinter ihm schlossen, machte er eine kleine Verbeugung vor Lorrie. Sie erwiderte den Gruß mit einem Knicks.

Seit Lorrie Ivan kannte, plante er, seinen Job bei der Stadtverwaltung zu kündigen und sich selbstständig zu machen. Die Art des Unternehmens, das er gründen wollte, änderte sich von Jahr zu Jahr, und in Lorries Ohren klang keine seiner Ideen besonders rentabel (Boudoir-Fotografie für Senioren; ein Café, das ausschließlich Essen aus Konservendosen servierte; Schmuck für Ihr Haustier). Irgendwann wurde ihr klar, dass egal wie ernsthaft Ivan über Finanzierung, Produktbeschaffung und seine Kündigung sprach, er seine Pläne nie in die Tat umsetzen würde. Er war ebenso fest in der Stadtverwaltung verwurzelt wie Lorrie – sie beide steckten dort fest wie ein paar ängstliche Wohnungskatzen, die ihr gesamtes Leben drinnen verbracht hatten. Klar, manchmal hatten sie das Verlangen, auf einen Baum zu klettern oder in Nachbars Gemüsebeet zu kacken, aber die traurige Wahrheit war, dass keiner von ihnen die Kompetenzen oder den Mut hatte, einen Ausbruch zu wagen.

Lorrie hatte direkt nach ihrem Masterabschluss bei der Stadtverwaltung angefangen. In ihrem letzten Studienjahr schob sie zunehmend Panik, was sie tun würde, sobald sie nicht mehr sagen konnte, sie sei Studentin, weshalb sie einen Monat lang wie wild Bewerbungen an jedes Programm zur Anwerbung von Hochschulabsolventen schickte, für das sie infrage kam. Davon gab es erstaunlich viele, wenn man bedachte, dass ihr Bachelor of Arts und ihr Master in Kulturtheorie ihr lediglich zwei klare Fähigkeiten vermittelt hatten: erstens, fünftausend Wörter lange Arbeiten zu schreiben, in denen sie das *Bachelor*-Franchise aus dem Blickwinkel von Michel Foucaults Machttheorie analysierte, und zweitens, die grundlegende Problematik in absolut allem zu erkennen.

Diese Bewerbungen hatten zu einer Reihe von Vorstellungsgesprächen geführt, und selbst jetzt, so viele Jahre später, schmerzte Lorrie der Gedanke daran. Sie hatte sich bei diesen Bewerbungsgesprächen so viel Mühe gegeben – zumindest am Anfang. Sie hatte es wirklich versucht. Aber offenbar war es egal, wie gut sie sich vorbereitete, wie gewissenhaft sie die strategischen Kernziele eines Unternehmens recherchierte oder wie viele Artikel sie mit Titeln wie »Wie Sie ein Vorstellungsgespräch in den ersten 10 Sekunden für sich entscheiden« oder »35 überraschende Fähigkeiten, dank denen du garantiert jedes Mal eingestellt wirst« las, im Rahmen eines tatsächlichen Vorstellungsgesprächs flutschten ihr die Regeln des Erwachsenseins einfach aus dem Kopf. Ihr schönes, kompetentes Gehirn verfiel in einen Dämmerzustand. Das Einzige, was sie unter diesen Umständen aufrechterhalten konnte, war ihr Vermögen, Witze zu reißen.

Im Großen und Ganzen ging das weniger gut für sie aus.

Das Gespräch begann zum Beispiel mit der Frage: »Wie würden Sie sich in drei Worten beschreiben?«, und dann stellte Lorrie auf einmal fest, dass sie Glück hatte, wenn ihr überhaupt ein Wort einfiel, oder dass die einzigen drei Wörter, an die sie sich noch erinnern konnte, *total bescheuerte Idiotin* waren. Während die Sekunden verstrichen, sahen sie und ihre Gesprächspartner sich mit zunehmender Betretenheit an, und irgendwann sagte Lorrie dann etwas so Dummes, dass sich das Gespräch davon nicht mehr erholte.

»Nett, groß, Frau«, hatte sie geantwortet, als ihr diese Frage zum ersten Mal gestellt worden war.

In der Runde herrschte kollektives Schweigen, während sich die Frau aus der Personalabteilung kurz etwas notierte. Alle Anwesenden wussten bereits, dass es keinen Sinn hatte, weiterzumachen – aber sie hatten keine andere Wahl. Die Personaler und Abteilungsleiter mussten ihr weiter vor die Füße schießen, und Lorrie musste weitertanzen, bis alle Fragen aufgebraucht waren.

Was reizt Sie an dieser Stelle? Welche Qualitäten würden Sie in diese Rolle einbringen? Wo sehen Sie sich in fünf Jahren?

Lorrie hatte auf exakt keine dieser Fragen eine gute Antwort. »In fünf Jahren – äh, ist es mir wahrscheinlich immer noch ziemlich peinlich, wenn ich daran denke, wie mein Vorstellungsgespräch hier gelaufen ist«, hatte sie einmal geantwortet. Sie und ihre Gesprächspartner lachten beschämt, und sie konnten es alle kaum erwarten, dass die Tortur endlich vorbei war.

Die Stelle bei der Stadtverwaltung war das letzte in einer langen Reihe von Vorstellungsgesprächen. Im Grunde hatte Lorrie zu dem Zeitpunkt den Gedanken, jemals von einem professionellen Unternehmen eingestellt zu werden, bereits aufgegeben. Zu dem Bewerbungsgespräch erschien sie verkatert, unausgeschlafen und in einem zerknitterten grauen Kostüm mit halb aufgetrenntem Saum, das sie bei einem Secondhand-Lagerverkauf erstanden hatte. Sie hatte sich voll und ganz mit dem Scheitern abgefunden.

Doch sobald sie sich von der Last der Hoffnung befreit hatte, geschah ein Wunder. Sie konnte sich entspannen. Auf einmal gab sie charmante, vernünftige Antworten auf genau die gleiche Art von Fragen, die sie bei sämtlichen vorherigen Vorstellungsgesprächen völlig aus dem Konzept gebracht hatten.

»Meine beste Eigenschaft ist, dass ich Prinzipien habe, aber offen für andere Sichtweisen bin«, sagte sie, lächelte in die Runde und erinnerte sich ausnahmsweise mal an die Notizen, die sie sich gemacht hatte, warum man sie einstellen sollte. »Ich versuche immer, pragmatisch zu sein, nicht dogmatisch.«

Sie spürte, dass sie ihnen sympathisch war. »Sie werden sehr bald von uns hören«, hatte die Personalerin, die das Gespräch geleitet hatte, gesagt und ihr zum Abschied herzlich die Hand geschüttelt.

Zwölf Jahre später war die Einzige, die bei dem Vorstellungsgespräch dabei gewesen und seitdem nicht gestorben oder in Rente gegangen war oder den Arbeitsplatz gewechselt hatte, Lorries Chefin Philomena Petrakis. Philomena war eine große, schlanke Frau mit ungewöhnlichen Proportionen, wie ein Akt von Modigliani oder ein Film auf DVD mit falschem Seitenverhältnis. Sie hatte dunkles, schilfartiges Haar, einen schönen blassen Teint und eine lähmende Angst davor, Reden zu halten, was bedeutete, dass sie keine Sitzungen mit mehr als fünf Teilnehmern leiten konnte. Trotzdem hatte sie es in der Stadtverwaltung weit gebracht und führte nun die gesamte Abteilung für Strategie, Projekte und Infrastruktur.

Soweit Lorrie das beurteilen konnte, war der Grund für Philomenas Aufstieg in der Stadtverwaltung, dass sie – abgesehen von ihren beiden geliebten Dackeln Johann und Sebastian Bark – kein erkennbares Interesse an etwas anderem als der Arbeit hatte. Sie widmete sich der Arbeit mit einem Engagement, das Lorrie zugleich bewundernswert und irgendwie erbärmlich vorkam. Einmal hatte Lorrie versucht, ein Gespräch mit ihr anzufangen, und gefragt, ob sie in letzter Zeit irgendwelche guten Romane gelesen habe, woraufhin Philomena sich eine Hand an die Wange gelegt und Lorrie mit einem leeren Gesichtsausdruck und weit aufgerissenen Augen völlig verblüfft angestarrt hatte.

»Romane? O nein. Ich mag Bücher, von denen ich etwas lernen kann. Brené Brown. Steven Pinker. Solche Sachen. Biografien. Hab erst kürzlich ein Buch über Jeff Bezos gelesen. Faszinierender Mann. Aber wer hat denn heutzutage noch Zeit, *Romane* zu lesen?«

»Ich bestimmt nicht!«, antwortete Lorrie ein wenig rabiat, als wollte sie sich von einer anderen Idiotin distanzieren, die Philomena nach ihrem Literaturgeschmack gefragt hatte.

Es stimmte sogar, dass Lorrie nicht viel Zeit zum Lesen hatte, aber das war nicht immer so gewesen. Als Kind steckte ihre Nase ständig in einem Buch. Sie hatte gar nichts anderes tun wollen. Sie war wie eine Pflanze, nahm Geschichten wie Sonnenlicht auf und wandelte deren Energie in Lebenskraft und Wachstum um. In jenen Jahren der schmerzhaften Schüchternheit, als sie es nicht schaffte, Beziehungen zu anderen lebenden menschlichen Wesen aufzubauen, erschienen ihr Romane so überlebenswichtig wie Nahrung oder Sauerstoff. Bis weit in die Pubertät hinein las Lorrie mindestens ein Buch pro Tag, verschlang es am Stück und hatte sofort Hunger auf mehr. Es war, als würde sie in den Verstand eines anderen eintauchen, was deutlich angenehmer war, als in ihrem eigenen Kopf festzusitzen, so gefüllt wie der mit Sorgen darüber war, ob sie zu viel Essen für die Schule eingepackt hatte oder ob ihre Eltern sie insgeheim hassten. Dort herauszukommen, war eine Erleichterung.

Aufgrund ihrer heutigen Lebensumstände konnte Lorrie nur noch während der Fahrt zur Arbeit oder mitten in der Nacht lesen, wenn sie Clara stillte. Sie lud sich Romane auf ihr Handy herunter und las sie stoßweise in zwanzigminütigen Einheiten, meist über mehrere Wochen hinweg: eine unfassbar unbefriedigende Art, Literatur zu erleben. In den sechs Jahren seit Ruthies Geburt hatte sie vielleicht fünfzig Bücher gelesen und konnte sich kaum an eins davon erinnern. Das war eine der großen Tragödien in ihrem größtenteils tragödienfreien Leben.

Lorries Treffen mit Philomena war für Viertel nach neun angesetzt – und ausnahmsweise war Lorrie sogar pünktlich. Sie erreichte Philomenas Büro und blieb auf der Schwelle stehen, während ihre Vorgesetzte eifrig weitertippte. Da sie nicht aufsah, klopfte Lorrie sachte an den Türrahmen.

»Ist jetzt ein guter Zeitpunkt für unser Gespräch?«

»Oh! Lorrie! Ist es schon Zeit für unseren Termin? Komm rein, komm rein, mach die Tür zu. Ich bin gleich so weit.«

Lorrie setzte sich ihr gegenüber an den Schreibtisch. Oben auf ihren Notizblock schrieb sie das Datum, und während sie darauf wartete, dass ihre Vorgesetzte ihre Aufmerksamkeit auf sie richtete, zeichnete sie darunter einen winzigen Eisbären in einem Ballettkostüm, der anmutig über das Blatt sprang.

Nach ein paar weiteren Minuten hektischen Tippens wandte sich Philomena Lorrie zu, atmete tief durch die Nase ein und verzog das Gesicht zu einer Miene, die, wie Lorrie annahm, einem freundlichen Lächeln ähneln sollte. Das Ergebnis war ein wenig beunruhigend, als hätte jemand Philomenas übliche Erscheinung (besorgter, mürrischer Gesichtsausdruck) durch eine billige KI-Gesichtsfilter-App laufen lassen.

»Danke, dass du dir Zeit genommen hast«, sagte Philomena. »Ich wollte mit dir nur über deine Bewerbung um die Stelle als Teamleitung sprechen.«

»Super, ja – ich dachte mir schon, dass es darum geht.«

Lorrie wartete darauf, dass Philomena weitersprach. Philomena lächelte sie immer noch an.

»Das war eine wirklich *starke* Bewerbung. Wirklich *stark*«, sagte sie schließlich.

Ach Scheiße, dachte Lorrie.

»Du hast in letzter Zeit *tolle* Arbeit geleistet, und wir alle schätzen deine großartige *Präsenz* hier im Büro sehr. Du leistest einen echten *Beitrag* zum Team.«

»Danke«, sagte Lorrie und sah hinunter auf ihren tanzenden Bären.

»Also, das Führungsteam hat sich gestern getroffen, um über die Kandidaten zu sprechen. Allgemein herrscht Einigkeit darüber, dass du zwar insgesamt auf dem richtigen Weg, aber zum jetzigen Zeitpunkt noch nicht *ganz* für den nächsten Schritt geeignet bist.«

Schlechte Nachrichten kamen für Lorrie immer überraschend, selbst wenn sie sich einredete, dass sie mit ihnen gerechnet hatte. Es lag in ihrer Natur, stets das bestmögliche Resultat zu erwarten, was zwar objektiv gesehen dumm war, sich im Allgemeinen aber als angenehme Lebensweise erwies – nur nicht in Momenten wie diesem, nicht wenn die unerfreuliche Realität wie ein Molotow-Cocktail durch die Hülle ihres lachhaften Optimismus krachte. Sie ließ die Schultern hängen. Kurz stellte sie sich vor, wie sich ihr Körper in einen Sack aus empfindungsfähigem Wackelpudding verwandelte, vom Sitz glitschte und still aus dem Zimmer glitt.

Philomena sprach immer noch in dem beruhigend grenzdebilen Rhythmus einer Kinderfernsehmoderatorin. »Ich möchte betonen, dass diese Entscheidung nichts mit der *Qualität* deiner Arbeit zu tun hat, Lorrie. Alle halten *große Stücke* auf dich, deine

Arbeitsergebnisse werden *sehr geschätzt.* Es ist nur so, dass – es besteht der Eindruck –« Sie unterbrach sich, richtete den Blick zur Decke und kniff die Lippen zusammen. »Wie soll ich das ausdrücken? Es besteht wohl der Eindruck, dass du dich nicht voll und ganz in das, was wir hier tun, *einbringst.*«

Stille machte sich breit. Lorrie begriff, dass Philomena auf eine Antwort wartete.

»Was … was soll das heißen?«

»Es ist hauptsächlich, dass du … nun ja.« Philomena zögerte, verzog das Gesicht, während sie nach den richtigen Worten rang, und versuchte es dann erneut. »Einige Leute in der Führungsetage haben festgestellt, dass du dazu neigst, zur Arbeit zu kommen und deine Arbeit zu erledigen, und dann – na ja, du gehst einfach nach Hause.«

»Aber …« Lorrie hielt inne, um sich zu sammeln. Sie fühlte sich nicht in der Lage zu verarbeiten, was Philomena da sagte – nicht sofort –, aber etwas an der Sache kam ihr eindeutig ungerecht vor. Sie wurde dafür bestraft, dass sie, was, nach Hause ging? Nach der Arbeit? Himmel. Sie atmete tief durch und faltete die Hände im Schoß.

»Philomena, in letzter Zeit habe ich mich wirklich angestrengt. Ich meine, ich arbeite nicht jeden Abend bis zehn oder so, aber ich … ich sorge dafür, dass alles pünktlich erledigt wird.«

Sie unterbrach sich, zweifelte kurz an sich, dann sprach sie weiter.

»Ich meine, meistens. In einem angemessenen Rahmen. Und überhaupt, ich würde doch sagen, ich mache meine Arbeit gut? Ist es … Willst du damit sagen, dass mir die Arbeit nicht wichtig genug ist? Ich habe nämlich sogar am Strand Anrufe wegen Green

Cities entgegengenommen! Das hätte eigentlich mein Urlaub sein sollen!«

Philomena schüttelte den Kopf. Sie hob die Hand, um den Fluss von Lorries Einwänden zu stoppen.

»Immer mit der Ruhe! Niemand wirft dir vor, dass du schlecht in deinem Job bist. Wir alle respektieren dich. Absolut. Es ist nur so, dass du uns nicht ganz das gewisse *Plus* bietest, das wir sehen müssen, bevor wir dich zur Teamleiterin machen können. In dieser Führungsrolle wollen wir Leute sehen, die sich *voll und ganz* in die Arbeit der Stadtverwaltung *einbringen*.«

Sie lehnte sich vor, näher zu Lorrie, und senkte die Stimme. »Das heißt nicht nur, die Arbeit gut zu machen, Lorrie. Das heißt, die Arbeit zu einem Teil von dir selbst zu machen. Es heißt, sie als Teil deiner *Identität* anzunehmen.«

Lorrie runzelte die Stirn. »Meine Identität? Bitte was?«

»Versteh das bitte nicht als Kritik. Ich möchte, dass du das als *Ermunterung* verstehst, als Möglichkeit, einen Weg für die Zukunft zu finden. Vielleicht möchtest du darüber nachdenken, wie du dich *präsentierst*, wie du deine – und hör zu, ich kann diesen Ausdruck nicht leiden, aber er ist nützlich –, deine *persönliche Marke* am Arbeitsplatz kultivieren kannst.«

»Meine persönliche Marke? Wow, Phil.«

»Es ist nur so, dass – obwohl wir natürlich alle deinen Sinn für Humor lieben – du manchmal den Eindruck erweckst, als würdest du, nun ja, die Arbeit nicht ganz so *ernst* nehmen, wie wir das gerne hätten.«

Lorrie legte den Kopf an die Stuhllehne und richtete den Blick an die Decke.

»Aha. Verstehe. Sonst noch was?«

»Um ehrlich zu sein, Lorrie, andere im Team wollen die Stelle offenbar einfach mehr als du.«

»Andere, welche andere?« Ein unangenehmes Gefühl machte sich in ihrem Bauch breit. Lorrie richtete sich auf. »Du meinst doch nicht etwa …«

»Wir haben uns dafür entschieden – und ich weiß, das wird dir nicht gefallen, aber … du verstehst sicher, warum wir entschieden haben, dass Harry Mercado die Stelle übernehmen wird.«

Harry bekam den Job? *Harry?* Was für eine Kackscheiße.

Harry Mercado war akribisch, fleißig und hatte eine leise Stimme. Er hatte einen Doppelabschluss in Wirtschaft und Linguistik und war halb mit seinem MBA durch. Er war höflich zu seinen Kollegen und pflichtbewusst in seiner Arbeit. Er beherrschte vier Sprachen. Er war der Brandschutzbeauftragte auf ihrer Etage, hatte einen Erste-Hilfe-Kurs absolviert und engagierte sich am Wochenende ehrenamtlich in einem Obdachlosenheim.

Außerdem war Harry Mercado auf der Arbeit Lorries Erzfeind Nummer eins. Sie verabscheute ihn, sie verachtete ihn, sie wünschte sich sehnlichst, dass er von der Erdoberfläche verschwand.

Ihre Probleme mit Harry hatten schon sehr früh begonnen, als er vor achtzehn Monaten bei der Stadtverwaltung angefangen hatte. In seiner zweiten Woche nahm er am Teamplanungstag teil. Traditionellerweise war das ein spaßiger Tag außerhalb des Büros, an dem sich das Team eins der seltenen kostenlosen Mittagessen schmecken ließ und sich sechs Stunden lang munter darüber beklagte, wie nervig das Führungsteam, wie frustrierend die Arbeit und wie bedauerlich der Umstand war, dass sich nie etwas ändern würde. Aber Harry war den Tag anders angegangen. Gleich zu

Beginn verkündete er, dass er eine kurze Powerpoint-Präsentation vorbereitet habe, und stellte anschließend seine Ideen zur Effizienzsteigerung ihrer Arbeitsabläufe vor.

Harrys Enthusiasmus für Verbesserungen änderte den gesamten Ton des Tages. Alle sprachen aufgeregt und ernsthaft über Strategien, die sie umsetzen könnten, um den *Workflow zu maximieren* und *größere Synergien in der Zusammenarbeit zwischen den Teams zu erzielen*. Lorrie, die seit über zehn Jahren bei der Stadtverwaltung arbeitete, ging in Verteidigungshaltung: Ja, die Stadtverwaltung strotzte nur so vor um sich greifender struktureller Ineffizienz, aber es war *ihre* Stadtverwaltung, die nur so vor um sich greifender struktureller Ineffizienz strotzte, und es ging ihr gegen den Strich, von diesem Neuling mit seinem überragenden Lebenslauf und seinen besserwisserischen Flussdiagrammen darauf hingewiesen zu werden. Schlimmer noch, die auf Harrys langweilige Präsentation folgende Brainstorming-Session zog sich fünfundvierzig Minuten über die vorgesehene Zeit hinaus, wodurch sie mit der geplanten Mittagspause kollidierte.

Damals war Lorrie gerade erst aus der Elternzeit zurück. Es war eine schwierige Phase. Clara weckte sie immer noch dreimal in der Nacht auf, um gestillt zu werden, und an diesem Morgen hatte Lorrie verschlafen und in der Eile das Frühstück ausfallen lassen. Bis zur Mittagessenszeit hatte sie ein nagendes Hungergefühl entwickelt und das schmerzhafte Bedürfnis nach zwanzig Minuten allein mit einer Milchpumpe. Mit jeder weiteren Minute, die sich die ausgedehnte Gesprächsrunde hinzog, staute sich ihre Wut darüber, wie lange es dauerte, die ganzen *wunderbaren Drecksideen* von Harry durchzuarbeiten, nur noch weiter an. Sie hatte keine Chance, aus der Nummer rauszukommen, ohne gierig oder kindisch zu wirken oder in die Köpfe ihres gesamten Teams ein Bild einzupflanzen, wie sie ihre Möpse melkte. In ihrer hungrigen, geschwollenen, an Schlafentzug leidenden Verfassung war es nur logisch, die Schuld für all ihre Qualen auf eine Person zu schieben: den übereifrigen Neuen.

Nach dem Planungstag kultivierte Lorrie ihren Groll gegen Harry zunächst als Witz, mit dem sie sich an langweiligen Arbeitstagen amüsierte. Im Laufe der Zeit nahm er jedoch eine düstere Gestalt an: ein Wesen mit Fangzähnen, das in ihren Eingeweiden hauste wie ein zu Gefühlen fähiger Bandwurm. Wenn Harry auf dem Flur an ihr vorbeiging, erschauderte sie unwillkürlich, und ihm in Teambesprechungen auch nur ein normales Maß an Höflichkeit entgegenzubringen, strengte sie in letzter Zeit geradezu körperlich an.

Da es nichts gab, weshalb sie sich berechtigterweise über Harry beschweren konnte, musste Lorrie sich mit Häppchen schierer Belanglosigkeiten begnügen. So war ihr zum Beispiel aufgefallen, dass Harry die feingliedrigen, zierlichen Hände eines Violinisten hatte, und so begann sie, von ihm insgeheim – und Paul gegenüber – ausschließlich als Schrumpfhand-Harry zu sprechen.

»Seine Hände sind so winzig, dass er auf einer extra Tastatur für Kinder tippen muss«, sagte sie beim Abendessen einmal zu Paul. »Er kann nur mit Teelöffeln und Kuchengabeln essen. An den Wochenenden bietet er seine Dienste an, flachbrüstige Frauen zu befummeln, die sich auch mal wie Dolly Parton fühlen wollen.«

Sich diese Sachen auszudenken, sich in der eigenen Bosheit zu wälzen wie ein Hund auf dem Rücken in einem Haufen Dung, bereitete ihr ein perverses Vergnügen. Aber sie hatte auch ein schlechtes Gewissen – erst recht, weil Harry sie entgegen jeglicher Logik anscheinend wirklich mochte. Er kam oft zu ihrer Bürozelle, um sie nach ihrer Meinung zu arbeitsbezogenen Problemen zu fragen, und suchte mittags in der Gemeinschaftsküche häufig ihre Gesellschaft, um mit ihr eine hochtrabende Unterhaltung über ein Buch oder eine Fernsehsendung zu führen, von der er wusste, dass sie sie mochte, er lachte pflichtbewusst über ihre Witze und bat sie um Empfehlungen, obwohl sie ihm meistens schlechte gab, von denen sie wusste, dass sie ihm nicht gefallen würden.

Lorrie selbst war kulturell promiskuitiv veranlagt. Sie konnte einen anspruchsvollen Serienklassiker wie *The Wire* bingen oder sich in einem tausend Seiten langen experimentellen Roman vergraben, nur um anschließend drei ganze Staffeln von *Celebrity Rehab* zu inhalieren. Dieser breit gefächerte Geschmack galt für so ziemlich alles in ihrem Leben: Sie liebte Bill Evans und Taylor Swift, gotische Kathedralen und cremefarbene Backsteinfassaden, schwarze Trüffeln und Schmelzkäse. Diese Sachen genoss sie auf unterschiedliche Weise, aber sie konnte nicht sagen, dass ihr das eine mehr Freude bereitete als das andere.

Harry hingegen stand nur auf hochgeistigen Kram. Das sprach er zwar nicht direkt aus, aber es war klar, dass er nicht der Typ dafür war, die rasch dahinschwindenden Stunden seines einen kostbaren Lebens mit der Psychoanalyse von Kandidatinnen bei *The Bachelor* zu verschwenden oder damit, *The Real Housewives of Auckland* zu verfolgen. Harry verbrachte seine Freizeit damit, für Halbmarathons zu trainieren oder Russisch zu lernen, um Dostojewski im Original lesen zu können. Ja, Schrumpfhand-Harry war Lorrie in jeder Hinsicht überlegen. Und jetzt sollte er auch noch ihr Vorgesetzter werden, obwohl er sieben Jahre jünger war als sie und erst seit achtzehn Monaten in der Stadtverwaltung.

Scheiß auf ihn, dachte Lorrie. *Und scheiß auf seine Schrumpfhände.*

»Lorrie? Alles okay?«

Philomena musterte Lorrie durch ihre rahmenlose Brille. Es war ihr offensichtlich unangenehm, Lorrie die Nachricht von Harrys Beförderung überbringen zu müssen, was sich in den schmalen schwarzen zusammengezogenen Augenbrauen ausdrückte, die zur Nasenwurzel hin nach oben zeigten wie ein altmodischer, bleistiftdünner Schnurrbart. Ihre Stirn, die selbst zu guten Zeiten in Falten lag, sah jetzt aus wie das Gesicht eines dieser pummeligen Welpen aus der Klopapierwerbung von früher. Was für Tiere waren das noch mal? Shar-Peis? *Kakadus wären witziger gewesen*, dachte Lorrie und lachte auf, *oder wenn schon Hunde, dann wenigstens Möpse.*

»Lorrie?« Philomena versuchte es erneut. »Gibt es etwas –«

»Wie nennt man einen Zoo, in dem es nur Möpse gibt?«

»Wie bitte?«

»Stripclub!«

Lorries Lachen artete in ein aufgeregtes Gackern aus. Philomenas Mundwinkel zuckten nach unten.

»Lorrie, ich weiß nicht, ob das ein angemessener, ähm …«

Lorrie rieb sich die Hände an den Knien und versuchte, sich zu sammeln.

»Sorry, sorry. Das ist ein alter Witz, das mit den Möpsen. Nicht mein eigenes Werk.«

»Ich bin mir nicht sicher, ob ich das ganz …« Philomena runzelte die Stirn. Lange herrschte Stille, dann stieß sie einen Seufzer aus. »Hör zu, Lorrie, ich weiß, dass das enttäuschende Neuigkeiten sind, das mit der Beförderung. Ich verstehe, dass dir das zusetzt.«

Sie versuchte, nett zu sein, wodurch Lorrie nach Weinen zumute wurde, aber dann fiel ihr auf, dass sie das bereits tat. Verdammt, wann hatte das denn angefangen?

»O Mann, das ist mir so peinlich. Ich weiß nicht, warum ich …« Lorrie deutete auf ihr Gesicht. »Ich weiß nicht, woher das kommt. Eigentlich ist mir das relativ egal.«

Philomenas bleistiftdünner Augenbrauen-Schnurrbart schoss in die Höhe.

»Es ist dir egal?«

»Ich meine, die Beförderung. So wichtig ist mir das gar nicht.«

Eine Träne lief ihr über die Wange.

»Ich glaube, vielleicht ist es das doch, Lorrie«, sagte Philomena sanft und hielt ihr ein Taschentuch hin. Lorrie nahm das Taschentuch und schüttelte energisch den Kopf.

»Nein, wirklich nicht. Ich meine, klar, ich finde es schon ein bisschen seltsam, dass ich seit über zehn Jahren hier arbeite, Harry hingegen seit quasi einer Viertel Nanosekunde, und trotzdem gebt ihr ihm die Stelle statt mir.«

Sie machte eine Pause, um sich zu schnäuzen. Zu was würde das führen? Sicher zu nichts Gutem, aber die Wörter purzelten ihr nur so aus dem Mund.

»Lorrie –«

»Nein, nein, schon gut, du musst nichts erklären. Wie du gerade gesagt hast, andere Leute wollen die Beförderung mehr als ich. Harry will sie auf jeden Fall. Sie ist alles, was er will! Schön für ihn. Aber dieses Gespräch macht mich ein bisschen … ein bisschen emotional, vielleicht, weil ihr anscheinend alle … weil ihr denkt, dass ich mich nicht genug anstrenge.«

»So würde ich das nicht unbedingt ausdrücken.«

»Im Grunde hast du das gerade, Phil. Und um ehrlich zu sein, vielleicht habt ihr recht, vielleicht strenge ich mich *wirklich* nicht genug an … aber die Sache ist die: Es ist echt hart, sich ständig bei allem immer so anzustrengen. Ich versuche, eine gute Mitarbeiterin zu sein und eine gute Bürgerin und eine gute Mutter und eine gute Partnerin und eine gute Tochter und eine gute Freundin und ein guter Mensch – oder überhaupt ein Mensch! Und, okay, vielleicht strenge ich mich bei jedem einzelnen dieser Dinge nicht so sehr an wie *andere*, aber in der *Summe* ist das schon eine ganze Menge Mühe, die ich mir da gebe.«

Sie schob sich die Brille hoch und tupfte sich mit dem Taschentuch die Augen ab.

»Und ich dachte, ich mache das ganz gut … oder zumindest dachte ich, dass ich anscheinend … manches davon gut mache? Aber was du mir so erzählst, das klingt, als würde es vielleicht doch nicht so gut laufen, wie ich dachte, und jetzt weiß ich nicht so recht, was ich mit dieser Information anfangen soll. Weil, ich kann einfach nicht gleichzeitig in allen Rollen hundertprozentig fantastisch sein.«

Gott, das war alles so demütigend klischeehaft. War an dem ganzen Sermon überhaupt was dran? Wegen ihr standen berufstätige Mütter jetzt schlecht da. Besser, sie hielt einfach die Klappe.

»Lorrie, bitte versteh doch, dass niemand von dir verlangt, Superwoman zu sein«, sagte Philomena, lehnte sich zurück und schüttelte mitfühlend den Kopf. »Ich meine nur, dass du vielleicht einen etwas *deutlicheren* Einsatz dafür zeigen solltest, unsere gemeinsamen Unternehmensziele zu erreichen.«

Das Wohlwollen, das Philomena ausstrahlte, hatte nicht den gewünschten Effekt. Lorrie beugte sich vor, wischte sich die Tränen von den Wangen und sprach mit tiefer, eindringlicher Stimme.

»Soll das etwa heißen, dass ich nicht befördert werde, weil ich keine selbst ernannte Protokollstreberin bin? Ich meine, echt jetzt, Phil. Sollte es nicht reichen, dass ich meine Arbeit mache, und zwar ziemlich gut? Muss ich so erfolgshungrig rüberkommen wie so ein notgeiler Wall-Street-Trader? Ich meine, ihr bekommt meine Zeit, ihr bekommt meine Arbeit – braucht ihr wirklich auch noch meine Seele? Muss uns der militärisch-industrielle Komplex denn wirklich *alles* nehmen?«

Sie streckte flehend die Handflächen vor sich aus, als erwartete sie von ihrer Vorgesetzten, sich persönlich für die unerbittlichen Forderungen des Spätkapitalismus zu entschuldigen.

Philomena räusperte sich.

»Ich bin mir nicht ganz sicher, inwiefern der ›militärisch-industrielle Komplex‹ hier relevant ist, Lorrie. Aber einiges von dem, was du sagst, kann ich schon nachvollziehen. Deine Perspektive ist durchaus interessant. Trotzdem muss ich dich fragen: Was soll der Vorstand deiner Meinung nach in diesem Fall tun? Sollen wir dich befördern, nur weil du – weil du Kinder hast und deine Arbeit recht gut machst? Während jemand wie Harry *außergewöhnliche* Arbeit leistet? Ja, Harry ist, wie du sagst, ein ›selbst ernannter Protokollstreber‹. Wäre es ihm gegenüber fair, wenn wir dir diese Stelle geben würden, nur weil du schon lange hier bist und ein … ein Privatleben hast?«

Lorrie stieß einen wütenden ausgedehnten Seufzer aus. Inzwischen flossen keine Tränen mehr, und die chaotische Energie, die sie durchströmte, hatte sich zu einem heißen Züngeln reinen Zorns gebündelt.

»Okay, gut, gut, gut, gut, gut. Herrgott noch mal, ist doch alles bestens. Eigentlich sollte ich mich bei dir bedanken, weil du mir die Stelle nicht gegeben hast. Ich meine, was würde ich dann überhaupt den lieben langen Tag machen? Mich mit der Personalabteilung abstimmen und Krankmeldungen unterschreiben und an Meetings über Organisationsoptimierung und Effizienzdividenden teilnehmen? Schon allein bei dem Gedanken würde ich am liebsten meine Seele anzünden und in einen Vulkan werfen. Da kannst du mir gleich die Kugel geben, Phil, echt jetzt! Ich weine nicht, weil ich enttäuscht bin, ich weine, weil es einfach … so *un*gerecht ist, was du von mir verlangst. Als würde ich in einem totalitären Staat leben oder so! Wir müssen dem Großen Bruder nicht nur gehorchen, wir müssen auch lernen, ihn zu lieben!«

Philomena sah sie besorgt an.

»Lorrie, ich sehe, dass dich das Thema sehr bewegt. Aber wir sollten eine Pause einlegen und darüber nachdenken, ob dir die Art, wie du dieses Gespräch angehst, dabei hilft, deine Leistung so weiterzuentwickeln, dass du deine Karriereziele effektiv verfolgen kannst.«

Auf einmal hatte Lorrie Angst vor sich selbst und vor dem, was sie sagte. Die Welle der Wut, die sie vorangetrieben hatte, war gegen die unnachgiebige Mauer aus Philomenas Unternehmensloyalität geprallt. Sie nahm ihre Brille ab und presste sich die Fingerknöchel an die Stirn.

»O Gott, o Gott, es tut mir leid, Phil. Ich habe das alles nicht so gemeint. Ehrlich. Was rede ich da? Diese Einrichtung! Die ist … völlig in Ordnung. Und bei mir ist auch alles in Ordnung, wirklich, mir geht's gut. Besser als gut! Also, viel Glück für Harry. Niemand hat das mehr verdient als er. Ich freue mich einfach richtig, richtig, richtig doll für ihn.«

Die Tränen waren wieder da. Anarchisch, unaufhaltsam, wie

ein natürliches Wasserspiel strömten sie ihr aus dem Gesicht. Sie war ein tropisches Tief, ein menschlicher Monsun. Irgendwo in ihrem Inneren, inmitten des Tumults, der ihr Gehirn übernommen hatte, wusste sie, dass sie auf die kleine Demütigung, bei einer Beförderung übergangen worden zu sein, spektakulär überreagierte. Sie wollte sich unbedingt beruhigen, ihre Fassung wiedererlangen, aber ihr Körper hatte andere Pläne. Das Schluchzen, der Rotz und die Tränen liefen einfach immer weiter.

Als Lorrie zu sprechen aufhörte, spielte Philomena eine Weile mit ihrem Stift herum, dann stand sie abrupt auf. Der zweistündige Workshop über das Leiten von herausfordernden Gesprächen am Arbeitsplatz, den sie letztes Jahr alle hatten über sich ergehen lassen müssen, hatte sie offenbar nicht auf diese spezielle Herausforderung vorbereitet.

»Es tut mir leid, dass diese Nachricht dich so erschüttert, Lorrie. Vielleicht brauchst du einfach ein bisschen Zeit, um … äh … vielleicht tut dir ein kleiner Spaziergang gut. Mach eine Pause. Und natürlich können wir auf einige der Themen, die du angesprochen hast, zurückkommen, wenn die Sache … wenn du dich … ähm. Zu einem späteren Zeitpunkt.«

Beim Sprechen schob sie sich langsam rückwärts Richtung Tür und streckte Lorrie die Handflächen entgegen in der universellen Geste für *Beruhig dich bitte, du hysterische Irre.*

»Mir geht es wirklich gut, ehrlich, du musst dir keine Sorgen machen«, sagte Lorrie zwischen zwei Schluchzern in dem Versuch, die Stimmung aufzulockern. »Der Kapitalismus ist wirklich ein unkomplizierter Segen für die Massen, und die Sache mit dem Großen Bruder war unangebracht, das weiß ich, ich sehe ein, dass der Vergleich hinkt. Vielleicht hast du recht, vielleicht brauche ich bloß einen kleinen Spaziergang an der frischen Luft mit etwas Sonnenschein, und vielleicht hilft es, mal ordentlich zu reihern? Mir ist tatsächlich ein bisschen zum Kotzen zumute. *Reihern!* Was für ein tolles Wort. Hahaha!«

Gleichzeitig schluchzen und lachen war in ihrer Situation nicht gerade förderlich. Inzwischen stand Philomena an der Türschwelle. »Ich lasse die Tür einfach zu, ja? Damit du ein bisschen Privatsphäre hast, während du, ähm …« Sie machte eine ausladende Handbewegung, was Lorrie interpretierte als: *deinen Nervenzusammenbruch in meinem Büro beendest.* »Wir können später weiter über das alles sprechen.«

»Philomena –«, rief Lorrie, die auf einmal unbedingt so etwas wie Frieden zwischen ihnen schließen wollte.

Aber es war zu spät. Die Tür war bereits zu.

Allein in Philomenas Büro ließ Lorrie sich nach vorn fallen und stützte an der Kante von Philomenas Schreibtisch den Kopf auf die Arme. Ihr war übel. Das Gespräch war so mies gelaufen – schlimmer hätte es wahrscheinlich gar nicht laufen können. Sie hätte sich genauso gut den Rock herunterreißen und Philomena den blanken Hintern zeigen können, der Schaden für ihren Ruf wäre der gleiche gewesen.

Das Schlimmste war, dass es sich irgendwie richtig anfühlte, dass sie nicht befördert worden war. Nach ein paar Minuten hob Lorrie den Kopf und nahm ihren Stift zur Hand.

Liste der Jobs, die ich vergeigt habe, schrieb sie.

Lorrie war bereits in jungen Jahren eine Versagerin gewesen. Mit gerade einmal vierzehn erlebte sie ihr erstes berufliches Scheitern, das sich aus einer kurzen Freundschaft mit Tegan Distasio ergab, einer Mitschülerin in der Neunten. Tegan war eine energiegeladene Person und unerklärlich selbstbewusst für ein Mädchen ohne Charme, Köpfchen oder gutes Aussehen. Lorrie gab sich automatisch mit der Rolle als Beta zu Tegans Alpha zufrieden – in diesem Alter, vielleicht in jedem Alter, schien Selbstbewusstsein wichtiger, als etwas zu haben, was dieses Selbstbewusstsein rechtfertigen würde.

Damals arbeitete Tegan im örtlichen Einkaufszentrum in einem Restaurant mit dem Motto *Alice im Wunderland*, und ohne es mit Lorrie abzusprechen, überredete sie ihre Chefin, auch sie einzustellen. »Das ist quasi der leichteste Job der Welt«, erklärte Tegan, als Lorrie versuchte, ihre tierische Angst angesichts der Vorstellung, für eine einfache Aufgabe bezahlt zu werden, in Worte zu fassen. »Du musst bloß vor dem Restaurant stehen und Flugblätter verteilen. Die kommen voll gut an. Es geht um Rabatte und so? Du kommst schon klar.«

Lorrie übernahm genau eine Schicht. Mit vierzehn hatte ihre Schüchternheit ihren natürlichen Höhepunkt erreicht. Andere anzusehen war schon schmerzhaft genug, aber wenn die auch noch zurücksahen, war es, als würde sie bei lebendigem Leib gehäutet werden. Fremde anzusprechen, um ihre Aufmerksamkeit zu bekommen, war ein Ding der Unmöglichkeit – genauso gut hätte Tegan ihr einen Job als Esperanto-Übersetzerin für einen Goblinkönig besorgen können. Lorrie stand geduckt vor dem Restaurant, und mit verschwitzten, zittrigen Händen hielt sie ihren Stapel Coupons umklammert. Sobald Leute ihr bedrohlich nahe kamen, hob sie den bebenden Papierstapel wie einen Schutzschild in die Höhe. Die Menschen gingen scharenweise an ihr vorbei, aber niemand nahm einen Gutschein.

Das waren die schlimmsten vier Stunden in Lorries Leben. Sie schämte sich zu sehr, um sich im Restaurant ihre Bezahlung abzuholen, daher ließ sie die unverteilten Gutscheine an der Tür liegen und schlich sich nach Hause. Am nächsten Tag rief sie Tegan an.

»Kannst du für mich kündigen? Geht das?«

»Ähhhh, okay. Was soll der Scheiß, Lorrie?«

»Ich weiß, ich weiß. Tut mir leid, ich bin so peinlich.«

»Schon okay. Ich sag einfach, dass du psychische Probleme hast.«

Nicht lange nach dem ersten folgte das zweite berufliche Fiasko. Mit fünfzehn wurde Lorrie von einem Pflegeheim vor Ort angestellt, um den Bewohnern an den Wochenenden morgens ihren Tee zu bringen.

Im Umgang mit älteren Menschen war Lorrie weniger schüchtern als mit Gleichaltrigen, und dank des Wochenendzuschlags verdiente sie für eine Fünfzehnjährige gutes Geld – aber sie war extrem mies in dem Job. Morgens Tee zu kochen war nicht das Problem; sie konnte eine Tasse Tee oder Instantkaffee zubereiten und einzeln verpackte Stücke industriell hergestellten Kuchens verteilen, gar kein Thema. Die Schwierigkeit bestand darin, dass viele Bewohner beim Essen und Trinken Unterstützung brauchten, aber Lorrie das Essen einfach vor ihnen abladen und zum nächsten Achtzigjährigen weitergehen sollte, während die Pflegekräfte den Leuten beim Essen zur Hand gingen. Aber es war nie genug Pflegepersonal eingeteilt, und wenn Lorrie den Bewohnern nicht behilflich war, lagen sie einfach nur unbeweglich in ihren Betten und sahen ihrem Tee oder Kaffee hilflos beim Kaltwerden zu. Sie waren so gebrechlich mit ihrer schlaffen Pergamenthaut, dem strähnigen Haar, den knackenden, arthritischen Knochen. Selbst Lorrie konnte sehen, dass für viele von ihnen Essen die einzige noch verbliebene Freude im Leben war. Also drehte sie ihre Runde mit dem Tee und blieb bei jedem stehen, hob den Leuten die Tasse an die Lippen, löffelte ihnen Kuchen in den Mund und wischte ihnen das Kinn ab.

Sogar die Bewohner, die noch selbst essen konnten, bereiteten ihr manchmal Schwierigkeiten. Besonders leid tat ihr Marta, eine Frau, die erst Mitte sechzig und vor ein paar Jahren von ihrem Mann verlassen worden war, als bei ihr eine schwere degenerative Krankheit diagnostiziert wurde. Immer wenn Lorrie das Tablett vor ihr abstellte, umklammerte Marta Lorries Handgelenk mit überraschender Kraft und bat sie, bei ihr zu bleiben und mit ihr zu reden. »Meine Kinder kommen mich nie besuchen, Lorrie. Ich bin so einsam hier.« Dann liefen ihr Tränen über die Wangen. »Ich will einfach nur sterben. Ich will nichts anderes. Nur sterben.«

Wenn Marta so etwas verkündete, wusste Lorrie nie eine Antwort. Im Grunde konnte sie nicht abstreiten, dass Martas Leben unerträglich trostlos war. Also fragte sie, ob Marta vielleicht fernsehen wolle, und dann setzte sich Lorrie auf den braunen Ledersessel neben Martas Bett, und sie errieten zusammen die Sätze beim *Glücksrad* oder den Täter in *Mord ist ihr Hobby.*

Leider führte eine Anhäufung solcher Momente dazu, dass Lorrie immer deutlich langsamer war als das Mädchen, das den Tee unter der Woche verteilte. Innerhalb von weniger als sechs Monaten wurde Lorrie entlassen, weil sie für ihre Aufgaben zu lange brauchte.

Im darauffolgenden Jahr wurde Lorrie als Kellnerin in einem Café in einer Einkaufsmeile am Stadtrand eingestellt, das sich direkt neben einem Lager für Polstermöbelrestauration und einem Outlet für Computerteile befand. In dem Café herrschte reger Betrieb, und in Lorries Schichten gab es viele Zwischenfälle. Einmal entglitt ihr ausgerechnet zur Mittagszeit ein riesiges Glas mit eingelegten getrockneten Tomaten und zerbrach auf den harten Fliesen, woraufhin sich ein zähflüssiges Meer aus Öl und Glasscherben über den Boden des Cafés ergoss. Ein anderes Mal rutschte eine Spülmaschinenschublade, die Lorrie gerade befüllt hatte, aus der Maschine, und auf einen – katastrophalen – Schlag gingen fünfzig Gläser zu Bruch. Häufiger gingen Kleinigkeiten schief: Sie schrieb Bestellungen unleserlich oder falsch auf, oder ihre Hände zitterten so nervös, wenn sie den Gästen ihren Latte und ihre Flat Whites brachte, dass sie überall Kaffee verschüttete.

»Weißt du, nicht jeder ist für das Gastgewerbe geschaffen«, sagte Lorries Chef sanft, als er sie feuerte.

Das war noch nicht alles. Sie scheiterte als Haustiersitterin (entflogener Papagei), im Telemarketing (zu viel geflucht) und als Nachhilfelehrerin für Highschool-Schüler (ebenfalls zu viel geflucht). Wenn sie so darüber nachdachte, war sie in nichts so durchgehend gut wie im Scheitern.

Erst mit einundzwanzig, als ihr Honours-Jahr an der Universität begann und sie sich endlich von dem langen emotionalen Kater erholte, der auf die Trennung von Ruben Armand gefolgt war, fand Lorrie einen Job, der ihr wirklich Spaß machte.

Sie bekam eine Stelle als Verkäuferin in einer Buchhandlung. Im Umgang mit Fremden war sie immer noch nervös, aber zu ihrer Überraschung gefiel ihr der Buchhandel. Wenn Kunden reinkamen und nach einem Buch fragten, das sie vor rund sechs Monaten im Laden gesehen hatten und in dem es ganz bestimmt entweder um eine unglückliche Familie oder um ein Pferd oder vielleicht auch um eine unglückliche Pferdefamilie ging, verdrehten ihre älteren, abgestumpfteren Kollegen lustlos-genervt die Augen, während Lorrie angesichts der Herausforderung aufblühte. Wenn sie genau das gesuchte Buch fand, waren die Kunden überrascht und dankbar, und die Freude, anderen eine Freude zu machen, durchzuckte Lorrie wie ein kleiner Orgasmus. Ihr Gehalt in der Buchhandlung reichte, um ihr das Studium samt Master zu finanzieren, bis sie eine Stelle bei der Stadt angeboten bekam und sie kündigte, um ihr richtiges, erwachsenes Leben in einem richtigen, erwachsenen Job zu starten.

Scheiße, dachte Lorrie jetzt, während sie betrübt die lange Reihe von Fehlschlägen betrachtete, die sie unter ihrem tanzenden Bären aufgelistet hatte. *Warum bin ich nicht einfach in der Buchhandlung geblieben?* Klar, verdient hatte sie da so gut wie nichts, aber wenigstens hatte sie den ganzen Tag Bücher um sich gehabt, und niemand hatte von ihr erwartet, eine Leidenschaft für den Einzelhandel zu einem Teil ihrer Identität zu machen.

Sie dachte an die ganzen Leute, denen sie von ihrer Bewerbung um die Beförderung erzählt hatte. Nun musste sie allen sagen, was passiert war. Ihrer Mutter. Ihren Freunden. Ihren Kollegen. Alle würden sie mitleidig ansehen: die arme alte Lorrie, fast vierzig und bringt es zu nichts. Tja, das war nun mal die Wahrheit. Sie brachte es tatsächlich zu nichts. Schlimmer noch, sie hatte es auch nicht anders verdient.

Um halb elf klopfte es an der Tür. Lorrie wurde ganz still, wie eine Eidechse, die den schleichenden Gang einer Katze vernommen hat. Vom Weinen waren ihre Augen gerötet, die Wimperntusche verschmiert, das Gesicht aufgedunsen wie ein Tiefseefisch nach einer durchzechten Nacht. So konnte sie auf keinen Fall jemand sehen.

Aber wie sich herausstellte, konnte sie sehr wohl jemand so sehen. Die Tür wurde geöffnet. Ein Gesicht spähte herein.

Wollt ihr mich verarschen?

Es war Schrumpfhand-Harry. Natürlich. Wer auch sonst.

Er kam ins Büro und schloss leise die Tür hinter sich, als dächte er, sie schliefe, und wollte sie nicht wecken. Vorsichtig kam er auf sie zu und kniete sich neben ihren Stuhl.

»Hi, Lorrie«, sagte er und tätschelte sanft ihren Unterarm. »Philomena meinte, dir geht's nicht so gut. Ich wollte nur kurz nach dir sehen.«

Lorrie konnte ihm nicht in die Augen schauen. Auf gar keinen Fall wollte sie die Hand angucken, die er ihr auf den Arm gelegt hatte. (*Die Hand einer Puppe! Eines Kobolds! Eines Mini-Affen!,* plärrte ihr Gehirn ihr wenig hilfreich entgegen.) Stattdessen konzentrierte sie sich auf seinen linken Fuß, der sich gerade so in ihrem Blickfeld befand. Harry trug teuer aussehende Lederschuhe – glänzende, funkelnde, perfekte Schuhe, an denen weder die Zeit noch der Alltag des Stadtlebens Abnutzungserscheinungen hinterlassen hatten. *Von diesen Schuhen könnte man essen*, dachte sie und stellte sich vor, wie sie den Auflauf von gestern Abend darüber kippte.

»Mir geht's gut, danke«, murmelte sie. Stille machte sich breit, und anscheinend erwartete Harry von ihr, sie zu füllen. »Hab nur ein paar kleinere persönliche Sorgen.«

»Tut mir wirklich leid, das zu hören, Lorrie. Wenn du über irgendwas reden möchtest …«

»Ich will nicht. Über irgendwas. Reden.«

»Wenn du dich zu verletzlich fühlst, um zu reden, dann ist das natürlich auch in Ordnung.«

Lorrie wandte den Kopf ab, damit Harry die radioaktive Welle des Zorns nicht sehen konnte, die ihr mit Sicherheit aus jeder Pore im Gesicht strömte. *Ich geb dir gleich verletzlich, du zwergpfotiger, winzfingriger, fipsflossiger ...*

»Soll ich dir eine Tasse Tee bringen?«, fragte er.

Gott, sie hätte liebend gern eine Tasse Tee.

»Nein, danke.«

»Ein Glas Wasser?«

Ich will, dass du auf deinen Wachsflügeln in den Himmel emporsteigst, du Wichser.

»Danke, aber es geht mir wirklich gut. Ich komme gleich raus.« Sie unterbrach sich. »Will Phil ihr Büro zurück?«

»Äh, ja. Ich glaube schon.«

War das ein sadistischer oder einfach nur ein dummer Zug von Philomena, die alte Schrumpfhand reinzuschicken, statt selbst nach Lorrie zu sehen? Dachte sie ernsthaft, dass die Konfrontation mit dem Wunderkind, das Lorrie bei der Beförderung ausgestochen hatte, die richtige Strategie war, um sie aufzuheitern?

»Okay. Du kannst ihr ausrichten, dass ich in fünf Minuten hier raus bin.«

»Das werde ich.«

Harry stand auf und machte sich auf den Weg zur Tür. Wieder spürte Lorrie Tränen in sich aufsteigen. Die Scham, dass er sie so gesehen hatte, war überwältigend. Sie begriff, dass sie nur eins tun konnte, um zumindest einen Funken Würde wiederzuerlangen.

»Warte«, sagte sie. Harry drehte sich zu ihr um.

Sie schloss die Augen, atmete langsam ein und sammelte sich.

»Herzlichen Glückwunsch zur Beförderung, Harry.«

TEIL 4

Alex

Um kurz vor 10 Uhr checkte Alex zum fünfzigsten Mal an diesem Morgen ihre Nachrichten. Nichts von Zoe, aber warum auch? Auch kein Ton von Lorrie. Sie runzelte die Stirn. Allmählich wuchs ihre Sorge über das Glup-Gardens-Event. Die Veranstaltung war nicht öffentlich, reinzukommen würde sich also als schwierig erweisen, wenn Lorrie es nicht schaffte, ihren Namen auf die Gästeliste zu setzen. Vielleicht könnte sie Ruben fragen. Immerhin arbeitete er für Glup.

Verdammt. Ruben. Ruben würde wahrscheinlich dort sein, bei der Glup-Sache, was bedeutete, dass – würde womöglich auch Zoe anwesend sein? Lorrie hatte nicht erwähnt, ob das die Art von Veranstaltung war, zu der auch Ehepartner eingeladen wurden. Auf jeden Fall hatte sie nichts davon gesagt, dass Paul hingehen würde. Trotzdem, Himmel, falls die Möglichkeit bestand, dass Zoe heute Abend auftauchte, dann musste Alex das wissen.

Sie nahm wieder das Handy zur Hand und öffnete erneut ihren Messenger. Es tat weh, durch den Gesprächsverlauf mit Zoe zu scrollen und das offensichtliche Geflirte in dem vertrauten Austausch zu lesen, der sie durch die letzten Monate getragen hatte. Bis zu dem Vorfall vor zwei Wochen hatten sie sich jeden Tag geschrieben. Zum Beispiel hatte Zoe Alex morgens eine SMS geschickt, nur um sich zu erkundigen, wie sie geschlafen hatte, oder um ihr mitzuteilen, dass sie von ihr geträumt hatte. Dann schickte Alex ein Foto zurück mit ihrer Hand auf der weichen Rinde ihres Lieblingsbaums im Park in der Nähe ihrer Wohnung oder eins von einer besonders wehmütig wirkenden Wolke.

In den letzten fünf oder sechs Nachrichten, die alle in eine Richtung gegangen waren, nämlich von Alex an Zoe, hatte sich der Ton geändert. Am Samstagmorgen vor zwei Wochen, einen Tag, nachdem sie Zoes Kuss verschmäht hatte, schickte Alex ihr eine zögerliche, versöhnliche SMS:

Morgen Z, wie geht's dir? Ich hoffe, nicht allzu dreckig nach letzter Nacht – ich bereue die zweite Flasche Wein!

Da sie keine Antwort bekam, versuchte sie es am Nachmittag noch einmal:

Ich hoffe, dir ist nicht peinlich, was passiert ist. Ich hab's bereits vergessen.

Immer noch nichts. Ein paar Tage später schickte Alex zwei weitere SMS:

Z, bitte ruf mich an, ich glaube, wir müssen reden.

Hallo?

Die Woche war schwierig gewesen. Sie war überrascht, wie einsam sie sich ohne die täglichen Nachrichten von Zoe fühlte. Das Bedürfnis, mit ihr in Kontakt zu treten, irgendeine Art von Bestätigung zu bekommen, dass sie ihr immer noch wichtig war, war unerträglich. Am Mittwoch, fünf Tage nach ihrer ersten SMS, fotografierte sie einen lohfarbenen Eulenschwalm, den sie im Park um die Ecke auf einem ihrer immer kürzer werdenden Spaziergänge mit Ramone entdeckt hatte, und schickte Zoe das Bild mit einem Herzaugen-Emoji, bekam aber nichts zurück. Am nächsten Montag versuchte sie es noch einmal:

Hi, du bist wahrscheinlich sauer auf mich, und es tut mir so leid, dass ich dich verletzt habe. Ruf mich bitte an. Ich vermiss dich. xx

Das alles war so demütigend. Sie verhielt sich wie Ramone: bettelte um Aufmerksamkeit, winselte um ein Leckerli. Alex bemitleidete Frauen, die sich anderen so vor die Füße warfen. Wenn Leute, mit denen Alex zusammen gewesen war, früher erste Anzeichen zeigten, sich emotional zurückzuziehen (oder aber im Gegenteil zu anhänglich wurden), hatte Alex einfach einen Schlussstrich gezogen und die Beziehung geköpft wie eine Blume, die ihre beste Zeit hinter sich hatte.

Aus irgendeinem Grund war das diesmal anders. Die Monate, in denen sie Zoes geballte Aufmerksamkeit genossen hatte, hatten sie mit einem unfassbar wohligen Gefühl erfüllt. Nun kam ihr das höchst verdächtig vor – womöglich war dieses Gefühl ein Ersatz für etwas völlig anderes –, und doch war das Ausbleiben dieses ungewöhnlichen Glückszustands höchst schmerzhaft, als hätte ihr die ganze Freude beim Verlassen ihres Körpers ein Loch in die Haut gerissen. Sie konnte sich auf nichts anderes konzentrieren.

Sie tippte eine neue Nachricht:

Zoe, du Arsch, warum schreibst du mir nicht zurück? Sieht ganz so aus, als könnte ich ohne dich nicht leben, verdammt noch mal.

Sofort löschte sie die Nachricht, ohne sie abzuschicken, und startete einen neuen Anlauf:

Zoe. Wir müssen reden.

Das musste reichen. Sie drückte auf Senden.

Hätte sie sich in jener Nacht doch bloß anders verhalten. Es war nicht unbedingt so, dass sie bereute, was sie getan hatte, als sie sich von Zoes Kuss zurückgezogen hatte, das nicht – aber sie wünschte sich auf jeden Fall, dass sie das besser erklärt hätte. Sie fürchtete, dass Zoe den Grund für ihr Zögern missverstanden hatte.

Sie hätte zum Beispiel erklären sollen, dass die Tatsache, dass Zoe eine Frau war, nicht das Problem war. Alex war schon mit Frauen zusammen gewesen – mit vielen Frauen. Ziemlich früh hatte sie festgestellt, dass das Geschlecht eines Menschen nicht ausschlaggebend dafür war, ob sie ihn begehrte oder nicht.

Nein, das Problem war, dass Zoe eine Frau war, die mit Ruben Armand verheiratet war, und Alex Black vögelte nicht mit verheirateten Leuten. Nicht mehr.

In Alex' Leben hatte es eine Zeit gegeben, in der sie es grundsätzlich für in Ordnung gehalten hatte, die dritte Partei bei einem Seitensprung zu sein. Natürlich war ihr immer bewusst gewesen, dass das kein besonders edles Verhalten war – aber ihrer damaligen Ansicht nach auch kein allzu schreckliches, wenn man es aus einer rein rationalen Perspektive betrachtete. Es gab deutlich Schlimmeres, als mit jemand Verheiratetem ins Bett zu steigen; es war ja nicht so, dass sie als Trickbetrügerin durch die Gegend zog, Minderjährige verführte oder in der Öffentlichkeit Crocs trug. Tatsache war: Wenn jemand herumvögeln wollte, würde er das vermutlich sowieso irgendwann tun, ganz unabhängig davon, ob Alex involviert war oder nicht. Wenn sie vorsichtig war und der Ehepartner oder die Ehepartnerin nichts von der Affäre erfuhr, konnten Alex und ihr Lover ein bisschen Spaß haben, ohne dass jemand ernsthaft zu Schaden kam. Unterm Strich führte das also zu mehr Glück in der Welt.

Allmählich änderte sich jedoch ihr Standpunkt. Zu oft war sie nicht vorsichtig genug gewesen, oder die Person, mit der sie schlief, hatte sich entschlossen, ihrem Partner alles zu gestehen, und Alex hatte sich mit den Konsequenzen herumschlagen müssen.

Beim letzten Mal, als das passiert war, hatte sie noch in London gelebt. Alex war nur am Rande beteiligt gewesen – jedenfalls hatte sie das gedacht. Ihre Affäre mit Omar war nur die letzte in einer Reihe seiner außerehelichen Liebeleien. Omar war ein hoch aufgeschossener Fernsehproduzent mit schönem kohlrabenschwarzem Haar, einer sanften Art und einem breiten, attraktiven Gesicht. Alex mochte ihn und schlief gern mit ihm, hatte aber kein Interesse an einer dauerhaften Beziehung. Leider hatte Omar das nicht so richtig begriffen – oder, falls doch, jedenfalls so getan, als ob er das nicht hätte. In den Monaten, nachdem seine Frau dahintergekommen war und ihn verlassen hatte, rief er Alex Tag und Nacht an.

»Alex, bitte, du musst herkommen«, sagte er eines Abends mit heiserer Stimme. Es war spät, und Alex wollte gerade ins Bett.

Bevor sie antwortete, biss sie sich zögernd auf dem Daumennagel herum.

»Ich muss morgen arbeiten und früh raus, Omar.«

»Alex. Ich kann nicht allein sein. Mein Leben zerbricht gerade.«

»Tut mir leid, Omar, aber ich glaube nicht, dass ich diejenige sein kann, die es für dich wieder zusammenklebt.«

»Ich weiß nicht, was ich tun soll. Es tut so weh. Bitte. Ich brauche dich, Alex.«

Sie rieb sich die Schläfen, um die ersten Vorboten einer Migräne abzuwehren.

»Hast du denn niemanden sonst, den du anrufen kannst?«

»Niemanden außer dich, wirklich niemanden.«

Wenn er diese spätnächtlichen Bitten äußerte, klang seine Stimme so bedürftig, dass Alex manchmal nachgab und sich ein Taxi zu seiner Wohnung nahm. Am Ende bereute sie das immer, denn den Großteil der Nacht verbrachte sie wach im gedämpften Licht seines Schlafzimmers im siebenundzwanzigsten Stock eines Wohnblocks und hörte sich sein endloses Leid an. Dabei legte Omar den Kopf in ihren Schoß und erwartete, dass sie ihm übers Haar strich, während er weinte und sich lang und breit darüber ausließ, was für ein Ungeheuer seine Ex-Frau war und wie sehr er sie immer noch liebte, und dann, irgendwann vor dem Morgengrauen, griff er nach oben und zog Alex' Gesicht zu sich, und sie fühlte sich verpflichtet, ihn zu küssen und sich auf müden Mitleidssex mit diesem gebrochenen Mann einzulassen, der, manchmal sogar während er sie vögelte, zu schluchzen anfing. Das Ganze hatte etwas Romantisches an sich.

Er hatte etwas Hypnotisches, dieser Abgrund, in den er sie zerren wollte. Aber vor allem war es anstrengend.

In einer dieser Nächte, nachdem er endlich aufgehört hatte zu reden und zu weinen, nachdem die beiden gevögelt hatten und Omar eingeschlafen war, hatte Alex wach gelegen und aus dem Fenster auf die schimmernden Lichter unten in der Stadt geblickt. Sie hatte, wie ihr klar wurde, keinen Spaß. Es tat ihr leid, dass Omar litt, aber sie sah keine Notwendigkeit, mit ihm mitzuleiden. Er verlangte zu viel von ihr. Sie hatte mit ihm wie oft geschlafen, während er noch mit seiner Frau zusammen gewesen war? Vielleicht vier, fünf Mal? Und jetzt, Monate später, erwartete er von ihr, dass sie als eine Art Doula für seine Gefühle fungierte, um ihn durch seine schreckliche Scheidung zu begleiten? Das war sie ihm nicht schuldig. Eigentlich war sie ihm überhaupt nichts schuldig.

Als er neben ihr lag, sein Gesicht selbst im Schlaf feucht und jämmerlich, nahm sie vorsichtig ihr Handy vom Nachttisch und machte sich daran, ihn aus ihrem Leben zu löschen. Sie blockierte seine Nummer, leitete seine Mails in den Spam-Ordner um und entfernte ihn auf Social Media. Sie fühlte sich schlecht, sie wünschte, sie könnte netter sein, aber so bedürftig, wie er war, ließ er ihr keine andere Wahl. Wenn sie sich nicht schnell und vollständig von ihm löste, würde er sie nicht in Ruhe lassen. Er würde immer mehr und mehr von ihr wollen, bis nichts mehr für sie selbst übrig blieb.

Nie wieder, hatte sie sich geschworen, als sie aus seiner Wohnung schlich und leise die Tür hinter sich schloss, damit er sie nicht gehen hörte. *Nie wieder lasse ich mich in so einen Mist reinziehen.*

Seit Omar hatte sie ihr Versprechen gehalten. Sie hatte darauf geachtet, sich auf nichts Kompliziertes einzulassen, nichts, bei dem sie am Ende womöglich für das emotionale Leid eines anderen verantwortlich wäre. Und doch steckte sie nun hier. Sieben Jahre später. In dieser *Situation*. In einem riesigen beschissenen Schlamassel.

Nachdem Alex die Nachricht an Zoe abgeschickt hatte, schaltete sie ihr Handy aus und machte mit Ramone die längste Gassirunde seit Wochen. Sie ertrug es nicht, tatenlos herumzusitzen und auf eine Antwort zu warten, während sie spürte, wie sich mit jeder Sekunde, in der sie nichts von Zoe hörte, ihre Angst enger zog wie eine unsichtbare Schlinge. Mit großen Schritten ging sie durch die Straßen, während ihr die Lederschlaufe von Ramones Leine in die Haut schnitt. Aber es brachte nichts: Selbst mit ausgeschaltetem Handy, selbst mit Ramone, der sie vorwärtszerrte, konnte sie nicht aufhören, an Zoe zu denken.

Fünf Blocks von ihrer Wohnung entfernt blieb sie an einer Straßenecke stehen und schaltete das Handy wieder ein. Sie starrte auf den Bildschirm, und mit pochendem Herzen wartete sie darauf, dass sie wieder Empfang hatte. Aber als die Balken erschienen, war da nichts. Keine Nachrichten, keine Anrufe in Abwesenheit.

Die Fußgängerampel wechselte von Rot auf Grün. Sie steckte das Handy wieder ein und ging weiter.

Es war später Vormittag, als ihr Handy piepte. Alex war im Schlafzimmer, saß auf der Bettkante, starrte die Wand an und versuchte, genug Energie zum Arbeiten zusammenzukratzen. Sie spürte ein Ziehen im Bauch – aber die Nachricht war nicht von Zoe.

Hey Al, sorry, dass ich mich jetzt erst melde, was für ein Tag! Aber ich habe dir eine Drehgenehmigung für heute Abend besorgen können. xx L

Alex legte das Handy weg. Sie lehnte sich auf dem Bett zurück und drehte den Kopf nach links, um aus dem Fenster auf die Wolken zu sehen, die über den Häusern der Stadt durch den weiten Himmel zogen. Auf der anderen Seite des Betts lag Ramone erschöpft vom Spaziergang zu einer knochigen grauen Kugel zusammengerollt. Er winselte im Schlaf auf.

In den letzten drei Monaten war es mit Alex' Doku nicht gut vorangegangen. Sie hatte versucht, das Material zusammenzuschneiden, war aber immer wieder auf das gleiche, unlösbare Problem gestoßen: Die Aktionen, die sie gefilmt hatte, waren für sich genommen nicht relevant genug, um die zweistündige Dokumentation zu rechtfertigen, die sie geplant hatte. Das Problem war zum Teil, dass die Future Earthlings nichts anderes machten als andere vergleichbare Gruppen überall auf der Welt – schlimmer noch, allmählich beschlich Alex das Gefühl, dass die Gruppe mit ihren Aktionen eigentlich nichts bewirkte. Die Politiker taten sie als lästig ab, und die Öffentlichkeit schien sie wie Sebastian Glup wahrzunehmen: als *Horde alternativer Spinner*.

Alex hatte gehofft, diese Wahrnehmung ändern zu können. Sie wollte die visionäre Energie einfangen, die Dana ausstrahlte, wenn sie über die Arbeit der Gruppe sprach, und den Mut dieser Menschen, die versuchten, den Massensuizid der Menschheit abzuwenden. Doch Alex' Begeisterung für das Projekt schrumpfte fast ebenso rasch wie ihre Fördergelder. Ganz gleich, wie sie das Material an- und umordnete, Tatsache war: Es fehlte ein Höhepunkt, ein entscheidender Moment, um den herum sie den Film strukturieren konnte. Ihr fehlte ein *Aufhänger*.

Dann, vor ein paar Wochen, als Alex gerade ein paar Hintergrundeinstellungen drehte von den Gemeinschaftsbüros in der Lagerhalle in Collingwood, die die Earthlings gelegentlich nutzten, wandte sich das Gespräch einer neuen Aktion zu, die die Gruppe plante. Sie tauschten sich in diskreten, verschlüsselten Worten aus, aber es klang, als würden sie ein neues taktisches Vorgehen in Erwägung ziehen, das sie bislang noch nicht getestet hatten. Alex war mit ihrer Ausrüstung beschäftigt – und, ja, sie war gedanklich bei Zoe – und passte nicht richtig auf. Es dauerte eine Weile, bis sie begriff, dass sie davon sprachen, diese neue Strategie bei der Eröffnung von Glup Gardens auszuprobieren.

Alex spürte, wie sich ihr die Kehle zuschnürte. Sie hatte nicht gut reagiert, als Lorrie ihr zum ersten Mal von ihrem großen Projekt erzählt hatte: Sie konnte nicht fassen, dass ihre Freundin es tatsächlich moralisch für akzeptabel hielt, mit einem der schlimmsten Umweltsünder des Landes zusammenzuarbeiten. Jetzt aber wurde ihr bei dem Gedanken übel, dass irgend so eine Future-Earthlings-Aktion das größte Event in Lorries Karriere ruinieren könnte. Glup hatte es verdient, dass man ihm ans Bein pinkelte, keine Frage. Und Ruben vermutlich auch. Aber Lorrie nicht.

Alex ließ sich eine Ausrede einfallen, um früher zu gehen. Sie war sich nicht sicher, ob sie mehr darüber wissen wollte, was sich da anscheinend abspielen sollte, aber Dana hielt sie auf dem Weg zur Tür auf.

»Alex. Ich erzähl dir später Genaueres, aber ich wollte bloß sichergehen, dass du an der Glup-Gardens-Veranstaltung teilnehmen kannst? Das wird ein *Riesending*. Glaub mir, das Material willst du für deine Doku.«

»Ich weiß nicht, Dana. Ich habe da eine Art Interessenkonflikt.«

»Ein Konflikt? Wie meinst du das?«

»Ähm – meine Freundin Lorrie arbeitet für die Stadtverwaltung.

Sie ist an diesem Dachgartenprojekt beteiligt. Ich denke, sie glaubt, die Grünflächen sind gut für die Stadt.«

»Ja, klar«, antwortete Dana, »Grünflächen auf Privatgebäuden, und Sebastian Glup hat die Fäden in der Hand. Das wird sicher *super*.«

»Ich meine, ich widerspreche dir ja nicht, Dana, aber Lorrie meinte …«

»Schon gut, Alex, ich muss nicht wissen, wie sie das vor dir rechtfertigt. Oder vor sich selbst.« Sie sah Alex skeptisch an. »Kann ich darauf vertrauen, dass du deine Freundin nicht warnst? Vor dem, was wir planen?«

»Natürlich kannst du mir vertrauen.«

»Okay, alles klar. Gut zu wissen, dass wir noch im Geschäft sind.«

»Aber was genau habt ihr denn vor?«

Dana schüttelte vehement den Kopf.

»Alex, Mäuschen, ich kann dir unmöglich noch mehr verraten! Du hast einen Interessenkonflikt, Schätzchen, das hast du gerade selbst gesagt. Dir davon zu erzählen, würde dich in eine heikle Lage bringen. Ehrlich, es ist für alle Beteiligten leichter, wenn du nicht weißt, was für einen ›Braten‹ ich da gerade in meiner ›Röhre‹ habe.«

Dana machte gerade eine Phase durch, in der sie bei jeder sich bietenden Gelegenheit Anführungszeichen in die Luft malte, eine Angewohnheit, von der sie nicht abließ, obwohl Alex deutlich gemacht hatte, dass sie das als äußerst nervig empfand. (»Es tut mir ›leid‹, dass ich so ›nervig‹ bin, ›Alex‹«, antwortete sie jedes Mal, wenn Alex sie darauf hinwies.)

»Dana, ich glaube wirklich, dass es hilfreich wäre …«

»Wenn du keine Karten hast, kannst du sie auch nicht auf den Tisch legen.«

»Ich werde nicht …«

»Wenn du nicht weißt, dass eine Katze im Sack ist, kommst du auch nicht in Versuchung, sie rauszulassen.«

»Dana, würdest du bitte die Klappe halten? Ich weiß bereits, dass eine Katze im Sack ist, ich will nur wissen, was für eine.«

»Eine große Katze, Schätzchen. Eine tolle, große, wunderschöne Miezekatze. Und mehr musst du nicht wissen.«

Alex versuchte, sich keine Illusionen zu machen. Die Future Earthlings planten eine große Protestaktion, mit der sie, außer als Beobachterin, als Dokumentaristin, nichts zu tun hatte. Stattfinden würde die Aktion so oder so, ob sie nun dabei war oder nicht. Dana wollte zwar, dass Alex filmte, aber wie sich die Sache entwickelte, war nicht von Alex' Anwesenheit abhängig.

Als Alex Lorrie gebeten hatte, ihr Zutritt zu verschaffen, um die Veranstaltung aufzunehmen, war ihr das sinnvoll erschienen. Seitdem hatte sie die Sache verdrängt und sich lieber nicht zu viele Gedanken darüber gemacht, was das bedeuten könnte. Aber jetzt, da Lorrie zugesagt hatte, war ihr schlecht.

Diese Glup-Gardens-Geschichte, die könnte sich für Alex natürlich als positiv erweisen. Sollte die Aktion tatsächlich so bahnbrechend sein, wie Dana behauptete, könnte sie die ganzen losen Fäden ihrer Doku zu einem schlüssigen Höhepunkt zusammenführen – sie könnte Alex helfen zu zeigen, warum die Arbeit der Future Earthlings so wichtig war. Immerhin war Sebastian Glup die perfekte Verkörperung all dessen, was in dem System, in dem sie lebten, falsch lief. Der Protest könnte ihr helfen, aufzuzeigen, warum Typen wie er nicht in der Lage sein sollten, sich moralische Absolution zu erkaufen, indem sie ein paar Kröten in ein Projekt wie Green Cities steckten – wahrscheinlich investierte Glup jährlich mehr in den Unterhalt seiner Privatjachtflotte. Wenn Alex ihre Doku so gut aufbaute, wie sie es sich erhoffte, wenn es ihr gelang, ihrer anfänglichen Vision gerecht zu werden, konnte sie vielleicht ein kleines Loch in die kollektive Ignoranz schlagen und mit ihrer Kraft als Einzelperson zu den gemeinschaftlichen Bemühungen beitragen, ihre Spezies auf einen weniger zerstörerischen Weg umzuleiten. Sie, Alex, würde Gutes tun. Das war nicht von der Hand zu weisen.

Aber warum fühlte sie sich dann im Moment nicht wie ein guter Mensch? Warum wurde sie das Gefühl nicht los, dass sie, wenn sie bei dieser Glup-Gardens-Sache mit den Future Earthlings unter einer Decke steckte, etwas Fragwürdiges, etwas ein bisschen Unehrenhaftes tat?

Natürlich war die Antwort auf diese Fragen nicht allzu schwer zu finden. Green Cities war Lorries Herzensprojekt. Es war ihr anscheinend wirklich wichtig; sie hatte Alex damals mit so großer Begeisterung davon erzählt. Wenn die Future Earthlings etwas planten, um die an Green Cities Beteiligten zu demütigen, dann würde das auch Lorrie treffen – so viel stand fest.

Alex nahm ihr Handy und wählte.

»*Buongiorno! Konnichiwa!*«

»Dana? Hi, ich bin's, Alex.«

»Alex, Schätzchen! Wie geht's dir? Ich hoffe, du rufst an, um mir zu sagen, dass du Karten für die große Show heute Abend besorgt hast.«

»Also, wenn du Glup Gardens meinst, dann ja, hab ich wohl. Meine Freundin hat mir eine Dreherlaubnis besorgt.«

Dana kreischte auf.

»Wunderbare, fantastische Neuigkeiten. Ich verspreche dir, die Vorstellung wird so gut, du wirst es nicht bereuen. Natürlich hatte ich schon für Ersatzkameraleute gesorgt – aber wir reden hier von heimlichen Aufnahmen auf mickrigen kleinen Handykameras, nicht von dem großen, schönen Ding, das du so gern mit dir herumschleppst.«

Dana sprach zwar auf ihre übliche großspurige Art, aber in ihrer Stimme lag eine Anspannung, die Alex neu war.

»Also, eigentlich, Dana«, sagte Alex zögernd, weil sie sich nicht ganz sicher war, wie Dana auf das, was sie ihr zu sagen hatte, reagieren würde. »Ich … ich wollte nur mal hören, ob die Möglichkeit besteht, diese Protestaktion vielleicht … zu verschieben.«

»Verschieben? Wie bitte?«

»Auf eine andere Veranstaltung.«

»Was redest du da, Alex? Das Event heute Abend wird die große Sensation! Es ist schon alles geplant!«

»Ja, ich weiß, aber … muss es denn unbedingt heute Abend sein? Bei Glup Gardens, meine ich? Könntest du nicht … was auch immer du vorhast … bei einem anderen Auftritt von Glup machen?«

Längeres Schweigen.

»Alex, Alex, Alex. Sag mir bloß nicht, dass du deiner Freundin von den Plänen erzählt hast.«

»Was? Nein, Dana, ich habe nichts gesagt. Ich habe nur das Gefühl, dass … meine Freundin Lorrie, sie hat diese Glup-Gardens-Sache geplant. Ich mache mir bloß Sorgen, dass der Protest auf sie zurückfällt. Vor allem, weil sie dafür gesorgt hat, dass ich dabei sein kann. Wenn ihre Vorgesetzten herausfinden, dass ich mit dir in Verbindung stehe, denken die vielleicht, dass sie daran … beteiligt ist.«

»Oh! Ich verstehe! Du meine Güte. Das ist so lieb von dir, Alex, dass du an deine Freundin denkst.«

»Sie ist ein guter Mensch, weißt du. Sie war wirklich nett zu mir, in ein paar ziemlich düsteren Zeiten in meinem Leben. Ich will nicht – ich will einfach nicht, dass sie in etwas reingezogen wird, das nichts mit ihr zu tun hat.«

Dana summte nachdenklich.

»Weißt du, ich würde dir wirklich gern helfen, Alex. Aber hier geht es um etwas Größeres als um deine Freundin. Ich meine, größer geht kaum. Es geht im wahrsten Sinne des Wortes um die Zukunft der Menschheit auf diesem Planeten.«

Ramone bellte im Schlaf auf. Noch immer mit dem Handy in der Hand verlagerte Alex das Gewicht und beugte sich über die Bettkante, um ihm ein beruhigendes Ohrenkraulen zukommen zu lassen.

»Hör zu, ich weiß, Dana. Mir ist klar, dass das wichtig ist. Aber der Planet wird auch morgen noch am Arsch sein, ob du diese Aktion heute Abend nun durchziehst oder nicht. Ist ja nicht so, als würde alles von dieser einen Veranstaltung abhängen. Das ist nur eine Kleinigkeit.«

Dana schnalzte streng mit der Zunge, als wäre Alex ein Kind, das sie enttäuscht hatte.

»Ach, Alex. Das musst du doch verstehen. Man findet immer einen Grund, etwas nicht zu tun.«

»Ich sage ja nicht, dass du es gar nicht machen sollst, Dana. Nur vielleicht – nicht heute Abend.«

Ein paar Sekunden lang schwieg Dana. Als sie dann etwas sagte, war ihre Stimme monoton.

»Es tut mir wirklich leid, Alex. Aber wenn ich jedes Mal eine

Aktion abblasen würde, sobald es ein paar Komplikationen gibt, dann würden wir doch nie etwas erreichen. Nichts auf der Welt ist leichter, als einen Grund zu finden, um etwas *nicht* zu tun. Der einzige Grund, warum wir überhaupt in diesem Schlamassel stecken, ist doch, dass alle nur herumsitzen, der Apokalypse zusehen und sich Ausreden einfallen lassen, warum wir nichts dagegen unternehmen können. Ich meine, uns allen fällt ein Grund ein, warum nicht wir diejenigen sein können, die die Ärmel hochkrempeln oder ein Opfer bringen, sondern warum jemand anderes das für uns tun muss.«

»Dana –«

»Alex, Mäuschen, denk doch mal nach.« Danas Stimme klang wieder normaler. »Dir ist schon klar, wenn ich das Ganze auf einen anderen Abend, auf eine andere Veranstaltung verschiebe, dann würde das wahrscheinlich nur bedeuten, dass statt deiner Freundin eben jemand anderes angeschmiert ist. Willst du damit wirklich dein hübsches Gewissen belasten?«

»Äh, ja, mir wäre es wohl lieber, damit mein Gewissen zu belasten, als meine beste Freundin in die Pfanne zu hauen.«

»Meine Güte, Alex, sei doch nicht so dramatisch! Du weißt doch, in dieser Beziehung bin *ich* die Dramaqueen. Du haust deine beste Freundin nicht in die Pfanne. Du filmst doch nur die Veranstaltung. Und du weißt ja gar nicht genau, was wir geplant haben, also gibt es auch nichts, was du ihr erzählen könntest.«

Alex rollte sich auf den Rücken. Dana ließ sich nicht umstimmen – so viel war klar. Nichts würde sie davon überzeugen, dass es das Richtige war, die Protestaktion auf eine andere Veranstaltung zu verschieben. Die bittere Wahrheit war, dass Alex sich nicht einmal selbst voll und ganz davon überzeugen konnte.

Sie drehte den Kopf, sah erneut zu den grauen Wolkenfetzen, die langsam durch den Himmel zogen, und seufzte kapitulierend.

»Na gut, Dana. Dann sehen wir uns wohl heute Abend.«

Eine Stunde später schwebte Alex' Daumen gerade über Lorries Nummer, als eine Nachricht ankam. Oben in der blassgrauen Textblase erschien Zoes Name.

Reflexartig schleuderte Alex das Handy weg, als hätte sie sich die Finger verbrannt. Eine Welle von Emotionen schwappte über sie, eine so unangenehme, wilde Mischung von Gefühlen, dass es schwer war, ein einzelnes herauszufiltern und zu benennen.

Langsam atmete sie ein und aus. Nach sechs tiefen Atemzügen setzte sie sich auf und beugte sich vor, um ihr Handy vom Ende des Betts aufzuheben. Sie zwang sich, Zoes Nachricht zu lesen.

Alex. Tut mir leid, dass ich mich nicht gemeldet habe. Ich habe Zeit zum Nachdenken gebraucht. Kann ich zu dir kommen?

Alex las die Nachricht zweimal und dann noch einmal langsam, um sicherzugehen, nichts übersehen zu haben. Dann legte sie das Handy weg und veränderte ihre Position so, dass sie sich mit den Handflächen auf dem Betttuch abstützte. Sie rieb über das Leinen und konzentrierte sich auf das dabei entstehende Gefühl auf der Haut.

Sie versuchte, eine Bestandsaufnahme zu machen. Was sie da empfand, war das Freude? Reue im Voraus? Sie ertappte sich dabei, sich Ruben vorzustellen, wie er an dem Abend, als Alex bei ihnen zum Essen eingeladen war, die Lippen auf Zoes Handrücken gedrückt hatte.

Nein. Scheiß drauf. An Ruben wollte sie jetzt nicht denken. Sondern an Zoe, an die Linie ihres Kiefers, an ihre muskulösen Schultern.

Alex nahm das Handy.

Ich bin zu Hause. Wann kannst du hier sein?

Die Stunde, bevor Zoe kam, verbrachte Alex damit, ihre Leggings gegen ein Kleid zu tauschen, dann das Kleid gegen Jeans und Tanktop, dann das Tanktop gegen ein lockeres weißes Hemd aus einem glatten Material, das sich kühl auf der Haut anfühlte. Sie knöpfte das Hemd bis zum Hals zu und öffnete dann die beiden oberen Knöpfe.

Sie räumte die Wohnung auf. Sie rückte die Kissen auf der Couch zurecht. Sie ging ins Bad und betrachtete sich lange im Spiegel. Sie band sich die Haare zu einem hohen Pferdeschwanz zusammen. Sie legte Musik auf, dann schaltete sie die Musik aus. Sie rückte noch einmal die Kissen auf der Couch zurecht. »Wie sehe ich aus, Ramone?«, sagte sie zu dem Hund, der sie mit fragendem Blick beobachtete. Er bellte auf, schroff und unverbindlich.

Es klingelte an der Tür.

Sie zögerte, bevor sie Zoe hereinließ. Sie war sich nicht sicher, ob sie sie wie sonst mit Wangenkuss begrüßen sollte oder ob das diesmal ein anderes Signal senden würde – eines, von dem sie immer noch nicht wusste, ob sie es überhaupt senden wollte.

Am Ende spielte es keine Rolle: Sie öffnete die Tür, und sie standen da und sahen sich an, bis Zoe einen Schritt nach vorn machte und Alex fest in die Arme schloss. Sie roch nach Torf, wie der Boden eines Waldes in den Subtropen.

Sie lösten sich voneinander.

»Dieses Gesicht zu sehen, das habe ich vermisst«, sagte Zoe und legte Alex eine Hand an die Wange.

Vor dem letzten Treffen hatten sie einander kaum je berührt, abgesehen von den flüchtigen Küsschen zur Begrüßung. Bei der Vertrautheit, mit der Zoe sie jetzt behandelte, eine Hand an ihrem Gesicht, als wären sie bereits ein Liebespaar, fühlte sich Alex auf eine Art unwohl, die nicht gänzlich unangenehm war.

Alex trat einen Schritt zurück, sodass sie sich nicht mehr berührten. Zoe folgte ihr hinein.

Noch nie hatte Alex Zoe zu sich nach Hause eingeladen. Meistens hatten sie telefoniert oder sich in Cafés oder Bars getroffen. Jetzt führte sie Zoe in ihre kleine Küche und bot ihr einen Kaffee an. An der Kochinsel setzte Zoe sich auf einen Drahthocker. Alex, die mit dem Rücken zu ihr stand, ließ sich Zeit, den Kaffeesatz auszuleeren, die Kanne auszuspülen und frischen Kaffee einzufüllen. Sie spürte Zoes Anwesenheit hinter sich und konnte keinen klaren Gedanken fassen.

Als die Getränke fertig waren, setzte sie sich neben sie an die Kochinsel, sodass ihre Körper parallel zueinander waren. Sie hatte ein Kribbeln im Bauch, als tummelte sich darin ein Moskitoschwarm. Ihre Glieder fühlten sich kalt an. In einem Versuch, sich zu beruhigen, rieb sie sich über den Unterarm.

Ramone, der von der Couch geklettert war, als es an der Tür geklingelt hatte, legte Zoe seine lange graue Schnauze aufs Knie.

»Ramone, Ramone, *qui c'est le bon chien*?«, murmelte Zoe und kraulte ihn am Kinn.

»Normalerweise ist er Fremden gegenüber schüchtern«, sagte Alex, die den beiden zusah. »Er mag dich wohl.«

»Mich mögen alle Hunde«, sagte Zoe und kraulte Ramone an den seidigen Ohren. »Ich bin unwiderstehlich.«

Alex widmete sich wieder ihrem Kaffee. Sie rührte einen Löffel Zucker hinein.

»Also, du wolltest reden«, sagte sie.

Zoe zog die Augenbrauen hoch. »Direkt zur Sache, was?«

Alex zuckte die Achseln. »Nicht, wenn du nicht willst.«

Beide nippten an ihrem Kaffee, und es entstand eine Pause. Diese Unbeholfenheit, die war schmerzhaft. Sie waren – bis vor zwei Wochen – so locker im Umgang miteinander gewesen.

»Ein bisschen komisch ist sie schon, diese Situation, nicht wahr?«, sagte Zoe.

»Kann man wohl sagen.«

Alex spürte Zoes Blick auf sich, konnte sich aber nicht dazu durchringen, ihn zu erwidern.

»Gut siehst du aus«, sagte Zoe.

»Hm. Besonders gut fühle ich mich nicht.«

Zoe nahm noch einen Schluck Kaffee, dann stellte sie die Tasse mit einem lauten Klong auf der Arbeitsplatte ab. Ramone, der sich gerade neben dem Barhocker zusammengerollt hatte, hob den Kopf und bellte leise auf.

»Tut mir leid, dass ich nicht auf deine Nachrichten reagiert habe«, sagte Zoe langsam. »Ich habe an dich gedacht. Ich hatte gehofft, wenn ich nur lange genug nachdenke, finde ich eine Lösung, wie ich damit umgehen soll. Ich wollte mir sicher sein, dass ich das Richtige tue.«

Alex legte sich die Hände an die Wangen. Von der Tasse waren ihre Handflächen warm, was sich auf der kühlen Haut angenehm anfühlte.

»Und bist du dir jetzt sicher?«, fragte sie und versuchte, möglichst beiläufig zu klingen.

Zoe drehte ihren Hocker so weit zu Alex, dass sich ihre Knie berührten. Alex betrachtete die dichten Wimpern, den breiten Mund, die langen Finger. Zoe wirkte aufgeregt, in ihren Augen funkelte eine neue Art von Energie, eine Erregtheit, die Alex noch nie an ihr gesehen hatte.

»Ich war ein bisschen angetrunken, weißt du, als ich versucht habe, dich zu küssen«, sagte Zoe.

»Ja.« Alex wartete einen Moment. »Aber jetzt bist du das nicht.«

»Fühlt sich aber fast so an«, sagte Zoe und legte auf der Kochinsel ihre Hand auf Alex' Hand. Ihre Haut fühlte sich heiß an.

»Woher weißt du, dass das das Richtige ist?«, fragte Alex und sah auf die Hände.

»Ich bin zu dem Schluss gekommen, dass man manchmal nicht alles so genau wissen muss. Man braucht sich nicht sicher zu sein. Manchmal muss man einfach handeln.«

Alex versuchte, sich auf den harten Stein der Arbeitsplatte unter ihrer Handfläche zu konzentrieren. »Okay, aber meinst du nicht, dass es manchmal besser wäre, nicht zu handeln? Manchmal kann eine Tat dein Leben ruinieren.«

»Nein. Es sind die Sachen, die du *nicht* tust, die dein Leben ruinieren.«

Alex drehte sich zu ihr hin und war sich unschlüssig, ob sie Zoe zustimmte. Es klang gut, es klang richtig – und doch wusste sie nicht, ob da was dran war. Oft genug hatte Alex ihr Leben ruiniert, und zwar immer durch Handeln, nie durch Zurückhaltung.

Sie musste etwas sagen.

»Ich bin mir nicht sicher, ob ich das kann, Zoe. Ob ich das Ruben antun kann.« In der Hoffnung, entschlossener zu wirken, als sie sich fühlte, hob sie das Kinn und zog die Schultern zurück. »Es ist nicht so, dass ich nicht will. Aber ich … ich denke, ich versuche einfach, ein besserer Mensch zu sein.«

Zoe rückte näher.

»Schon okay, Alex«, sagte sie sanft. »Ich habe mit Ruben darüber gesprochen, was vor sich geht.«

Ruckartig wich Alex ein klein wenig zurück. Damit hatte sie nicht gerechnet.

»Was? Du meinst, du hast … über uns gesprochen?«

Zoe nickte.

»Schon okay, Alex«, sagte sie erneut.

Diesmal, als Zoe Alex die Hand in den Nacken legte – diesmal, als Zoe sich vorbeugte und ihren Mund an Alex' Mund führte, als sie mit ihrer Zunge Alex' Lippen berührte –, diesmal wich Alex nicht zurück.

Hinterher, nachdem sie Zoe zu ihrem Bett geführt hatte, nachdem sie ihre Körper einander hatten erkunden lassen, überkam Alex eine wundersame Ruhe. So lange, wurde ihr klar, hatte sie versucht, nicht zu tun, was sie gerade getan hatten. Nun, da es endlich geschehen war, konnte sie sich entspannen. Sie legte den Arm über Zoes Bauch und schmiegte den Kopf an ihre Schulter. Sie fühlte sich so warm, so glücklich; Zoe fühlte sich so nah an. Nichts wünschte sie sich sehnlicher, als einen Moment lang auszuruhen und dann alles noch einmal zu wiederholen. Bis ganz zum Orgasmus hatte sie es nicht geschafft – der Sex war gut gewesen, vielleicht sogar spitze, aber ihre Nervosität hatte sie ausgebremst, sie hatte es nicht ganz geschafft, abzuschalten –, und ihr Körper lechzte nach mehr.

Doch Zoe ließ sie nicht ausruhen. Sie zog Alex an sich, küsste sie auf den Kopf und zog dann den Arm unter ihr weg, damit sie sich zur Bettkante drehen konnte. Sie holte ihr Handy aus ihrer Umhängetasche, dann lehnte sie sich ans Kopfteil des Betts. Alex musterte ihr Profil, während Zoe ihre Nachrichten las.

»Hast du damit gerechnet, als du hergekommen bist?«, fragte sie.

Zoe grinste sie von der Seite an. »Ja, natürlich.«

Alex lachte. Zoe war so selbstsicher. »Aber beim letzten Mal habe ich es nicht zugelassen.«

»Nein. Aber ich wusste, dass du es wolltest«, sagte Zoe. »Du hast nicht gerade die Unbeteiligte gespielt, Darling.«

Eine heiße Welle der Scham schwappte über Alex. War ihr Verlangen so offensichtlich gewesen? Sie rollte sich auf den Rücken, damit sie Zoe nicht ansehen musste. Warum fühlte es sich so demütigend an, als jemand gesehen zu werden, der sein Gegenüber begehrte, selbst wenn dieses Begehren ganz klar auf Gegenseitigkeit beruhte?

Sie schloss die Augen. Ein Bild von Ruben versuchte, sich in ihre Gedanken einzuschleichen. Sie fragte sich, ob Zoe auch an ihn dachte – wie könnte sie das auch nicht? Und doch war sie hier, mit Alex. Sie hatte sich entschieden, herzukommen.

Sie spürte, dass Zoe sich zu ihr beugte und sie sanft auf die Stirn küsste.

»Es ist okay«, sagte sie, ihr Gesicht über Alex'. »Ich wollte es auch.«

Alex öffnete die Augen. Sie konnte nicht fassen, wie schön Zoe aussah mit ihren feuchten Haaren und dem vom Sex geröteten Mund. Sie wollte gerade nach oben greifen, um sie zu küssen, um noch einmal loszulegen – aber plötzlich drehte Zoe sich weg.

»Gott, ich bin am Verhungern«, sagte sie und griff wieder nach ihrem Handy. »Nach dem Vögeln bin ich immer so hungrig.«

»Kann ich dir was zu essen machen?«, fragte Alex und hoffte, sie würde ablehnen. Sie war noch nicht bereit, das Bett zu verlassen – und in der Wohnung gab es sowieso nichts Essbares.

»Tja, also, tut mir echt leid, aber eigentlich muss ich los.«

»Jetzt? Kannst du nicht noch ein bisschen bleiben?« Alex widerte es an, wie unverhohlen liebesbedürftig ihre Stimme klang.

»Tut mir leid, ich kann wirklich nicht.«

»Aber meinst du nicht, wir sollten reden? Um herauszufinden, was wir hier machen?«

Zoe nahm ihre Hand und drückte sie fest. »Ich weiß. Du hast recht. Und das werden wir auch. Aber ich muss mich für heute Abend fertig machen. Eine Veranstaltung, für Rubens Arbeit. Die darf ich nicht verpassen.«

Sie schwang die Beine über die Bettkante und fing an, sich anzuziehen. Immer noch umgab sie diese aufgewühlte Energie, die Alex vorhin schon wahrgenommen hatte. Alex hatte gedacht, sie sei der Grund dafür gewesen, aber nun fragte sie sich, ob Zoe noch etwas beschäftigte, etwas ganz anderes.

»Gehst du zur Eröffnung der Glup Gardens?«

Zoe sah sie stirnrunzelnd an.

»Ja, das tue ich tatsächlich. Woher weißt du das?«

»Ach, na ja, ich habe mir schon gedacht, dass Ruben hingeht, und vermutet, dass er dich mitnimmt. Ich werde auch da sein.«

Zoe, die gerade ihr Hemd halb zugeknöpft hatte, hielt inne.

»Das halte ich für keine gute Idee, Alex. Ich meine, wie du gesagt hast, Ruben wird da sein, und obwohl er, na ja, hiermit einverstanden ist – mit uns –, ist es ein bisschen kompliziert.«

»Ich weiß, ich weiß, eigentlich ist das der Grund, warum ich dir heute Morgen eine Nachricht geschickt habe, weil ich mir schon dachte, dass es peinlich werden könnte. Aber ich muss da hin, weil ich Glups Rede für meine Doku filme, und ...« Alex unterbrach sich mitten im Satz, unsicher, wie sie das erklären sollte. Die Future Earthlings und ihre geplante Aktion konnte sie ja schlecht erwähnen. Immerhin arbeitete Zoes Mann für Glup – sie war in dieser Situation also nicht gerade unvoreingenommen. »Ich will Lorrie unterstützen«, beendete sie den Satz lahm.

»Deine Freundin, die mal mit Ruben zusammen war?«

»Sie arbeitet für die Stadtverwaltung, weißt du? Ruben hat sie mit Glup in Kontakt gebracht. Das ist der einzige Grund, warum ich mich bei Ruben gemeldet habe – weil ich Angst hatte, dass er ihr von etwas, das, ähm, vor zwanzig Jahren passiert ist, erzählen würde, etwas, wovon Lorrie nichts weiß. Ich wollte nicht, dass er grundlos alte Geschichten aufrührt.«

»O ja. Über das alles weiß ich Bescheid.« Zoe lachte kurz auf. »Ruben hat mir erzählt, dass sie was mit diesen Glup Gardens zu tun hat. Ich würde sie gern kennenlernen.«

Inzwischen war sie vollständig angezogen. Mit verschränkten Armen und heruntergezogenem Mundwinkel drehte sie sich zu Alex. »Also gut. Ich geh jetzt besser.«

Bevor Zoe die Wohnung verließ, legte Alex ihr in der Tür die Arme um die Taille und küsste sie ein letztes Mal. Der Form halber erwiderte Zoe den Kuss und zog sich dann zurück. Sie hielt Alex' Gesicht zwischen den Händen.

»Alex, ich glaube wirklich, es wäre besser, wenn du heute Abend nicht kommst. Bitte denk darüber nach, ob es eine andere Möglichkeit gibt. Sonst wird es schwierig für alle Beteiligten.«

Alex zuckte entschuldigend die Achseln.

»Tut mir leid, Zoe. Aber ich muss da hin.«

Zoe ließ die Hände sinken.

»Okay, Alex.« Sie seufzte. »Das ist dann wohl deine Entscheidung.«

TEIL 5

Lorrie

Nachdem Lorrie Philomenas Büro verlassen hatte, saß sie eine Stunde lang an ihrem Schreibtisch und tat, als würde sie arbeiten. Als Erstes öffnete sie die Tabelle mit der Gästeliste für die Veranstaltung am Abend, fügte Alex' Namen hinzu und mailte sie an Glups Eventmanager. Was solls, warum auch nicht? Sie schickte Alex eine SMS, um sie wissen zu lassen, dass sie dabei war.

Dann öffnete sie ein Jobportal und scrollte durch eine Reihe von Stellenangeboten, für die sie nicht im Entferntesten qualifiziert war. Dann öffnete sie eine Reise-Website und sah sich Flugpreise nach Südamerika an. Sie hatte schon immer in Patagonien wandern gehen wollen. Dann loggte sie sich bei eBay ein und bestellte ein handgefertigtes Katzenspielzeug aus Japan und einen Secondhand-Kaftan, der ihr vermutlich nicht passen würde, bei einem osteuropäischen Vintage-Händler. Dann öffnete sie Facebook und ließ wahllos eine Reihe kurzer Videos in ihre Augäpfel eindringen (ein niesender Panda, ein Stand-up-Comedian, der sich über seine Frau beklagte, eine Gruppe Teenagerjungs, die perfekt synchron einen komplizierten Tanz aufführten). Dann schloss sie das Browserfenster und sah zu, wie auf der Digitaluhr in der Ecke ihres Bildschirms die Minuten verstrichen.

Als sie es nicht mehr aushielt, stand sie auf, murmelte ihren Teamkollegen etwas von wegen früher Mittagspause zu und machte sich auf den Weg zu den Aufzügen. Gefühlt brauchte der Lift noch länger als sonst und hielt in so gut wie jedem Stockwerk. Überall stiegen Leute ein und aus, plauderten miteinander und führten den belanglosesten Small Talk, den Lorrie je gehört hatte, als gäbe es nichts außer Wetter und Sport. Lorrie hielt den Kopf gesenkt und starrte ausdruckslos aufs Handy. Endlich erreichten sie das Erdgeschoss, und Lorrie verließ eilig den Aufzug, durchquerte mit großen Schritten das Foyer und trat auf die Straße hinaus in die Freiheit.

Draußen auf dem Gehweg blieb sie stehen. Heutzutage wirkte das Stadtzentrum düster, fremd, nicht mehr wie die Stadt, die Lorrie aus ihrer Kindheit kannte. Charmante alte Gebäude waren abgerissen und durch neue, gigantische Bürotürme ersetzt worden. Die meisten Geschäfte und Cafés, in die sie früher gegangen war, hatten geschlossen, und an ihre Stelle waren neue, unbekannte Unternehmen getreten, die quasi im Sturzflug die Nester ihrer toten Vorgänger in Beschlag genommen hatten. In letzter Zeit hatten selbst die neuen Geschäfte zu kämpfen, und in den Schaufenstern wimmelte es nur so von Zu-vermieten-Schildern.

Heute passte die bedrückende Atmosphäre zu ihrer Stimmung. Sie fühlte sich verstört, womöglich sogar gefährlich, wie ein Bär, der aus seinem Zoogehege ausgebrochen war. In Dauerschleife ließ sie das Meeting mit Philomena Revue passieren, was Philomena zu ihr gesagt hatte, was sie geantwortet hatte.

Sie musste, das war ihr klar, jeglichen Gedanken daran verdrängen, sonst bestand das erhebliche Risiko, dass sie wieder anfing zu weinen. Sie setzte ihre Kopfhörer auf und suchte auf Spotify nach Songs mit dem Wort »fuck« im Titel. Wie sich herausstellte, traf das auf eine Menge Songs zu.

Zu einem fröhlichen Lied, in dem es um einen Typen ging, der seiner untreuen Freundin sagte: Go fuck yourself, marschierte sie die Straße hinunter, wobei sie ihre Schritte genau im Takt setzte, verstohlen mit der Hüfte wippte und die Arme beim Gehen ein bisschen mehr als nötig schwingen ließ. In den letzten Jahren hatte sie diese Form des heimlichen Straßentanzens perfektioniert, weil sie sich zu alt und zu dick fühlte, um an einem eigentlich für diesen Zweck vorgesehenen Ort tanzen zu gehen. Es war subtil genug, dass es niemandem auffiel; niemand konnte sie als tragisch oder verrückt bezeichnen oder sich über ihren großen Körper lustig machen, der sich immer noch für geschmeidig hielt.

Diesen Aspekt des modernen Lebens liebte Lorrie – wie ihr dank technologischem Fortschritt rund um die Uhr ein persönlicher Nachtclub geboten wurde, der nur in ihren eigenen Ohren existierte. Natürlich waren Streaming-Dienste nicht perfekt – eine ganze Liste an Problemen drängte sich ja geradezu auf (Unterbezahlung der Künstler, Entwertung kreativer Arbeit, Datenschutzverletzungen, manipulative Algorithmen usw. usf.) –, aber, Scheiße, diese ganze Musik zur Verfügung zu haben, die zu jedem beliebigen Zeitpunkt in ihr Gehirn gepumpt werden konnte, war unglaublich, eine gesellschaftliche Errungenschaft, vergleichbar mit dem Bau der Pyramiden oder der Erfindung von Toilettenspülungen.

Manchmal vermisste sie schon auch echte Clubs. Was sie nicht vermisste, waren die klebrigen Böden, grapschenden Hände und überteuerten Getränke, aber sie vermisste die selbstzerstörerische Freiheit, die damit einherging, sich mit einer Masse von Fremden endlos auf einer Tanzfläche zu bewegen. Als sie jünger und dünner gewesen war, vor den Kindern, war sie manchmal bis zum Morgengrauen in ihrem Lieblingsclub geblieben, bis die Bar dichtmachte und die Musik stoppte. Jedes Mal hatte sie vorgehabt, früher zu gehen, aber immer wieder zog sie der nächste unwiderstehliche Beat zurück auf die Tanzfläche, bis es plötzlich sechs Uhr morgens war, der Club schloss und sie benommen und desorientiert wie jemand, der aus einer tiefen Hypnose erwachte, in den hellen, schmutzigen Morgen hinausbefördert wurde.

Während sie klammheimlich die Straße entlangtanzte, wurde ihr bewusst, dass sie durch den Teil der Stadt spazierte, der vor ein paar Jahren Schauplatz einer Massentragödie gewesen war: Ein Auto war mit hoher Geschwindigkeit durch die Straße gerast, sechs Tote, mehrere Verletzte. Seitdem konnte Lorrie nicht mehr durch diese breite, mit Schuhgeschäften, 7-Elevens und Kaufhäusern gesäumte Fußgängerzone gehen, ohne ans Sterben zu denken.

Jeden Tag kümmerten sich Menschen wie sie um ihre eigenen Angelegenheiten, dachten, das sei bloß ein stinknormaler Tag in ihrem frustrierenden oder schrecklichen oder wunderbaren Leben, und dann, *puff*, waren sie tot. Herzinfarkt, plötzlicher Schlaganfall, Autounfall, Erdbeben, Ast, Schlangenbiss, Mord unter Eheleuten, Serienmörder, zufällige Messerstecherei, Terroranschlag, Motorschaden, Busunfall, Hausbrand, Salmonellen, Brückeneinsturz, Erdloch, Hurrikan, Monsterwelle, Stromschlag, Aufzugsdefekt, Bienenstich, Ausrutschen in der Dusche, Leck in der Heizung, Brandungsrückstrom, verpfuschte Entführung, Kunstfehler, wackeliger Snackautomat, Sturz von der Leiter, Blitzschlag, Ersticken, Aneurysma, versehentliche Überdosis, schlecht gewarteter Freizeitpark: So ziemlich alles konnte einen zur Strecke bringen.

Als junge Frau hatte sich Lorrie nie groß Gedanken über ihren Tod gemacht. Warum auch? Der erwartete uns sowieso alle. Doch seit den Kindern hatte sich ihre Sichtweise geändert. Jetzt machte sie sich Sorgen, wie die Kinder zurechtkommen würden, wie Paul es verkraften würde, falls sie starb. Jedes Mal, wenn sie an einer stark befahrenen Straße entlangging, malte sie sich aus, wie sie über die eigenen Füße stolperte und mit lächerlich wedelnden Armen in den Verkehr stürzte. Beim Autofahren stellte sie sich vor, wie ein Sattelschlepper bei Rot über die Ampel fuhr und sie unter seinen riesigen Rädern zerquetschte. Wenn sie ein Buch las, dachte sie manchmal plötzlich an ein geplatztes Blutgefäß, Hirntod, Paul und die Kinder, die ihren Körper, der keine Reaktionen mehr zeigte, verzweifelt mit Küssen übersäten, bevor sie die lebenserhaltende Maschine abschalteten.

Als sie hoch zu den eleganten Neunzehntes-Jahrhundert-Fassaden der Gebäude blickte, die sich über die grobe Hässlichkeit der Straße erhoben, fiel ihr ein, dass sie Paul sagen musste, er dürfe sich ohne Schuldgefühle jemand anderen suchen, sollte sie jemals ins Gras beißen. Das machte ihr nichts aus: Sie würde sich das für ihn wünschen, solange seine neue Frau die Kinder liebte.

Lorries Pläne für Pauls neue Partnerin wurden jäh von einer Hand unterbrochen, die aus dem Nichts hervorschoss und aggressiv vor ihrem Gesicht herumfuchtelte. Sie stieß einen kurzen Schrei aus, sprang zur Seite, stolperte in den Rinnstein, wobei sie das Gleichgewicht verlor und den Arm, der an der fuchtelnden Hand hing, gerade noch rechtzeitig zu fassen bekam, um sich vor einem vorbeifahrenden Taxi in Sicherheit zu bringen.

Ach du Scheiße, hatte sie soeben ihre eigene Nahtoderfahrung manifestiert? Meine Fresse.

Die Hand, die sie erschreckt hatte, und der Arm, der ihr das Leben gerettet hatte, hingen an Ivan. Sie ließ ihn los und trat einen Schritt zurück. Noch immer spürte sie das Adrenalin durch sich pulsieren.

»Himmel, Ivan, du hast mich zu Tode erschreckt.«

»Hast du mich nicht rufen hören?«

»Ich hab Musik gehört, du Trottel. Hast du meine Kopfhörer nicht gesehen? Echt ey. Wie auch immer, hi! Schön, dich wiederzusehen!«

Er musterte sie stirnrunzelnd.

»Ist bei dir, äh, alles okay? Du siehst ... irgendwie ... verrückt aus.«

»Wow. Danke. Also, wenn du es unbedingt wissen willst – die Geschichte ist kurz und langweilig. Ich hatte mein Meeting mit Philomena. Wie sich herausgestellt hat, geben die Harry Mercado die Teamleiterstelle.«

»*Harry Mercado?* Willst du mich verarschen?«, sagte Ivan und verzog angeekelt das Gesicht. »Der Junge ist die reinste Stepford-Frau.«

Lorrie lachte, dann stieß sie ein Keuchen aus, das ein Schluchzen zu werden drohte – Gott, nicht schon wieder.

»Tja, was bin ich froh, wieder einmal bestätigt zu bekommen, dass der Laden von einem Haufen Vollpfosten geleitet wird«, sagte Ivan und tätschelte ihr tröstend den Oberarm. »Na komm. Ich geb dir einen aus.«

Lorrie zögerte. Sie sollte wirklich zurück zur Arbeit. Den ganzen Vormittag über hatte sie nichts erledigt, und sie musste immer noch ein paar Vorbereitungen für das Glup-Gardens-Event treffen. Inzwischen war es beinahe ein Uhr, und die gesamte Mittagspause war dafür draufgegangen, durch die Stadt zu laufen und über Sterblichkeit nachzudenken. Um zwei hatten Harry und sie einen Termin mit den Leuten vom Rathaus, um den Ablaufplan für die Veranstaltung heute Abend zu besprechen.

Na ja, dachte Lorrie, Harry war ein Wunderknabe. Sollte sie es aus irgendeinem Grund nicht rechtzeitig zur Arbeit schaffen, würde er sicher auch ohne sie zurechtkommen.

»Vielleicht ganz schnell auf ein Gläschen«, sagte sie.

Sie steuerten die am nächsten gelegene Bar an, die ihr einfiel, eine ihrer wenigen Lieblingsbars, die noch übrig waren aus der Zeit, als sie noch regelmäßig in Bars gegangen war. Der Innenraum war klein und düster, aber hinten gab es einen großen Außenbereich mit Lichterketten, Kunstpalmen und Stehtischen, um die herum man auf Hockern sitzen konnte, erfrischend geschmacklosen Wein trinken und, wenn man wollte, sogar rauchen durfte. In ihrer Jugend hatte Lorrie gelegentlich gequalmt, nie ernsthaft, und vor über zehn Jahren hatte sie komplett aufgehört. Heute beschloss sie, eine Ausnahme zu machen. Sie hielt an einem Eckladen und kaufte sich Zigaretten und ein Feuerzeug.

Dann, hinten in der Bar, kam ihr der Zigarettenkauf wie die beste Entscheidung vor, die sie hätte treffen können, obwohl das Vergnügen eher im Tanz des Anzündens lag als im Rauchen an sich. Das letzte Mal war so lange her, dass sie überrascht war, wie natürlich es sich immer noch anfühlte, mit einem Daumenschnippsen eine Flamme zu erzeugen, eine dünne Zigarette zwischen die Lippen zu klemmen und sie zu entzünden.

»Heute stellen wir unsere Disziplin unter Beweis, indem wir demonstrieren, dass wir sogar mit dem Aufhören aufhören können«, sagte sie zu Ivan, der ebenfalls Ex-Raucher war. »Und sobald diese Packung Kippen leer ist, hören wir auf, mit dem Aufhören aufzuhören, und kehren zu unserem rauchfreien Lebensstil zurück. Ich nenne das das *dreifache Aufhörmanöver*, und es hat einen Schwierigkeitsgrad von neun Komma zwei.«

»Dafür habe ich mein Leben lang trainiert«, sagte Ivan, als sie sich vorbeugte, um seine Zigarette anzuzünden.

Sie erzählte ihm von ihrem Treffen mit Philomena am Morgen: von den schlechten Neuigkeiten, dem Mopswitz, der Schimpftirade, der Heulerei. Das alles war noch zu frisch, um es zu einer besonders lustigen Anekdote zu verarbeiten.

»Ich habe noch nie bei der Arbeit geweint. Das war eine durch und durch demütigende Erfahrung. Ich weiß nicht, ob ich mich da jemals wieder blicken lassen kann.«

»Ausgezeichneter Plan. Du solltest einfach nie wieder dort auftauchen. Dann bereuen sie sicher ihre suboptimale Entscheidung.«

»Wäre rätselhaftes Verschwinden eine Option? Glaubst du, es ist heutzutage schwierig, den eigenen Tod vorzutäuschen?«

»Um ehrlich zu sein, Lorrie, ich denke, als Start für deine Karriere als Hochstaplerin ist der eigene Tod vielleicht etwas *zu* hochgestapelt. Du musst klein anfangen. Wie wäre es mit einer chronischen Krankheit?«

»Falls lähmende Scham noch kein anerkanntes psychiatrisches Leiden ist, sollte es das auf jeden Fall werden.«

»Wahrscheinlich ist es halb so schlimm. Viele Leute weinen bei der Arbeit.«

»Hast du das schon mal?«

»Also, nein. Aber ich habe andere weinen sehen, was ich immer als sehr erquicklich empfunden habe.«

Lorrie lachte matt, lehnte sich zurück und zündete sich noch eine Zigarette an. Sie würde widerlich stinken, wenn sie zurück ins Büro ging. Ach, egal. Sie nahm einen tiefen Zug.

»Hast du darüber nachgedacht, dir was anderes zu suchen?«, fragte Ivan. »Ich meine, du bist jetzt schon lange bei der Stadtverwaltung, und selbst als ich dich kennengelernt habe, hatte ich den Eindruck, dass du nicht aus vollem Herzen dabei bist – wahrscheinlich warst du mir deshalb sympathisch. Hast du schon mal daran gedacht, Jura zu studieren? Du wärst eine fantastische Anwältin.«

Lorrie schätzte Ivans Zuversicht, wusste aber mit absoluter Sicherheit, dass sie keine fantastische Anwältin wäre.

»Sorry, Ivan, aber können wir über was anderes sprechen? Sonst fange ich wieder an zu weinen, und ich will mich vor einem Freund echt nicht so zu Tode blamieren, wie ich das gerade auf der Arbeit getan habe. Erzähl doch mal, wie es mit deinem Liebesleben läuft.«

Ivan schüttelte bedrückt den Kopf.

»Nichts läuft da. Eine Zeit lang habe ich mich mit einer getroffen, aber es hat nicht so recht gepasst. Sie wollte Sachen machen wie ironische Bowlingabende und Doja Cat hören, und du hättest das Chaos sehen sollen, das sie jedes Mal in meinem Bad angerichtet hat, wenn sie bei mir übernachtet hat. Und sie hat von mir erwartet, dass ich mit ihr auf eine Antarktis-Kreuzfahrt gehe! Ich meine, kannst du dir mich in der Antarktis vorstellen? Ich kriege eine Winterdepression, sobald die Temperatur unter fünfundzwanzig Grad rutscht – und dieses Mädchen dachte, ich würde den Südpol aushalten, nur um ihr Herz zu gewinnen? Also, mit der ist Schluss.«

Soweit Lorrie das beurteilen konnte, rührten Ivans Probleme in Liebesangelegenheiten daher, dass er sich anscheinend ausschließlich zu gestörten Frauen mit künstlerischer Ader hingezogen fühlte, zu der Art Frau, die betrunken und schreiend zum Weihnachtsessen im Haus deiner Eltern auftaucht, und zwar drei Jahre, nachdem du dich von ihr getrennt hast. Ein paar seiner Freundinnen hatte Lorrie kennengelernt, und obwohl sie die meisten mochte, war keine von ihnen der Typ Mensch, dem man zutrauen würde, auf Kinder aufzupassen, geschweige denn sie zu gebären.

»Ach, Ivan, tut mir leid, das zu hören. Aber ich bin mir sicher, dass es da draußen eine für dich gibt, die nur melancholisch rumhängt und immer bei den falschen Typen nach links swipt.«

»Nach *rechts* swipt, Lorrie. Wow, du wärst echt schlecht im Online-Dating. Und außerdem gibt's da draußen niemanden für mich. Glaub mir, ich habe mich umgesehen, ich habe diesen ganzen Planeten abgeklappert und auch ein paar andere. Es ist niemand mehr übrig. Alle sind verheiratet, alle haben Kinder. Ich habe meine Chance verpasst.«

»Du musst dich nur gedulden, bis alle die Nase voll voneinander haben. Bestimmt ist bald Scheidungssaison.«

»Willst du mir was über Paul erzählen?«

»Ja. Mit jedem Tag lieben wir uns mehr.«

»Bah, igitt.«

»Weißt du, vielleicht hast du mehr Glück, wenn du mal deinen Grundsatz überdenkst, ausschließlich mit Kindern und komplett Durchgeknallten auszugehen. Vielleicht schaltest du einfach mal einen Gang zurück. Du könntest beispielweise mal versuchen, mit einer Halb-Durchgeknallten auf ein Date zu gehen oder mit einer Dreißigjährigen, und sehen, wie ihr zusammenpasst?«

»Das ist nicht lustig, Lorrie. Sogar die totalen Psychos sind schon vom Markt. Ehrlich, ich glaube nicht, dass ich jemals jemanden finde. Ich werde für immer allein bleiben.«

Für Lorrie waren diese Gespräche mit alleinstehenden Freunden ein heikles Terrain. Sie war schon so lange mit Paul zusammen, dass sie sich kaum noch erinnerte, wie es war, Single zu sein. Sie wusste nicht, ob es ihren Freunden lieber war, wenn sie sich optimistisch über ihre Aussichten, mitfühlend über ihre Einsamkeit oder neidisch auf ihre Freiheit zeigte. In Wahrheit empfand sie eine Mischung aus allem davon. Die meisten Singles, die sie kannte, schienen durch die Welt zu streifen und Abenteuer zu erleben, taten, wozu sie Lust hatten, und mussten nie auf die Bedürfnisse anderer Rücksicht nehmen (hatten andererseits aber auch niemanden, der sich um *ihre* Bedürfnisse kümmerte). Lorrie vermutete, dass es schon seine Gründe hatte, warum sie diesen Weg nicht eingeschlagen hatte, aber für ein allzu schlechtes Leben hielt sie das nicht.

Generell hatte Lorrie sich in Sachen Partnerwahl immer am Prinzip »Gleiche Chancen für alle« orientiert. Wenn jemand Interesse an ihr zeigte, war sie für gewöhnlich bereit, einen Versuch zu wagen, ganz gleich, wie sensationell schlecht sie zusammenpassten. Vielleicht erklärte diese lockere Herangehensweise, warum ihre Beziehungen in jungen Jahren durch die Bank weg so unerfreulich gewesen waren. Nach dem Desaster mit Ruben Armand hatte sie eine Reihe unschöner Erfahrungen mit ungeeigneten Männern gemacht: sechs Monate mit Felix, einem japanisch-australischen Grafiker, der ihr ständig sagte, wie hübsch sie wäre, würde sie nur ein paar Kilo abnehmen; ein paar Monate mit Lenny, einem Medizinstudenten, dessen extreme Klugheit anfangs seine noch extremere Langweiligkeit verdeckt hatte; ein Jahr oder so mit Jamie, einem unglaublich weißen Wirtschaftsstudenten, der mit vierundzwanzig bereits einen kompletten Plan für sein Leben ausgearbeitet hatte (wie sich herausstellte, schloss dieser Plan Lorrie nicht mit ein);

und eine lange, zwanglose Romanze mit Christos, der sowohl heiß als auch amüsant war, aber sich nicht damit abfinden konnte, dass Lorrie sich partout nicht auf einen Dreier einlassen wollte, ein Streitpunkt, den Lorrie als schrecklich ungerecht empfand: Schon in Anwesenheit einer Person, die gnadenlos über ihre körperlichen Unzulänglichkeiten urteilen konnte, war es schwer genug, sich in ihrem nackten Körper zu entspannen, ganz zu schweigen von der Anwesenheit zweier Menschen.

Für Lorrie war es immer noch absurd, dass sie letztendlich in einer Beziehung gelandet war, die sie weder ins Koma langweilte noch ihr Leben auf aggressive Weise zerstörte. Das Glück, das sie mit Paul gefunden hatte, war auf fast wundersame Weise unkompliziert. Manchmal lagen sie sich in den Haaren, manchmal gingen sie sich auf die Nerven, aber im Großen und Ganzen fühlte sich ihre Beziehung so natürlich und essenziell an wie ihr Herzschlag.

»Du wüsstest niemanden, oder?«, fragte Ivan. »Du hast doch sicher ein paar Single-Freundinnen, mit denen du mich verkuppeln kannst.«

Lorrie zögerte. Sie hatte schon oft darüber nachgedacht, Alex und Ivan zu verkuppeln – in vielerlei Hinsicht schienen sie relativ gut zusammenzupassen –, aber bislang hatte sie sich zurückgehalten, weil sie sich nicht sicher war, ob sie die Verantwortung dafür tragen wollte, die tektonischen Platten ihrer jeweiligen Persönlichkeiten zusammenzuschieben. Aber im Moment wirkte Ivan so verzweifelt, dass es ihr gemein vorkam, ihm die Aussicht auf Glück zu verweigern, nur weil das minimale Risiko bestand, dass die Sache in einer Naturkatastrophe enden würde.

»Weißt du was, ich wüsste tatsächlich jemanden, der dir gefallen könnte.«

»Ach?«

»Meine Freundin Alex ist Single.«

Ivan runzelte die Stirn.

»Ist das die Alex, von der du mir schon mal erzählt hast? Ich dachte, du meintest, ich soll mit normalen Frauen ausgehen.«

»Okay, sie ist ein bisschen neurotisch, aber sie ist nicht, du weißt schon, ich-zerschlitz-dir-die-Autoreifen-verrückt.«

»Hmm.«

»Außerdem sieht sie umwerfend aus, falls das hilft.«

»Das hilft immer.«

»Übrigens filmt sie heute Abend die Glup-Gardens-Sache für eine Doku, die sie über eine Gruppe von Umweltschützern dreht. Hab ich dir erzählt, dass sie Filmemacherin ist? Sie ist echt talentiert – für ihr letztes Projekt hat sie alle möglichen Preise gewonnen. Falls du vorhast, heute Abend zu kommen, könnte ich sie dir vielleicht vorstellen.«

Ivan verzog das Gesicht.

»Du weißt doch, dass berufliche Veranstaltungen in mir das Verlangen wecken, nicht nur mich selbst, sondern auch gleich alle Anwesenden umzubringen. Also, nein, ich hatte nicht vorgehabt, hinzugehen.«

Er wiegte nachdenklich den Kopf. »Aber für deine heiße Freundin mache ich vielleicht eine Ausnahme.«

Sie tranken aus. Es war fast zwei. In fünfzehn Minuten würde Harry im Büro des Bürgermeisters sein. Lorrie überlegte, ihre Mails abzurufen, entschied sich aber dagegen. Sie steckte sich eine weitere Zigarette an, lehnte sich zurück und schlug Ivan vor, noch ein Glas Wein zu trinken, aber er musste zurück zur Arbeit zu einer Mediation.

Allein in der Bar fragte sich Lorrie, wie sie den Nachmittag bloß überstehen sollte. Wahrscheinlich wäre es besser, sie würde Philomena eine Mail schicken und sie wissen lassen, warum sie so spät ins Büro zurückkam. Aber wie sollte sie das erklären? Dass ein Übermaß an unbeherrschbarer Wut sie aufgehalten hatte? Ihre eigene irrwitzige Verzweiflung sie niedergestreckt hatte? In ihr ein Missmut aufgelodert war, der einem Vulkanausbruch gleichkam?

Lorrie spürte ihr Handy vibrieren, und mit einer heftigen Druckwelle schoss ihr Panik durch die Brust – aber es war nicht die Arbeit. Sondern ihre Mutter. Reflexartig drückte sie ihre frisch angezündete Zigarette aus und nahm den Anruf mit einem Swipen entgegen.

»Hi, Mum.«

»Hallo, Liebling. Danke, dass du rangegangen bist. Ich weiß, wahrscheinlich hast du viel zu tun, aber ich wollte nur wissen, ob du Neuigkeiten über die Beförderung hast.«

Es war geradezu unheimlich, wie Anne scheinbar immer wusste, was in Lorries Leben vor sich ging, selbst wenn Lorrie ihr gegenüber kaum etwas erwähnt hatte. Manchmal hatte Lorrie den Verdacht, dass der Google-Ads-Algorithmus Anne mit Informationen fütterte oder sie Lorries Gespräche über ein verstecktes Mikrofon ausspionierte, das irgendwo in der töchterlichen DNA implantiert war.

»Witzig, dass du fragst, Mum. Erst heute Morgen habe ich das in einem Meeting mit meiner Chefin besprochen«, sagte sie und bemühte sich um einen heiteren Ton.

»Und? Du hast sie!«

»Nope. Ich hab sie nicht.«

Es entstand eine Pause, während Anne ihre Erwartungen neu justierte.

»Ach, Schätzchen. Das tut mir so leid. Haben sie dir einen Grund genannt?«

»Anscheinend zeige ich bei der Arbeit nicht ausreichend Einsatz.«

»Nicht ausreichend Einsatz?« Sofort wurde Annes Ton ein paar Nuancen schriller. »Was in aller Welt soll das heißen? Sagen die etwa, du bist faul?«

Himmel. Daran hatte Lorrie gar nicht gedacht.

»Ähm, ich bin mir nicht sicher, Mum. Ich glaube nicht? Na ja, vielleicht. Ich weiß nicht.«

»Ist das deine Chefin, Philomena? Die Dünne? Die mit den Hunden? Vielleicht liegt es an deinem Gewicht.«

Auch daran hatte Lorrie nicht gedacht. Sie sah hinunter auf ihre Schenkel, die sich unter ihrem Rock auf dem Barhocker ausbreiteten wie zwei riesige Laibe Brotteig, die unter einem Geschirrtuch aufgingen. Himmel.

»Ähm, das könnte vielleicht schon was damit zu tun haben, schätze ich.«

»Ich habe gelesen, dass Fettleibigkeit mit Inkompetenz assoziiert wird. Sehr unfair natürlich. Ich schick dir den Artikel.«

»Schon gut, du musst nicht …«

»Stellen sie jemand Neuen ein?«

»Nein, sie befördern jemand anderen im Team.«

»Aber so viel Erfahrung wie du hat dort niemand!«

»Es geht nicht um Erfahrung, Mum, es geht um … na ja, ich glaube, so genau weiß ich gar nicht, worum es geht. Ich kann nicht nachvollziehen, wie diese Entscheidungen getroffen werden. Wahrscheinlich ist meine Karriere deshalb auch so ein funkelnder Haufen von Nichts.«

»Na, jedenfalls sind die verdammt blöd, wenn die deine Begabung nicht erkennen.«

»Ich weiß nicht, ich glaube, die haben eben einfach nach ganz bestimmten Begabungen gesucht, die mir anscheinend nicht gegeben sind.«

Welche Begabungen hatte Harry, fragte sich Lorrie, die ihr selbst fehlten? Die Gabe der Langweiligkeit. Die Gabe der Arschkriecherei vielleicht. Die Gabe des Ehrgeizes.

»Mir kommt das alles sehr merkwürdig vor«, sagte Anne. »Aber vielleicht ist es ein Zeichen, der Schubser, den du brauchst, um dir was Interessanteres zu suchen.«

Lorrie seufzte. Seit Jahren versuchte Anne, sie aus diesem Job wegzukriegen. Für sie war es nichts Geringeres als eine bürgerliche Tragödie, dass ihre kluge Tochter ihr gesamtes Talent damit vergeudet hatte, eine Stelle bei der Stadtverwaltung anzunehmen, Kinder zu bekommen und sonst nichts zu tun. Annes Ansicht nach wimmelte es im Leben einer jungen Frau zu Beginn des einundzwanzigsten Jahrhunderts geradezu vor Möglichkeiten, es war ein wunderbarer, üppiger Dschungel von Chancen – und doch hatte Lorrie ihr ganzes Potenzial in eine Schachtel gepackt und in einen Banksafe gelegt.

»Ich bin natürlich froh, dass du keine komplette Null bist«, hatte sie Lorrie mehr als einmal gesagt. »Du lebst nicht auf der Straße, nimmst kein Heroin und wählst auch nicht die Rechten. Aber was du aus deinem Leben machst, könnte *jeder*. Schätzchen, manchmal denke ich, dass du nur so tust, als würdest du leben. Und du hast so viel zu bieten, da verdienst du doch mehr als das.«

Anne selbst war in London aufgewachsen. Sie hatte am Anfang einer vielversprechenden Karriere als Bühnenbildnerin gestanden, als sie alles hinwarf, weil sie von Lorries Vater Ian schwanger wurde. Ian war ein auf düstere Weise gut aussehender australischer Barkeeper, und als er Anne bat, mit ihm zurück nach Australien zu ziehen, hatte sie gedacht, sie würde sich auf ein Abenteuer einlassen. Sie hatte sich das Outback ausgemalt: Akubras, Kängurus, Schlangen und Schrotflinten. Was sie bekam, war ein Haus mit drei Schlafzimmern in einem Vorort nordöstlich von Melbourne – eher *Nachbarn* als *Crocodile Dundee*. Wie sich herausstellte, steckte hinter Ian viel weniger, als es zunächst den Anschein gehabt hatte. Hinter der geheimnisvollen Fassade, von der Anne angenommen hatte, dass sie eine harte Cowboy-Seele verbarg, steckte in Wahrheit ein Vorstadt-Kiffer, ein Mann, dessen Traumwochenende darin bestand, Rasen zu mähen, Gras zu rauchen und vier Stunden am Stück Led Zeppelin zu hören.

In Anbetracht dieser Vergangenheit verstand Lorrie schon irgendwie, warum Anne sich so gar nicht damit abfinden mochte, dass ihre Tochter eine Stelle als unbedeutende Aktenschubserin hatte. Für ihre eigenen Kinder würde sie sich dieses Leben auch nicht unbedingt wünschen. Und trotzdem, sollten Ruthie oder Clara eine feste, vernünftige Anstellung in einem halbwegs ehrbaren Beruf bekommen, würde Lorrie ziemlich sicher nicht bei jeder sich bietenden Gelegenheit dafür sorgen, dass sie sich dafür schämten.

Nun fragte Anne, ob sie Paul von der gescheiterten Beförderung erzählt hatte.

»Noch nicht. Er ist auf der Arbeit.«

»Er wird schrecklich enttäuscht sein.«

»Ach ja?«

»Na, meinst du nicht?«

Da war sich Lorrie nicht sicher. Wahrscheinlich würde Paul ihre Enttäuschung aus Mitgefühl teilen, aber ihm selbst wäre es wohl ziemlich egal. Er war zwar ebenfalls Annes Ansicht, dass Lorrie bei der Stadtverwaltung ihr Leben verplemperte, aber im Gegensatz zu Anne fand er, dass es schon okay war, sein Leben zu verplempern, solange man dabei glücklich war. Pauls Meinung nach war verschwendete Zeit sogar oft die beste.

»Wo bist du gerade, Liebling?«, fragte Anne. »Es klingt sehr laut.«

»Ich war gerade mit einem Freund was tr... essen. Mittagessen, meine ich. Ich wollte gerade wieder zurück ins Büro.«

»Na, du scheinst es ja bestens zu verkraften.«

Lorrie sah auf den Stehtisch vor sich, den Aschenbecher voller Zigarettenstummel, die leeren Weingläser.

»Ich versuche, das ganz gelassen zu sehen.«

»Sehr vernünftig. Lass dich dadurch nur nicht von deiner Diät abbringen, Schätzchen.«

Lorries Übergewicht verursachte immer wieder Spannungen zwischen ihr und ihrer Mutter. Anne versuchte, das tat sie wirklich, Lorries sich verändernde Figur zu akzeptieren, aber ganz gleich, wie viele Bücher sie über Body Positivity und Fat Acceptance las, sie konnte Lorries ausladenden Körper nicht ansehen, ohne sich fremdzuschämen.

»Tut mir leid, Liebling. Ich bin einfach ein sehr visueller Mensch«, hatte Anne ihr einmal zu erklären versucht. »Ich habe es gern, wenn etwas schön ist.«

»Was soll das heißen? Kann ich etwa nicht schön sein, weil ich zugenommen habe?«

»Natürlich kannst du das. Du hast immer noch ein hübsches Gesicht«, hatte Anne tapfer gesagt, bevor sie hinzufügte: »Aber das wird nicht so bleiben, wenn du dich weiter durchs Leben frisst wie die Maus im Käseladen.«

Der diesem Gespräch folgende Streit wurde erst beigelegt, als Anne Lorrie hoch und heilig versicherte, Lorries Gewichtsprobleme nicht mehr anzusprechen, vor allem nicht in Gegenwart ihrer Enkelinnen. Im Großen und Ganzen hielt sie sich daran, aber vor Kurzem war sie aufs Heftigste rückfällig geworden, nachdem Lorrie den Fehler begangen hatte, ihr von dem Abnehmprogramm zu erzählen, an dem sie teilnahm. Annes beinahe schon hysterisches Maß an Begeisterung darüber deutete darauf hin, dass sie noch weit davon entfernt war, sich mit den großzügigen Proportionen des Körpers ihrer Tochter abzufinden.

Heute fehlte Lorrie die nötige Energie, um sich zu ärgern. Sie stützte den linken Ellbogen auf den Tisch und legte die Wange auf die Faust. »Die Diät läuft prima, Mum. Hör zu, ich muss los. Meine Mittagspause ist vorbei. Wir unterhalten uns später, okay?«

Nachdem sie aufgelegt hatte, wurde ihr bewusst, dass sie seit dem Frühstück nichts mehr gegessen hatte. In der Bar wurden Pommes und Nachos serviert, aber bei dem Gedanken an beides wurde ihr übel.

Sie musste sich zusammenreißen. Sie hatte den halben Tag damit verbracht, sich in Selbstmitleid zu suhlen, aber nun war es an der Zeit, diesen kleinen Rückschlag wie eine Erwachsene abzuschütteln, wieder zur Arbeit zu gehen, den Staub abzuklopfen und weiterzumachen. Es spielte keine Rolle, dass sie in ein paar Monaten neununddreißig wurde und noch immer nur Sachbearbeiterin war, die die gleiche Arbeit erledigte wie mit sechsundzwanzig. Es spielte keine Rolle, dass ihre Chefin ihr keine Führungsposition zutraute und sie jetzt einem einunddreißigjährigen BWL-Absolventen mit Fingern so groß wie Snackgurken unterstellt sein würde. Sie war doch ein wertvoller Mensch, oder nicht? Eine fähige und pflichtbewusste Mitarbeiterin? Sie würde denen einfach zeigen müssen, dass sie besser war, als alle dachten.

Sie bestellte noch ein Glas Wein, trank es eilig aus und machte sich auf den Weg zurück zur Arbeit. Im Gehen zückte sie ihr Handy und rechnete die Kalorien ihrer drei Gläser wässrigen Rosés aus.

Ach du Scheiße. Das war dann wohl das Mittagessen.

Auf dem Rückweg ins Büro drängte sich Lorrie der Gedanke auf, dass sie nach Ruthies Geburt vielleicht gar nicht mehr hätte arbeiten gehen sollen. Vielleicht hätte sie ihre Karriere einfach an den Nagel hängen und ihr Leben den Kindern widmen sollen.

Mit den Mädchen hätte sie wenigstens einen Job, von dem sie wusste, dass sie darin besser war als jeder sonst. Sie war keine bessere Mutter als andere, nicht objektiv betrachtet – sie kannte eine Menge Frauen, die die Kindererziehung wesentlich sorgfältiger und selbstloser angingen als sie, heldenhafte Frauen, die ihre Kinder da draußen ohne Fernsehen aufzogen, mit ihren Dreijährigen handgemachte Keramiken herstellten und aufwendige Mahlzeiten kochten, die ihre Kinder tatsächlich auch aßen. Mit diesen Frauen konnte Lorrie nicht mithalten, streng genommen. Aber die Basics hatte sie drauf (Essen, Schlafen, Wäsche, Baden), und, was noch wichtiger war, sie war sich relativ sicher, dass kein anderer Mensch auf der Welt, Paul ausgenommen, Clara und Ruthie so ausdrücklich und unendlich lieben konnte wie sie.

Obwohl es aus finanzieller Sicht eigentlich nie machbar gewesen war, hatte Lorrie kurze Zeit mit dem Gedanken gespielt, ihren Job zu kündigen, um Vollzeitmutter zu werden. Eines Nachmittags, als Ruthie fast ein Jahr alt war und sich Lorries Elternzeit dem Ende zuneigte, versuchte sie, mit Alex darüber zu sprechen. Alex war zu Besuch – ein seltenes Ereignis, das Lorrie damals als stressig empfand. Sie hatte es immer noch nicht ganz raus, wie sie gleichzeitig Freundin und Elternteil sein, wie sie ein Gespräch elegant unterbrechen konnte, um Ruthies diversen Forderungen nach Essen oder Milch nachzukommen oder sie davon abzuhalten, etwas Gefährliches in den Mund zu stecken. Sie hatte sich große Sorgen gemacht, dass Alex von ihr immer noch die geballte Aufmerksamkeit verlangte, die ihre Freundschaft vor Ruthies Geburt stets geprägt hatte.

»Freust du dich darauf, wieder arbeiten zu gehen?«, fragte Alex, während Lorrie das Baby betüdelte.

»Scheiße, nein«, antwortete Lorrie, ohne groß darüber nachzudenken. Sie versuchte, einen matschigen grauen Klumpen aus Ruthies Faust zu lösen. Damit das Baby nichts anstellte, während Alex und sie Kaffee tranken, hatte sie es im Hochstuhl festgeschnallt, aber Ruthie hatte sofort ein Stück einer mehrere Tage alten Banane aufgespürt, das an der Unterseite der Ablage klebte, und drohte nun, es zu essen.

Alex wirkte verblüfft. »Aber wäre es nicht gut, wieder … unter Erwachsenen zu sein? Eine Pause von der ganzen – äh – Plackerei als Mutter?«

Lorrie drückte Ruthie einen Kuss auf den Handrücken.

»Ruthie, würdest du bitte die Banane loslassen? Sie ist schmutzig, Süße, davon kannst du krank werden.«

Ruthies Faust blieb fest um die Banane geschlossen.

»Nane!«

Alles, was Ruthie in diesem Alter sagte, äußerte sie in Form eines Ausrufs – als wäre sie immer noch schockiert von der Tatsache, dass sie sprechen konnte.

»Na komm, Süße«, sagte Lorrie, streckte Ruthie die offene Hand hin und wartete, aber Ruthie stand der Sinn nicht nach Kooperation.

»Nane!«

»Weißt du«, sagte Lorrie zu Alex, während sie die Strategie änderte und Ruthie leicht am Kinn kitzelte, um sie von ihrer dreckigen Beute abzulenken, »irgendwie hatte ich damit gerechnet, dass mich das Mamadasein langweilen würde. Ich dachte, es wäre so hart und anstrengend. Und, ja, ich meine, das ist es auch wirklich. Ich fühle mich nicht mehr wie derselbe Mensch, der ich vor Ruthie war.«

»Es wirkt wirklich … ermüdend«, sagte Alex und wandte den Blick taktvoll von der Bananensituation ab.

»Aber ich hatte keine Ahnung, dass es so schön sein kann«, fuhr Lorrie fort. »Ich habe das Gefühl, dass mich niemand darauf vorbereitet hat, wie schön es sein würde. Manchmal sehe ich Ruthie an, und es ist, als wäre ich auf irgendeiner tollen neuen Droge. Ich muss bloß den Geruch ihrer Haare einatmen, und schon werde ich high.«

Nun kicherte Ruthie, und die Banane war völlig vergessen. Mit einer einzigen Bewegung schaffte es Lorrie, ihr die faulende Frucht aus der Hand zu kratzen. Sie stand auf, schmiss sie in die Spüle und kehrte mit einem feuchten Papiertuch zurück, um das restliche Geschmier wegzuwischen. Alex beobachtete sie stirnrunzelnd.

»Wahrscheinlich ist es wirklich wie eine Droge«, sagte sie. Wahrscheinlich findet in deinem Hirn gerade voll das krasse chemische Feuerwerk statt.«

»O ja, Hormone sind da ganz klar im Spiel. Aber es ist nicht nur das. In diesem Jahr, in dem ich mich um Ruthie gekümmert habe, war ich einfach wahnsinnig glücklich. Ich meine, abgesehen von der Zeit, in der sie jede Nacht so ungefähr zwölfmal aufgewacht ist und ich vier Monate lang kein Auge zugemacht habe … Das war weniger toll. Aber ansonsten kann ich mich echt an keine Zeit erinnern, in der ich zufriedener war.«

»Hmm«, sagte Alex und sah Ruthie zu, die sich alles schnappte, was sie von der Ablage vor sich zu fassen kriegte (Wasserflasche, Toastscheibe, Teelöffel), auf den Boden warf und dann fröhlich gluckste, wenn Lorrie sich bückte, um es für sie aufzuheben. »Ich spiele hier nur des Teufels Advokatin, aber könnte es vielleicht sein, dass dir das Patriarchat eine Gehirnwäsche verpasst hat?«

Lorrie lachte.

»Scheiße, na mit Sicherheit hat mir das Patriarchat eine Gehirnwäsche verpasst. Ich meine, gilt das nicht für alle? Manchmal denke ich sogar, das Patriarchat hat mein Gehirn komplett dampfgereinigt, als hätte ich keinen klaren Bezug zur Realität mehr. Aber das Muttersein – das ist mehr als das. Es fühlt sich beinahe schon subversiv an, wie sehr ich es genossen habe, einfach nur ein Baby großzuziehen und in diesem Jahr sonst absolut nichts anderes zu erreichen.«

»*Subversiv?*«, sagte Alex und schaffte es nicht, sich den skeptischen Unterton zu verkneifen. »Inwiefern?«

»Ich glaube, ich bin irgendwie … ich habe den Eindruck, dass ich … aus dem Kapitalismus ausgestiegen bin«, sagte Lorrie und fing Ruthies Hand ab, um sie daran zu hindern, ihren Teller auf den Boden zu pfeffern. »Ich meine, ich bin zwar immer noch Konsumentin, aber ich persönlich verdiene weder Geld für jemanden noch trage ich zum Bruttoinlandsprodukt bei. Ich lebe einfach mein Leben und mache Sachen, die von sich aus Bedeutung haben. Meine Tage verbringe ich damit, zu kochen, zu gärtnern und mich um

Ruthie zu kümmern, und das ist einfach so völlig anders, als wie ich früher meine Zeit verbracht habe. Vor Ruthie bin ich zur Arbeit gegangen, und alles, was ich getan habe, war so weit entfernt von den Grundbedürfnissen, die damit einhergehen, dass man, na ja, einfach nur am Leben ist. Jetzt habe ich den Eindruck, was ich tue, ist wirklich wichtig, weil es für Ruthie wichtig ist, für diesen kleinen Menschen, der darauf angewiesen ist, dass ich das alles jeden Tag mache, damit sie überleben kann.«

Lorrie kniff die Lippen zusammen und guckte betreten auf ihre Hände. Sie wusste, dass sie das nicht richtig rüberbrachte. Der Gedanke begleitete sie schon seit einer Weile – ob es nicht besser wäre, sich um ihr Kind zu kümmern, statt möglichst schnell wieder ins Büro zu rennen –, aber ihr fehlten die Zeit und die Energie, um sich vernünftig damit auseinanderzusetzen und aus diesem Bauchgefühl etwas zu formen, das für einen anderen Menschen einleuchtend klang. Einen Moment lang schloss sie die Augen und versuchte, ihre Gedanken zu sortieren.

»Findest du es nicht … ich weiß nicht … ein bisschen langweilig? Den ganzen Tag mit einem Kind daheim zu sein?«

»Na ja, manchmal schon. Aber eigentlich hat es auch etwas seltsam Friedliches, weil ich immer in diesem ewigen Zustand des Hier und Jetzt existieren muss: Das Baby muss gefüttert werden, das Baby braucht ein Schläfchen, das Abendessen muss gekocht werden, der Garten muss gegossen werden. Man hat keine Zeit, sich über Vergangenes Gedanken zu machen, und es bringt nie was, für die Zukunft zu planen, weil Ruthie sich ständig verändert. Sie ist nicht einfach ein Problem, für das ich eine Lösung finden kann und dann damit fertig bin. Ich muss ständig neue Wege finden, um sie zufriedenzustellen, ihr etwas beizubringen, sie davon abzuhalten, sich umzubringen. Das hält mich wirklich auf Trab, verstehst du? Und natürlich ist es manchmal schwierig, es hört ja nie auf … aber es gibt mir so viel, bei ihr zu sein. Sie sieht alles mit diesem frischen Blick, als wäre für sie alles das reinste Wunder. Es ist eine Freude, in ihrer Nähe zu sein.«

Inzwischen löffelte Lorrie Ruthie Kürbispüree in den Mund. Etwa ein Viertel davon aß sie – der Rest landete auf ihrem Kinn, in ihren Haaren oder auf dem Boden. Lorrie sah zu Alex, die sich auf ihrem Stuhl zurücklehnte und die beiden kritisch beobachtete, als versuchte sie zu verstehen.

»Für mich ist das wohl einfach schwer nachzuvollziehen«, sagte Alex schließlich. »Diese Lebensweise ist mir einfach so fremd.«

»Hmm … ich würde sagen, es ist ein bisschen so, wie wenn man einen Hund hat? Und der Hund ist süß, du liebst deinen Hund sowieso schon, und dann eines Tages fängt dein Hund an, mit dir zu sprechen und mit einem Löffel zu essen, und das ist so unglaublich krass. Du willst einfach den ganzen Tag mit deinem Hund abhängen.«

Alex lachte.

»Okay, das verstehe ich schon irgendwie. Ich will ja jetzt schon den ganzen Tag mit meinem Hund abhängen, auch wenn seine Sprachkompetenz echt mies ist.«

Auch jetzt, nach über sechs Jahren Mutterschaft, hatte das Hochgefühl nicht nachgelassen. Natürlich hatte sie nicht immer Lust, sich in jeder wachen Minute ihres Lebens mit den unberechenbaren Launen von zwei kleinen Verrückten zu befassen – manchmal wollte sie einfach nur den Fernseher einschalten, Wein trinken und mit Paul dumme Erwachsenenwitze reißen. Aber es führte kein Weg daran vorbei: Wenn die Kinder etwas brauchten, musste sie sich darum kümmern. Sie konnte nicht kündigen, sie konnte nicht einfach die Tür schließen und sie in einem anderen Zimmer schreien lassen (jedenfalls nicht länger als ein paar Minuten und nicht ohne dass diese Schreie sie nicht mehr losließen). Nichts anderes hatte ihr je zuvor das Gefühl verschafft, gebraucht zu werden. Es gab ihr einen unwiderlegbaren Grund, am Leben zu sein.

Manchmal fand sie es traurig, dass Alex so gar keine Ambitionen hatte, selbst Kinder zu bekommen. Alex handelte nach Prinzipien: Sie wollte der Erde keine weitere menschliche Last aufbürden, und sie wollte keine Kinder, die die katastrophalen Zeiten durchleben mussten, die ihnen allen drohten.

»Warum?«, hatte sie gefragt, als Lorrie ihr zum ersten Mal davon erzählt hatte, dass sie versuchte, schwanger zu werden. »Ehrlich, ich hab dich lieb, Lorrie, und ich bin mir sicher, dass deine Kinder zuckersüß wären – aber warum um Himmels willen möchtest du ein Kind in die Welt setzen, wenn du weißt, dass es auf einem Planeten aufwachsen wird, der mit jedem Jahr unbewohnbarer wird? In einer Welt, in der sich alle fünf Minuten eine Naturkatastrophe ereignet und quasi jeden Tag *Dutzende* von Arten aussterben?«

Lorrie konnte das nicht so richtig erklären. Ihr Kinderwunsch war irgendwie jenseits jeglicher Logik, jenseits jeglicher Worte; er war einfach etwas, das sie schon immer von sich gewusst hatte.

»Mir kommt das einfach wie eine potenziell interessante Erfahrung vor, und ich fände es schade, da etwas zu verpassen«, startete sie einen halbherzigen Erklärungsversuch.

Ungläubig schüttelte Alex den Kopf.

»Meine Güte, Lorrie. Wegen einer *potenziell interessanten Erfahrung* willst du Kinder bekommen? Das mag ja ein guter Grund sein, um, keine Ahnung, bewusstseinsverändernde Drogen auszuprobieren oder von mir aus Analsex, aber findest du, das ist Grund genug, um einen neuen Menschen in die Welt zu setzen?«

Alex' Zweifel am Sinn der Fortpflanzung waren durchaus berechtigt. Heutzutage machte sich Lorrie oft Sorgen, wie die Welt aussehen würde, wenn Ruthie und Clara erwachsen waren, wie viel schwieriger es für sie sein würde, als es für sie gewesen war. Scheinbar überall brauten sich Probleme zusammen. Das Klima veränderte sich, Demokratien gerieten ins Wanken, Diktaturen waren auf dem Vormarsch, alles war dem Untergang geweiht. Niemand schien bereit zu sein, diese Probleme mit der notwendigen revolutionären Klarheit anzugehen. Lorrie war sich sicher, ihre Generation würde in der Zukunft – vorausgesetzt, es gab überhaupt eine Zukunft – als grotesk, hedonistisch und genusssüchtig gelten, wie die Römer mit ihren Orgien und Festen, die sich schön die Zeit vertrieben, während sich knapp hinter ihrem Tellerrand Katastrophen, Krankheiten, Hungersnöte und der Faschismus erhoben, um sie alle zu verschlingen.

Andererseits war das Leben in vielerlei Hinsicht immer noch … unpassend angenehm. Natürlich nicht für alle. Nein. Aber für Lorrie und die meisten, die sie kannte, waren die aktuellen Lebensbedingungen geradezu lächerlich luxuriös. Lorries Bekanntenkreis war nicht wahnsinnig reich – sie lebten nicht in goldenen Palästen, flogen nicht in Privatjets durch die Gegend oder bauten Raketen in Form der eigenen Genitalien –, aber sie hatten genug zum Überleben, und mehr als das: Sie konnten mehrere Streaming-Dienste abonnieren! Sie konnten französischen Käse im Supermarkt kaufen! Sie konnten sich, ohne lange zu fackeln, eine Kiste Sekt an die Haustür liefern lassen! Sie konnten heiß duschen, wann immer ihnen der Sinn danach stand, sie konnten mittels eines Geräts, das in ihre Hosentasche passte, jederzeit auf den riesigen Fundus des kollektiven menschlichen Wissens zugreifen, sie mussten sich keine Sorgen machen, dass ihre Kinder an den Pocken starben. Soweit Lorrie das beurteilen konnte, hatten sie es echt verdammt gut.

Aber hätte sie das damals Alex gesagt, als sie sich darüber stritten, ob Kinderkriegen eine gute Idee war, dann hätte Alex sie natürlich daran erinnert, dass diese Annehmlichkeiten, auf die Lorrie hinwies, ihr nur aufgrund der durch Vergewaltigung, Mord, Sklaverei und Genozid von kolonisierten Völkern geprägten Geschichte zur Verfügung standen und aufgrund des Fortbestehens dieser Praktiken im modernen Leben, der enormen wirtschaftlichen Ungleichheit, die kein Nebenprodukt des Kapitalismus war, sondern seine eigentliche Grundlage, und der völligen Missachtung der Natur und künftiger Generationen, die gezwungen sein würden, in den stinkenden Ruinen zu leben, die von heutigen Generationen hinterlassen werden würden. Das waren die Bedingungen, die es Lorrie ermöglichten, in einem Haus mit Heizung und Klimaanlage zu leben, ihre bequemen Acht-Dollar-Leggings von einer großen Handelskette zu tragen, das ganze Jahr über Erdbeeren zu essen und auf ihrem Großbildfernseher ihr geliebtes Netflix zu sehen. All das hätte Alex ihr in Erinnerung gerufen, und natürlich hätte Alex recht gehabt. Das war Lorrie klar. Sie verstand, dass die Welt total kaputt war. Aber trotzdem konnte sie sich nicht einreden, dass irgendwas weniger kaputt wäre, wenn ihre Kinder nicht geboren worden wären.

Lorrie fand sich vor dem Gebäude wieder, in dem sie arbeitete, und sah nach oben. Jetzt kam ihr das Bauwerk, das ihr heute Morgen noch so gut gefallen hatte, absurd vor. Was war es anderes als ein riesiger Ameisenhaufen voller emsiger menschlicher Körper, die sich in ihren verwirrenden, bedeutungslosen Jobs abrackerten? Am Ende des Arbeitstags würden sie alle aus dem Gebäude strömen, in sich schlängelnden Linien auf die Straße schwärmen, sich tief hinab in den Untergrund drängen, sich freiwillig in Metallkisten pressen, die sie ratternd nach Hause in ihren persönlichen Bau brachten, wo sie ihre importierten Tiefkühlgerichte verschlangen und sich auf fabrikmäßig hergestellten Sofas ausruhten, während sie auf leuchtende Kästen mit zunehmend verrücktem Fernsehprogramm starrten und selbst dann Werbung aufsaugten, wenn keine Werbung lief, weil alles Werbung war, und überhaupt waren die Menschen heute sowieso eher Konsumenten als Bürger. Es war Überleben durch Selbstzerstörung, dieses bescheuerte Leben, das sie alle führten – dieses ewige Streben nach Zeug und dann nach neuem Zeug und dann nach noch neuerem Zeug. In gewisser Hinsicht wussten alle, dass der ganze Kram sie niemals zufriedenstellen würde, dass dessen Produktion alles Schöne und Wahre in der Welt zerstörte, und doch sehnten sie sich danach – und wenn sie sich nicht mehr danach sehnten, wenn sie aufhörten, Zeug anzuhäufen, dann würde das Fundament ihrer Gesellschaft zusammenbrechen.

Es war an der Zeit, hineinzugehen, aber ihre Füße wollten sich partout nicht bewegen. Was hatte sie sich nur dabei gedacht? Wie sollte sie halb betrunken, eine halbe Stunde zu spät für das Meeting im Büro des Bürgermeisters und mit dem Kopf voller Bitterkeit und Ameisen zur Arbeit gehen? Dachte sie, Philomena würde sich freuen, sie zu sehen?

Dem konnte sie sich nicht stellen. Das konnte sie einfach nicht. Mit zittrigen Händen zündete sie eine neue Zigarette an und machte blitzschnell auf dem Absatz kehrt, um so rasch wie möglich Abstand zwischen sich und das Büro zu bringen.

Sie drehte sich geradewegs in ein Objekt. Das Objekt war lang und gummiartig. Es stand direkt hinter ihr und trug einen Coffee to go. Der Becher kollidierte mit Lorries Ellbogen, flog hoch in die Luft und spuckte einen karamellfarbenen Bogen aus fettarmem, koffeinfreiem Caffè Latte aus. Einen Augenblick lang schien die flüssige Linie nahezu unbeweglich über Lorrie zu schweben, wie bei *Matrix*, ein wunderschöner, schwereloser Farbklecks – und dann lief die Zeit wieder in Normalgeschwindigkeit ab, und er platschte herunter, durchtränkte das gummiartige Objekt und spritzte Lorrie heiße Flüssigkeit über Gesicht und Arme.

Oh, fuck.

Das Objekt war nicht einfach ein Objekt. Das Objekt hatte einen Namen. Der Name des Objekts lautete Philomena Petrakis.

»Lorrie! Wo warst du denn bloß? Ach du meine Güte, sieh dir mein Top an. Das ist Seide! *Seide!* Und auch meine Hose! Ach du meine Güte.«

So aufgeregt hatte Lorrie ihre Chefin noch nie gesehen. Sie kramte in ihrer Handtasche und bot ihr das einzig potenziell Brauchbare an, was sie finden konnte: ein zerknülltes Taschentuch, von dem sie – zu spät – bemerkte, dass es das Stück Erdbeere enthielt, das sie sich am Morgen aus den Haaren gefischt hatte. Philomena betrachtete es mit unverhohlenem Entsetzen, bevor sie ihre eigenen strahlend weißen Gesichtsreinigungstücher zückte, die ordentlich in einem Taschentuchetui in Reisegröße gefaltet waren, und sich systematisch an die Reihe der braunen Flecken machte, die ihr blassgelbes Top und die Vorderseite ihrer Hose verunstalteten. Als sie so viel wie möglich aufgetupft hatte, sah sie Lorrie stirnrunzelnd an.

»Ich wusste nicht, dass du Raucherin bist«, sagte sie.

»Um Himmels willen, bin ich auch nicht!«, widersprach Lorrie eine Spur zu vehement. »Ich meine, wer raucht denn heutzutage noch?«

Philomena blickte demonstrativ auf die glimmende Zigarette zwischen ihnen auf dem Boden. Sie musste Lorrie beim Zusammenstoß aus dem Mund geflogen sein.

»Oh. Ich verstehe. Das. Also, ja, eigentlich ... das ist nicht meine.«

Stille.

»Ich meine, ja, *streng genommen* ist das wohl schon ›meine‹, aber sie repräsentiert eigentlich nicht ... Es ist nur so, dass ich mit einem Freund mittagessen war, und er hat, äh – er hat mich überredet, es auszuprobieren.«

»Zu rauchen?«

»Ja.«

»Klar.«

Sie sahen beide hinunter auf die Zigarette.

»Du wirst die doch nicht etwa da liegen lassen, oder?«

Umständlich ging Lorrie in die Hocke, um das Corpus Delicti aufzuheben, drückte es aus und warf es in den nächsten Mülleimer. Mit unergründlicher Miene sah Philomena ihr zu.

»Das mit deinem Top tut mir echt leid, Phil.«

»Schon okay. Der Fleck geht wieder raus.« Philomena unterbrach sich. »Na ja, vielleicht. Wie dem auch sei, im Büro habe ich Kleidung zum Wechseln. Aber, Lorrie, verrat mir doch bitte, wo du warst. Was hast du gemacht? Du weißt schon, dass Harry ohne dich ins Büro des Bürgermeisters musste. Einige deiner Anwandlungen heute waren wirklich recht ...«

Philomena verstummte, sichtlich irritiert von Lorrie, die nun mit vorgezogenen Schultern und fest zugekniffenen Augen die Hände vors Gesicht hielt.

»Ich weiß, ich weiß, Phil. Und es tut mir leid wegen vorhin, wirklich. Es ist nur – es ist nur so, dass …« Lorrie unterbrach sich. Aus den Untiefen ihres Gehirns waberte etwas an die Oberfläche. *Mama*. Sie erinnerte sich an den Traum heute Morgen. »Es ist nur so, dass – weißt du – meine Mutter ist … tot.«

Sie öffnete die Augen einen Spalt breit und sah durch die Finger hindurch Philomena an.

»Oh, Lorrie!«, rief Philomena aus, schlug sich die Hand vor den Mund, und ihre Stimme war voll Sorge und natürlichen menschlichen Mitgefühls. *Oh, verdammt.* Sofort spürte Lorrie, wie sie vor schlechtem Gewissen ganz fürchterlich errötete. Warum hatte sie das gesagt? Das war keine gute Idee. Das war eine schreckliche Idee. Das war die schlimmste Idee, die sie je gehabt hatte.

»Sorry, sorry«, sagte sie hastig und nahm die Hände vom Gesicht, »ich meine, sie ist nicht tot im eigentlichen Sinne.«

Philomena ließ die Hand sinken.

»Verstehe«, sagte sie langsam. »Nicht tot im eigentlichen Sinne.«

»Genau. Sie ist nicht tot, aber sie ist … sie ist krank. Furchtbar krank.«

»Nun. Tut mir leid, das zu hören, Lorrie.«

»Danke, Phil. Das bedeutet mir viel.«

»Darf ich fragen, um was für eine Krankheit es sich handelt?«

»Oh. Also. Wir haben gerade erfahren, dass sie – dass sie Krebs hat. Eine der … schlimmen Arten … von Krebs.«

»Das sind schrecklich traurige Neuigkeiten«, sagte Philomena, streckte die Hand aus und tätschelte Lorrie unbeholfen die Schulter. »Welche Art Krebs genau?«

Was sollten die ganzen Fragen? Was war das hier, die Spanische Inquisition? Verdammt. Was war ein guter Fake-Krebs? Sie brauchte etwas, womit sie das Gespräch abwürgen konnte. Etwas, wozu Philomena nicht genauer nachhaken würde. Etwas wie –

»Scham. Sie hat Schamkrebs.«

Philomenas Augen weiteten sich. Innerlich verzog Lorrie das Gesicht. Warum hatte sie sich ausgerechnet für *Schamkrebs* entschieden? Gab's das überhaupt? Tja, jetzt war es raus. Sie konnte ebenso gut dabei bleiben.

»Sie hat eine … Wucherung entdeckt, in ihrem, ähm, Schambereich? Und es wurde, äh, ein … Stück rausgenommen. Zum Testen.«

»Sie haben eine Biopsie gemacht?«

»Ja, genau, eine Biopsie. Erst gestern Abend haben wir die Laborergebnisse bekommen.«

»Oh, ich verstehe. Nun, das erklärt so einiges.«

»Es ist eine schwere Zeit.«

Die Worte, die aus Lorries Mund kamen, klangen in ihren Ohren widerlich und unecht, ganz offensichtlich ausgedacht. Was tat sie da bloß? Wie war sie dazu gekommen, mit achtunddreißig Jahren auf der Straße zu stehen und ihre Chefin über den Gesundheitszustand des *Venushügels* ihrer Mutter anzulügen?

Inzwischen sah Philomena sie mit sanfter Miene an, wodurch sie sich noch schlechter fühlte.

»Wie wäre es, wenn du dir heute Nachmittag freinimmst?«, sagte sie. »Eigentlich hättest du heute überhaupt nicht ins Büro kommen müssen.«

Wie kann sie nicht merken, dass das alles Blödsinn ist?, fragte sich Lorrie und musste den flüchtigen Impuls unterdrücken, wie eine Pantomime einem Passanten zuzuzwinkern. Warum hatte sie ständig das Bedürfnis, lustig zu sein? Was brachte ihr das? Aller Wahrscheinlichkeit nach ihre Entlassung.

»Vermutlich hast du recht. Wahrscheinlich hätte ich heute nicht kommen sollen. Aber für die Glup-Gardens-Sache heute Abend wollte ich da sein.«

»Was für ein schlechtes Timing. Du hättest mir das früher sagen sollen, weißt du? Dann hätte ich unser Gespräch über die Teamleiterstelle verschieben können.« Philomena runzelte die Stirn. »Tut mir leid, wenn dich die Nachricht über Harrys Beförderung zusätzlich aufgewühlt hat.«

Sie würden doch nicht etwa über die Tränen und ihren Ausfall sprechen? Bloß nicht.

»Nein, das war nichts. Mir geht's gut. Es tut mir so leid wegen – allem. Mir ist jetzt klar, dass es bei einigen dieser, ähm, Sachen, die ich gesagt habe, eigentlich um Mum ging, nicht um die Arbeit. Ich freue mich für Harry, das tue ich wirklich. Schwein muss man sein!«

»Wie bitte?«

»Äh, haben! Schwein haben. Ein echter Glückspilz, der Harry.«

Sie sahen sich an. Lorrie dämmerte es, dass zwischen ihnen ein penetranter Geruch in der Luft hing. Was war das? Die Zigaretten? Ja – aber auch etwas anderes. Die Erkenntnis traf sie wie ein Schlag: Es war der Geruch von wässrigem Rosé.

Philomena stieß einen Seufzer aus. »Um ehrlich zu sein, Lorrie, du siehst echt nicht gut aus. Ich frage mich, ob …«

Auf einmal hatte Lorrie das Gefühl, dass sie dieses Gespräch keine Sekunde länger ertragen konnte. Sie musste hier weg.

»Mir geht's gut, ehrlich, ich bin nur durcheinander wegen Mum, aber sonst geht's mir bestens. Wirklich blendend. Aber ich gehe jetzt lieber, um … um mir Zeit zum Verarbeiten zu nehmen. Wir sehen uns heute Abend, ja?«

Bevor Philomena noch etwas sagen konnte, senkte Lorrie den Kopf, drehte sich um und eilte davon.

Sobald sie um die Ecke war und genug Distanz zwischen Philomena und sich gebracht hatte, blieb Lorrie stehen und lehnte sich gegen eine Hauswand. Was war da gerade geschehen? Was hatte sie getan? In ihrem Kopf drehte sich alles, aber der Rest ihres Körpers fühlte sich schwerfällig und taub an, als steckte er unter einer dicken Lehmschicht. Sie atmete heftig. Ihr war speiübel.

Wie konnte es sein, dass sie sich an diesem Morgen mit dem Gefühl auf den Weg zur Arbeit gemacht hatte, ein geschätztes Mitglied einer großen Organisation zu sein, das einen soliden Beitrag leistete, und eine mögliche Anwärterin auf eine Beförderung in eine Führungsposition? Und jetzt, nur wenige Stunden später, fühlte sie sich wie eine Ausgestoßene, eine Abtrünnige, ein fauler Apfel: jemand, der Führung nötig hatte. Wie konnte ihre Fassade der Professionalität bloß so bröckelig sein, dass sie beim kleinsten Stoß zu Staub zerfiel und diesen ungebärdigen Menschen darunter zum Vorschein brachte? Ging das allen so?

Unerwartet traf sie eine Welle der Erleichterung, dass nicht sie Teamleiterin werden würde, dass Harry und nicht sie sich alle vierzehn Tage in Philomenas Büro setzen musste, um zu besprechen, wie sie mit ihren beklagenswerten Mitarbeitern umgehen sollten. Was würde Lorrie mit sich machen, wenn sie selbst ihre Vorgesetzte wäre und herausfände, dass ihre Angestellte *über die Krebserkran-*

kung ihrer Mutter gelogen hatte, um sich vor der Verantwortung dafür zu drücken, sich wie eine theatralische Idiotin aufgeführt zu haben.

Die deprimierende Wahrheit war, dass sie das Problem wahrscheinlich einfach ausblenden würde, weil sie faul und weil sie ein Feigling war. Kein Wunder, dass man sie nicht hatte befördern wollen. Was für eine hoffnungslose Versagerin sie doch war.

Trotz allem, was man an Philomena aussetzen mochte, faul war sie nicht. Und auch kein Feigling. Wenn sie herausfand, dass Lorrie gelogen hatte, war sie am Arsch.

Lorrie wurde bewusst, dass sie wieder losgelaufen war, aber nicht in Richtung des Zugs, der sie nach Hause bringen würde. Sie ging in überhaupt keine Richtung. Sie bewegte sich einfach, setzte einen Fuß vor den anderen, bloß um etwas zu tun. Wenn sie stehen blieb, bestand die Gefahr, dass sie sich auf den Bürgersteig legte, bereit, sich von einer vorbeilaufenden Horde Büroangestellter zu Tode trampeln zu lassen.

Wieder klingelte ihr Handy. Gott, warum konnten sie nicht einfach alle in Ruhe lassen? Sie sah nach, wer es war, aber die Nummer war unbekannt. Sie ließ es zu Ende klingeln, dann hörte sie im Gehen die Nachricht auf der Mailbox ab.

»Lorrie. Hier ist Ruben. Ruben Armand. Ich ruf nur an, weil wir ein paar Stichpunkte zu Sebastians Lebenslauf vorbereitet haben, die du dir vielleicht ansehen möchtest, bevor du ihn heute Abend vorstellst. Ich schicke sie dir gleich rüber. Freu mich drauf, mich heute Abend mit dir zu unterhalten. Hab schon eine Weile nichts mehr von dir gehört.«

Das geisterhafte Echo eines alten, vertrauten Leids hallte durch Lorrie.

Sie steckte das Handy ein, überquerte die Straße an einer Ampel und erhaschte im Schaufenster des Geschäfts an der Ecke gegenüber einen Blick auf ihr Spiegelbild. Sie sah aus wie eine Verrückte: Ihre Haare waren feucht von der Kaffeedusche, die Wimperntusche war unter den Augen verschmiert, die Hände waren zu Fäusten geballt. Ihr Gesicht war zu einer angewiderten Schnute verzogen, als hätte sie soeben ein ekliges Viech über ihre Zahnbürste krabbeln sehen.

»*Ich* bin das eklige Viech«, murmelte sie vor sich hin.

Was würde ihr neunzehnjähriges Ich sagen, wenn es wüsste, dass sie Ruben ausgerechnet so wiedersehen würde? Er ein schicker Anwalt, der für einen Milliardär arbeitete und seinem Social-Media-Profil nach zu urteilen immer noch verdammt heiß war, Lorrie hingegen eine übergewichtige zweifache Mutter, die es nicht einmal schaffte, bei der Stadtverwaltung zur Teamleiterin befördert zu werden? Trostlos. So gottverdammt beschissen trostlos.

Sie blieb vor dem Schaufenster stehen, schüttelte Arme und Beine aus und versuchte, den schlaff herabhängenden Halbmond ihres Munds zu einem Lächeln zu verziehen. In gewisser Weise klappte das, denn ihr gespieltes Grinsen war so erbärmlich, dass es schon wieder lustig war, und sie musste darüber lachen, wie absurd ihr Gesicht aussah.

Wenn sie nur etwas finden könnte, das sie bei der Veranstaltung heute Abend tragen konnte, etwas, worin sie dreißig Kilo leichter und fünfzehn Jahre jünger aussah, dann würde vielleicht alles gut werden. Wenn sie etwas Schickes finden könnte, dann wäre sie vielleicht wieder gelassener, und diese verrückte Hexe, die ihr im Fenster entgegenblickte, würde sich wieder in das dunkle Loch zurückziehen, aus dem sie gekrochen war.

In einer perfekten Welt hätte Lorrie eine exklusive Boutique suchen, sich mit materiellen Gütern komplett neuerfinden und als aalglatte, sexy Business-Queen wieder auferstehen können. Aber die meisten luxuriösen Klamottenläden führten keine Kleidung über Größe 44, daher musste Lorrie in der realen Welt mit Kmart vorliebnehmen.

Eine tolle Alternative war das nicht. Die Abteilung für normale Größen bei Kmart war durchaus passabel: süße Kleider, schicke Blazer, Shirts mit hübschen Mustern und schmeichelhaften Ausschnitten. Die Plus-Size-Abteilung hingegen – das war eine ganz andere Geschichte. Sie war klein, und die Kleiderständer wurden von pastellfarbenen Caprihosen, Polyesteroberteilen mit Schmetterlingsärmeln und Cut-outs an den Schultern, langen Strickjacken aus Kunstfasern und wadenlangen Kleidern mit hässlichen Blumenprints dominiert.

Ist es nicht schon schlimm genug, dass wir dick durch die Welt gehen müssen?, überlegte Lorrie, während sie durch das Sortiment stöberte. *Muss man uns auch noch mit diesen hässlichen Klamotten bestrafen?* Dick zu sein war doch sicher schon demütigend genug. Mit anderen Fehlern konnte man davonkommen – wenn man gemein oder selbstsüchtig oder untreu oder gewalttätig war, wenn man eine schmutzige sexuelle Vorliebe oder ein widerlich dreckiges Haus hatte, konnte man ganz unbehelligt vor sich hin leben, ohne seine Schande jedem Menschen, dem man über den Weg lief, sofort zu offenbaren. Aber wenn man seinen Körper nicht im Zaum halten konnte – tja, Pech gehabt, Schätzchen. Deine Schenkel und Speckröllchen verkünden es lautstark jedem Menschen, dem du je über den Weg läufst.

Am Ende einer Kleiderstange blieb Lorries Blick an etwas Orange- und Rosafarbenem haften. Sie nahm es herunter. Es war ein Jumpsuit, offensichtlich der letzte seiner Art und stark reduziert.

Lächerlich, dachte sie, aber hängte ihn nicht zurück. Sie schnappte sich noch ein paar andere der etwas weniger scheußlichen Kleidungsstücke, die sie finden konnte – ein Wickelkleid mit Leoprint, ein schwarzes Maxikleid mit Synthetikspitze, ein schwarzes, mit kleinen bunten Punkten übersätes Button-down-Hemd und eine Kunstlederhose mit Stretch –, und machte sich auf den Weg zu den Umkleidekabinen. Besonders gut gefiel ihr nichts davon, aber sie war ihrer selbst so überdrüssig, dass es keine Rolle spielte. Sie wollte einfach nur wie jemand anderes aussehen.

Das Licht in der Umkleidekabine war angenehm weich, die Spiegel großzügig. Lorrie musterte sich. Sie sah überraschend akzeptabel aus, nicht annähernd so hexenmäßig wie vermutet. Ihr Gesicht war blass, und die verschmierte Wimperntusche erzeugte eine Art Smokey-Eyes-seit-gestern-Abend-Effekt. Sie kam zu dem Schluss, dass ihr das einen Hauch von verfallenem Glamour verlieh. *Ich sehe aus wie eine Frau, die an der Liebe zerbrochen ist*, dachte sie. Niemand würde ihr ansehen, dass sie in Wahrheit eine Frau war, die am mittleren Management zerbrochen war.

Sie probierte die Kunstlederhose an. Unter dem plastikartigen Material fingen ihre Beine direkt an zu schwitzen wie ein Paar dampfende Blutwürste. Sie versuchte es mit dem gepunkteten Oberteil, aber das sah extrem nach *nette, aber deprimierte Grundschullehrerin mit großer Teetassensammlung* aus, und das war definitiv nicht die erhoffte Wirkung.

Aber das Kleid mit dem Leoprint? Das vielleicht? Sie schlüpfte mit den Armen durch die Ärmel. Es war enger geschnitten als gedacht, und sie tat sich schwer, es über der Brust zu schließen. Sie guckte in den Spiegel und hoffte, dass es besser aussah, als es sich anfühlte, aber wie sich herausstellte, war es noch schlimmer – dem

Spiegel zufolge sah sie jetzt wie eine flotte Puffmutter in einem besonders billigen Bordell aus. Sie probierte das spitzenbesetzte schwarze Maxikleid an – mit ähnlichem Ergebnis (Goth-Braut auf einer Walhochzeit).

Zuletzt zog sie den Jumpsuit an. Er war aus leichtem seidigem Stoff mit dezent aufgedruckten abstrakten Papageien und Palmen. Er hatte lange Ärmel, weite Beine und einen relativ tiefen V-Ausschnitt. Sie hatte ihn vor allem aus Jux mitgenommen, weil sie hoffte, dass ihr Anblick in diesem lächerlichen Kleidungsstück so ulkig war, dass er sie aus ihrem emotionalen Tief holte. Sie zog die untere Hälfte hoch, schob die Arme in die Ärmel und griff nach hinten, um eine Reihe frickeliger Knöpfe am Rücken zu schließen. Bereit für einen Lacher betrachtete sie sich im Spiegel.

Der Effekt war nicht wie erwartet. Der Jumpsuit passte wie angegossen. Der Stoff umspielte die Taille, fiel ihr über die Hüfte und schmiegte sich um ihre Brust.

Oh, wow, dachte sie. *Ich sehe … irgendwie heiß aus.*

Sofort nahm sie das wieder zurück. Sie konnte nicht heiß aussehen. Sie war eine übergewichtige zweifache Mutter, die auf die vierzig zuging: Sie konnte gar nicht heiß aussehen. Aber in dem Jumpsuit sah sie aus wie – wie jemand, der sich selbst für heiß hielt? Und das machte sie irgendwie … heißer, als sie eigentlich war? Es handelte sich um eine unbestreitbar fesselnde optische Täuschung.

Sie betrachtete sich aus verschiedenen Blickwinkeln. Sie war rund, das stimmte, aber nicht völlig unförmig. Sie hatte immer noch eine definierte Taille und kurvige Hüften. Unter dem hautengen Jumpsuit sahen ihre Brüste, offen gesagt, kolossal aus.

Die Frau im Spiegel sah nicht wie Lorrie aus. Aber gut sah sie aus, diese Frau im Spiegel. Könnte sie diese Frau sein?

Manchmal sah Lorrie kräftigere Frauen in ähnlich gewagter Kleidung, die sich der Welt mit einer dreisten Leck-mich-Haltung präsentierten. Sie bewunderte sie dafür, dass sie ihre Körper akzeptierten und sich einen Dreck darum scherten, was andere dachten; sie wusste, wie viel Arbeit es brauchte, um als kompromisslos dicker Mensch in der Welt zu existieren. Und doch schämte sich ein dummer Teil ihres Gehirns immer für diese Frauen fremd. *Begreifen die denn nicht, dass sie fett sind?*, flüsterte er ihr dann zu. *Wissen die denn nicht, dass sie sich deswegen schlecht fühlen sollten?*

Sie zog den Jumpsuit aus, wobei sie es sorgfältig vermied, ihr entblößtes weißes Fleisch allzu genau im Spiegel zu betrachten, und schlüpfte wieder in ihre eigenen Kleider. Sie erkannte jetzt, dass ihr Outfit als Entschuldigung für ihren Körper diente – seine Aufgabe war es, die Augen ihrer Mitmenschen vor der Realität ihrer Rollmopsfigur zu schützen. Wie fast alles, was sie besaß, war es schwarz und wallend – die Art von Montur, die ein Nilpferd bei seinem Uniabschluss tragen würde. Das Kostüm eines Feiglings.

Sie ging ihre Optionen durch.

Scheiß drauf.

Sie nahm den Jumpsuit mit zur Selbstscannerkasse und war dankbar, dass sie nicht mit einer Kassiererin interagieren musste. Sie bezahlte und nagte die kleinen Plastikverschlüsse mit den Zähnen durch, um die Etiketten zu entfernen, dann kehrte sie in die Umkleidekabine zurück, wo sie sich auszog, ihre alten Kleider in einen Mehrwegbeutel stopfte, den sie immer in der Handtasche hatte, und den Jumpsuit wieder anzog. Sie trug etwas Lippenstift auf, korrigierte ihre Wimperntusche und betrachtete sich. Ja, dachte sie. Sie konnte das. Sie konnte diese Frau sein. Sie konnte so tun, als würde sie sich weniger für sich schämen, als sie es in Wahrheit tat.

Draußen auf der Straße guckte Lorrie auf ihr Arbeitshandy. An ihrer E-Mail-App prangte ein roter Kreis, der zwölf ungelesene Nachrichten anzeigte. *Wie auch immer*, dachte sie. Ohne auch nur eine davon zu öffnen, sperrte sie den Bildschirm.

Bis zum Glup-Gardens-Event hatte sie immer noch drei Stunden totzuschlagen. Unsicher, was sie mit sich anfangen sollte, ließ sie sich auf eine Bank sinken. Seit den Kindern hatte Lorrie selten auch nur drei Minuten für sich, geschweige denn ganze drei Stunden. Eigentlich sollte eine Auszeit doch etwas Gutes sein, das vermutete sie zumindest – sie sollte sie nutzen, um sich zu sammeln, ihr ganzes Dasein neu zu ordnen, einen Weg zu finden, mit Philomena umzugehen, einen Weg, die unerwartete Traurigkeit abzustellen, die sie beim Klang von Rubens Stimme befallen hatte. Aber sie konnte sich nicht beruhigen. Immer wieder musste sie an Philomena denken, daran, wie sie sie nach dem Zigarettenzwischenfall angesehen hatte.

Bis heute war Lorrie davon überzeugt gewesen, dass Philomena sie relativ gernhatte – jedenfalls soweit sie dazu in der Lage war, etwas gernzuhaben, das weder bellte noch apportierte noch die eigene Scheiße fraß. Ihr Umgang miteinander war zwar unpersönlich, aber stets freundlich gewesen. Doch heute hatte Lorries Verhalten den Glanz der Höflichkeit entfernt, der ihre Beziehung normalerweise schmierte, und darunter hatte Lorrie eine unübersehbare Schicht Verachtung entdeckt.

Hatte Philomena sie vielleicht noch nie leiden können? Lorrie hielt das für möglich, aber der Gedanke war unerträglich. Sie gab sich so viel Mühe, sympathisch zu sein. Sympathisch sein war ihr Ding, es war das Wichtigste, was sie zu bieten hatte. Als Kind war sie nie beliebt gewesen, das stimmte, aber seit sie aus dem frostigen

Gefängnis der eigenen Schüchternheit ausgebrochen war – zunächst dank der befreienden Kraft von Sekt und Apfelwein und später durch die Erkenntnis, dass andere Menschen, genau wie Spinnen oder Schlangen, in der Regel mehr Angst vor ihr hatten als sie vor ihnen –, hatte sie Strategien gelernt, wie sie anderen sympathisch sein konnte. Sie war gutmütig und locker, sie war lustig, sie interessierte sich aufrichtig für das Leben anderer Leute. Vor allem aber war sie *nett*, immer und zu jedem. Sie war nett zu Menschen, die sie liebhatte, sie war nett zu Kollegen und Bekannten, sie war nett zu Verkäuferinnen, sie war nett zu Leuten, die auf der Straße nach dem Weg fragten, sie war nett zu hochnäsigen Kellnern, sie war nett zu Stromverkäufern, die an ihrer Tür klingelten. Sogar zu Schrumpfhand-Harry war sie nett (na ja, meistens jedenfalls). Sie war nett zu Leuten, die es brauchten, und sogar noch netter zu Leuten, die es nicht verdienten. Langweiler und Trottel, Idioten, Dreckskerle, Soziopathen und Narzissten – das waren die Menschen, bei denen Lorrie sich von ihrer charmantesten Seite zeigte. Je schlechter jemand war, umso besser wurde sie in dessen Nähe.

Nun wurde ihr bewusst, dass diese ganze *Nettigkeit* keine besonders altruistische Verhaltensweise war. Mit einem Übelkeit erregenden Schlag wurde ihr klar, dass sie davon ausgegangen war, sie müsse nur nett genug sein, dann hätten die Leute gar keine andere Wahl, als sie für ihr gutes Benehmen zu belohnen.

Was für eine Idiotin ich doch bin, dachte sie. *Was für ein schwachsinniger Haufen aufgeblasener menschlicher Zuckerwatte.*

Sie rieb sich die Schläfen. Vor lauter Selbstekel war ihr übel. Was konnte sie tun, um sich aufzuheitern, was nur konnte die giftige Flut von Selbsthass eindämmen, die in diesem Moment durch ihren Körper pulsierte?

Wieder zückte sie ihr Handy und öffnete das Internetfenster.

wie k

Während sie tippte, lieferte der Browser Vorschläge: *wie kalt ist es im weltall? wie kann ich mich gegen die sigma variante schützen?*

wie kann ich

(wie kann ich kleinere brüste bekommen? wie kann ich japanisch lernen?)

wie kann ich dafür sorgen

(wie kann ich dafür sorgen, dass ich schneller abnehme? wie kann ich dafür sorgen, dass andere mich mögen?)

wie kann ich dafür sorgen, dass es mir wieder besser geht?

Wohl wissend, was für ein verzweifelter Schritt das war, und in dem dumpfen Bewusstsein, dass die Suche nach innerer Ruhe im Internet in etwa so war, als würde man zum Abtrocknen in einen Pool springen, klickte sie den Eingabe-Button.

Sie klickte auf den ersten Artikel, der oben in der Suchmaschine erschien: *Schluss mit Trübsalblasen – 27 Tipps gegen die Krise!*

»Hier bei goodvibesonly dot com«, hieß es, »wird Kundenzufriedenheit großgeschrieben, aber noch größer schreiben wir LEBENS-Zufriedenheit.«

Hastig schloss Lorrie das Browserfenster und versuchte es mit einem Artikel weiter unten in den Suchergebnissen mit dem Titel

»Selbstfürsorge für fürsorgliche Mütter«. *Das bin ich,* dachte sie. *Ich bin eine fürsorgliche Mutter.*

> *Wir wissen, dass Sie als viel beschäftigte berufstätige Mama auf Hochtouren gesunde Mahlzeiten für Ihre Familie kochen, ins Fitnessstudio gehen, Ihre KPIs rocken und die Kindererziehung koordinieren.*

Nope, dachte Lorrie.

> *Das Leben kann hart sein, wenn man sich selbst immer hintanstellt. Aber vergessen Sie nicht, wie wichtig es ist, sich Zeit für sich selbst zu nehmen. Sie wissen ja: Nur wenn es Ihnen gut geht, können Sie auch Ihrer Familie Gutes tun. Warum gönnen Sie sich nicht eine Stunde für eine Pediküre, einen Friseurbesuch oder um einen neuen Sportkurs auszuprobieren?*

»Warum fickst du dich nicht einfach ins Knie?«, murmelte Lorrie. Sie googelte die Autorin des Artikels und fand mehrere Bilder von einer Hochglanz-Frau mit aggressiven Wangenknochen. Lorrie seufzte. Genauso gut hätte sie bei einer Heißluftfritteuse nach Seelentrost suchen können.

Es war kein Zufall, dachte Lorrie, dass man im Internet nie Tipps zur Selbstfürsorge fand, die gratis oder entspannend waren oder wirklich Spaß machten, wie zum Beispiel unter der Woche bis um drei Uhr morgens aufzubleiben und sich ganze Staffeln von *RuPaul's Drag Race* reinzuziehen oder es sich zu besorgen.

Sie zog eine Zigarette aus der halb vollen Schachtel in ihrer Handtasche. *Das hier, Baby,* dachte sie und nahm einen langen, genüsslichen Zug, wobei sie den typischen kurzen, berauschenden Schwindelanfall spürte, *das hier ist Selbstfürsorge.*

Vor ihr hielt eine Straßenbahn, auf deren Seite ein riesiges Bild eines Hais mit Partyhut prangte, zwischen dessen enormen, funkelnden Zähnen ein menschenförmiges Stück Kuchen steckte. *Was für eine Welt,* dachte Lorrie. Sie hatte keine Ahnung, was damit beworben wurde, aber eine unterschwellige Wirkung auf ihr Gehirn hatte es definitiv. Sie fragte sich, ob sie vielleicht ins Aquarium gehen und sich die Fische dort ansehen sollte. Die befremdliche Andersartigkeit von Meerestieren machte ihr Freude, ihr Aussehen, als wären sie am Ende eines einwöchigen Meth-Gelages den brodelnden Untiefen der Fantasie eines Verrückten entsprungen. Sie war froh, Atheistin zu sein – wenn es Gott gab, dann hatte sie Armflosser und Pelikanaale erfunden. Mit so einer wollte Lorrie nichts zu tun haben.

Ohne darauf zu achten, wohin die Straßenbahn fuhr, stieg Lorrie ein. Sie fand einen Platz im hinteren Teil des Waggons. Ihr gegenüber saß ein Mann mit dunkler Haut in einem glänzenden, knallpinken Trainingsanzug. Er hörte mit Kopfhörern Musik, hatte die Augen geschlossen und summte vor sich hin. Eigentlich sah er gut aus, aber ihn umgab eine deutlich wahnsinnige Aura, die den Reiz seines ansonsten attraktiven Gesichts zunichte machte.

Lorrie musterte ihn und versuchte herauszufinden, wie alt er war, warum er einen pinken Trainingsanzug trug und welches Lied er gerade hörte. Die Melodie, die er summte, kam ihr bekannt vor, aber sie konnte sie nicht zuordnen. Plötzlich, ohne Vorwarnung, schlug er die Augen auf. Er sah Lorrie direkt an und begann in einem vollen, melancholischen Tenor zu singen – Gott, was war das für ein Lied? Irgendwas über tiefsinnige Fragen, irgendwas mit dem

Wort *absurd* darin. Er schien von ihr zu verlangen, ihm zu sagen, wer er war.

Dann endete der Refrain, er lächelte sie an, schloss die Augen und summte weiter.

Die anderen Fahrgäste hatten sich alle subtil von ihm abgewandt, Handys in der Hand, die Köpfe absichtlich gesenkt. Normalerweise wäre auch Lorrie von ihm weggerückt oder hätte sich zumindest über ihr Handy gebeugt, um nicht mit diesem offensichtlichen Spinner in Kontakt treten zu müssen. Aber heute war kein Tag wie jeder andere. Heute war Lorrie *crazy* drauf. Sie hatte *vor ihrer Chefin geweint.* Sie hatte *während der Arbeitszeit getrunken.* Sie *trug einen seidigen orangefarbenen Jumpsuit, der ihre Kurven betonte.* Wer war sie, über die Exzentrizität eines Mannes zu urteilen? Sie beschloss, aus Solidarität bei ihm zu bleiben. *Du bist einer von uns,* dachte sie. *Ich bin eine von euch.*

Sie wünschte, sie würde den Rest des Lieds kennen, damit sie mit ihm mitsingen konnte. Sie sammelte ihren Mut zusammen, um ihn anzusprechen, ihm zu danken, dass er für sie gesungen hatte, aber an der nächsten Haltestelle stand er auf und ging zum Ausstieg. Als er an ihr vorbeikam, legte er Lorrie die Hand auf die Schulter und drückte kurz zu. Lorrie drehte sich auf ihrem Sitz und beobachtete, wie er davonjoggte, wobei sein glänzender Trainingsanzug als Farbklecks über die triste Straße der Stadt hüpfte.

Was war das denn bitte?

Die Straßenbahn brachte sie aus der Stadtmitte über den trüben braunen Fluss, der sich am Stadtrand entlangschlängelte. Sie stieg ein paar Haltestellen südlich des Hauptgeschäftszentrums aus. Auf der einen Seite der Straße lag der Park, in dem sie als Jugendliche gekifft hatte, und auf der anderen Seite war die National Gallery. Sie empfand es als glücklichen Zufall, dass sie hier gelandet war, denn im Grunde genommen waren Natur und Kunst die beiden Dinge, die sie am liebsten mochte (zumindest, wenn man den Kunstbegriff weit genug fasste, um sowohl die Werke Caravaggios als auch das TV-Vermächtnis von Darren Star einzuschließen). Einen Moment lang blieb Lorrie an der Straßenbahnhaltestelle stehen, die Hände in die Hüften gestemmt, und versuchte herauszufinden, welche Art von Balsam für die Seele sich bei ihrem momentanen Leiden am wirksamsten zeigen würde. Die Gärten waren weitläufig und üppig – aber in der Kunstgalerie gab es Kaffee, und Lorrie befiel die Art von nachmittäglicher Schläfrigkeit, die sie jedes Mal wie ein verschreibungspflichtiges Opiat einhüllte, wenn sie den Fehler beging, in der Mittagspause zu trinken.

Im Museumscafé war es ungewöhnlich ruhig. Eine Gruppe von Frauen Mitte sechzig mit teuer aussehenden schwarzen Outfits und Statement-Halsketten war da, ein paar Touristen in Freizeitjeans und T-Shirts und eine Gruppe Jugendlicher, die offenbar alle eine Art Uniform aus den absichtlich unvorteilhaftesten Kleidungsstücken trugen, die sie hatten finden können (klobige Turnschuhe, Jeans mit weit geschnittenen Beinen, die zwei, drei Zentimeter zu kurz waren, übergroße Pullover in Neonfarben). Lorrie verstand die Ästhetik der Jugend von heute nicht so ganz, aber sie erinnerte sich noch daran, dass sie als Teenager in langen geblümten Röcken und Converse-Turnschuhen, mit Chokern und Babydollkleidern unterwegs gewesen war. In einer kurzen Phase Anfang zwanzig hatte Lorrie unironisch bauchfreie T-Shirts und knielange karierte Röcke über Jeans getragen. Sie war in keiner Position, über die Jugendlichen zu urteilen.

Die jungen Leute wirkten unbeholfen und schienen sich unwohl zu fühlen. Lorrie beobachtete ihre aufgesetzten Interaktionen und empfand eine überwältigende Liebe für sie. Zu solchen Kreaturen würden auch ihre Kinder heranwachsen, pickelig und knochig oder deutlich mollig – und sich der eigenen krassen, qualvollen Schönheit nicht bewusst, bis es zu spät war, sie voll auszunutzen. Diese armen jungen Menschen, die versuchten, sich selbst zu finden, während um sie herum der Planet starb. Wenigstens hatte sie damals in dem Alter noch Hoffnung gehabt.

Sie trank ihren Latte und versuchte in ihrem Jumpsuit, der, wie sie festgestellt hatte, an den Oberschenkeln ein wenig zu eng saß und beim Sitzen am Bauch spannte, nicht verlegen auszusehen. Zum Glück schienen die jungen Leute sie nicht anzugucken – oder überhaupt bemerkt zu haben. Sie konnte sich nicht erinnern, was sie in dem Alter über Frauen in den Dreißigern gedacht hatte. Wahrscheinlich hatte sie gar nicht über sie nachgedacht. In Lorries Coming-of-Age-Melodrama hatten nur die Erwachsenen im Fokus gestanden, die die Bösewichte spielten – also diejenigen, die ihr sagten, was sie nicht tun durfte. Ansonsten fanden Erwachsene weitgehend am Rande der Geschichte statt, als Ansammlung beiger Statisten, kaum wichtiger als die Hintergrundkulisse.

Sie war ein wenig peinlich berührt, als sie diese jungen Menschen beobachtete in dem Wissen, dass die sie gar nicht wahrnahmen. Verhielt sie sich etwa wie ein Spanner? In Sekundenschnelle leerte sie ihren Kaffee und machte sich auf den Weg zum Ticketschalter.

Vor Kurzem hatte das Museum eine Ausstellung über abstrakte Kunst aus der Mitte des zwanzigsten Jahrhunderts beworben, die Lorrie eigentlich sehen wollte, aber sie hatte bereits eine Woche zuvor geendet. Stattdessen wurde eine Ausstellung eines regionalen Künstlers gezeigt, der im Vorjahr durch den Verkauf von NFTs extrem berühmt geworden war. Sie trug den Titel *TOMORROW BABIES* und präsentierte auf riesigen Bildschirmen die ultrarealistischen digitalen Gemälde des Künstlers von Neugeborenen, die bei Kaiserschnitten aus dem Mutterleib gehoben wurden. Auf die eine oder andere Weise waren die Babys allesamt grotesk – sie hatten Eidechsenköpfe, keine Haut oder mehrere Penisse. Eines hielt ein blutverschmiertes Miniatur-Sturmgewehr umklammert, ein anderes trug sowohl Gesichtsbemalung als auch eine Lockenperücke wie Ronald McDonald, und bei einem anderen ragten statt Händen glatte fleischfarbene Fernbedienungen aus den Handgelenken.

Lorrie schlenderte an den Bildschirmen vorbei und überlegte, was sie von den Kunstwerken hielt. Im Grunde genommen waren sie unglaublich, aber auch unglaublich unangenehm. Irgendwie war der Gesamteindruck auf nichtssagende Art grauenvoll, wie die Hülle eines bösen Witzes, aus dem der ganze Humor herausgekratzt worden war.

Ihr fiel auf, dass die Mutter in jedem Werk mit fachmännischer Präzision als nackter Klumpen menschlichen Fleisches dargestellt war: blutend, aufgeschlitzt, der Kopf außerhalb des Bildes. Die Hautfarben der Frauen variierten, aber die grundsätzliche Form war im Wesentlichen identisch – lange, glänzende Beine, pornografisch runde, stehende Brüste, aufgespreizter Torso. Um jede kopflose Frau war im Hintergrund eine Gruppe von Menschen in medizinischer Arbeitskleidung zu sehen, in deren Zentrum immer der gleiche Arzt stand, mit Maske und Handschuhen, der einen missgestalteten Säugling fest gepackt hielt und aus dem Bauch der Mutter hob.

»Hmm«, sagte Lorrie zu niemand Bestimmtem und kniff die Augen zusammen.

Der letzte Raum der Ausstellung war anders als die anderen. Darin stand ein einzelner, mindestens vier Meter hoher Riesenbildschirm, der eine nackte Frau von hinten auf allen vieren zeigte. Die Köpfe von etwas, das ganz nach siamesischen Panda-Zwillingen aussah, tauchten aus – o Mann! Lorrie blinzelte und sah noch einmal hin –, ja, die Pandas kamen aus dem grotesk weit gedehnten Anus der Frau. Lorrie fühlte sich abgestoßen, was wahrscheinlich der gewünschte Effekt war, und auch erschöpft. Sicher hatte das Werk eine Bedeutung, der Künstler wollte damit etwas ausdrücken – aber im Grunde war ihr das scheißegal. Sie konnte es nicht ausstehen.

Sie sollte sich etwas anderes ansehen, dachte sie. Das war nicht das, was sie brauchte, jedenfalls nicht heute. Heute brauchte sie Kunst, die Schönheit und Freude für sich genommen als würdige Motive betrachtete, Werke, die Verehrung, Ehrfurcht oder Mitgefühl für die Welt ausdrückten. Diese Art von Kunst berührte sie in einem noch immer empfindsamen Teil ihrer Seele, obwohl sie einsah, dass solche Werke größtenteils zum Relikt wurden – sie waren zurückgetreten, um als Dekorationsobjekt oder kuriose historische Artefakte zu existieren, die für das moderne Leben ungefähr so relevant waren wie ein Einwahlmodem.

Während Lorrie noch vor dem riesigen Pandababy-Anus-Bild stand, vibrierte ihre Handtasche. Auf der Suche nach ihrem Handy kramte sie darin herum. *Was zur Hölle?* Kurz fragte sie sich, warum Schrumpfhand-Harry sie wohl anrief – kam dann aber rasch zu dem Schluss, dass es ihr am Arsch vorbeiging.

Sie ließ es ausklingeln und wollte das Handy gerade wieder einstecken, als es erneut anfing.

»Harry«, sagte sie beim Abheben und bemühte sich um einen neutralen Tonfall.

»Lorrie, hi, danke, dass du rangegangen bist, und entschuldige die Störung – Philomena meinte, du wolltest dir den Nachmittag freinehmen.«

»Das versuche ich.«

»Ich habe das von deiner Mutter gehört.«

Verdammt. Wie so eine Idiotin hatte Lorrie damit nicht gerechnet. Wie hatte sie nicht ahnen können, dass Philomena die Neuigkeiten mit ihrem Lieblingswunderknaben teilen würde? Nun musste sie mit dem Menschen, den sie auf dieser Welt am wenigsten mochte, über den imaginären Schamkrebs ihrer Mutter sprechen.

»Ich wollte dir sagen, wie leid mir das tut«, teilte ihr Harry mit. »Ich weiß nicht, ob du das wusstest, aber vor drei Jahren wurde bei meiner Mutter ebenfalls Krebs diagnostiziert. Es ist so schwer, damit fertigzuwerden.«

Scheiße, Scheiße, Scheiße.

»Tut mir so leid, das zu hören«, sagte Lorrie, die Stimme kaum mehr als ein Flüstern. »Ich hoffe, es geht ihr so weit gut.«

»Sie hält sich tapfer.«

»Gut … das ist gut zu hören«, sagte Lorrie matt.

»Ich wollte dir nur sagen, ich weiß, dass du das durchstehen wirst, und ich bin für dich da, falls du jemanden zum Reden brauchst.«

»Danke, Harry. Das ist echt nett von dir. Ich weiß es echt zu schätzen, dass du mich angerufen hast«, sagte sie und wollte gerade auflegen, um sich ein tiefes Loch zu suchen, in das sie sich stürzen konnte, als ihr klar wurde, dass Harry immer noch sprach.

»Eigentlich ist das nicht der einzige Grund, warum ich angerufen habe«, sagte er.

»Nicht?«

»Nein. Philomena hat mich gebeten, mit dir zu sprechen, weil sie nach reiflicher Überlegung der Ansicht ist, es sei vielleicht keine gute Idee, wenn du heute Abend zur Glup-Gardens-Eröffnung kommst. Wenn man bedenkt, was für eine emotionale Zeit das für dich ist.«

»Aber – ich …« Lorrie fehlten die Worte.

»Sie hätte dich selbst angerufen, aber sie ist den ganzen Nachmittag in einer Besprechung.«

Lorrie guckte auf den zweiköpfigen Anus-Panda vor sich. Der zweiköpfige Anus-Panda guckte zurück.

»Aber ich soll eine Rede halten, Harry. Ich stelle Sebastian Glup vor.«

»Ja, das verstehe ich. Es ist nur so, Philomena findet, bei allem, was du gerade durchmachst, ist es wohl besser, wenn ich einspringe. Um dir was von der Last abzunehmen.«

Unter normalen Umständen hätte Lorrie wohl Luftsprünge gemacht, wenn man ihr angeboten hätte, die Verpflichtung, eine Rede vor Publikum zu halten, an einen Kollegen abzutreten. Aber nicht heute. Heute waren die Umstände alles andere als normal. Sie spürte ein Prickeln von ihren Fußsohlen aufsteigen.

»Willst du mich verarschen, Harry? Das ist mein Projekt. Das war meine Idee. Ich habe den ganzen Mist auf die Beine gestellt!«

»Natürlich ist das dein Projekt, Lorrie. Aber bei allem, was gerade bei dir los ist …«

»Mir geht's gut! Ich habe Philomena gesagt, dass ich nur den Nachmittag freibrauche!«

»Ich versteh dich ja, aber so wichtig, wie der heutige Abend ist, denke ich, es wäre eine gute Idee …«

»Es ist mir egal, was du denkst, Harry!«

Ihr wurde bewusst, dass sie beinahe schrie. Ein Museumswärter kam auf sie zu, vermutlich um sie zum Gehen aufzufordern. Sie drehte sich von ihm weg, holte tief Luft und senkte die Stimme.

»Tut mir leid. Ich hätte nicht laut werden sollen. Aber du kannst Philomena ausrichten, dass ich heute Abend da sein werde und Glup vorstelle. Ich komme schon klar.«

»Lorrie ...«

»Wenn Phil das weiter besprechen will, sag ihr, sie kann mich selbst anrufen.«

Sie legte auf.

TEIL 6

Glup Gardens

Nachdem Zoe gegangen war, kochte Alex sich eine Kanne grünen Tee. Während er zog, nahm sie Zoes halb ausgetrunkene Kaffeetasse, die immer noch auf der Arbeitsplatte stand, und legte, weil sie Zoe schmecken wollte, den Mund an den Rand, wo ihre Lippen gewesen waren.

Sie musste heute Abend zu dem Glup-Gardens-Event, gar keine Frage. Sie konnten doch sicher alle zusammen am selben Ort sein, Zoe und Ruben und sie. Immerhin waren sie alle mündige Erwachsene, und das hier waren schließlich nicht mehr die Fünfzigerjahre. Sie würde sich die schöne Sache, die an diesem Nachmittag zwischen ihr und Zoe passiert war, nicht von irgendwelchen Peinlichkeiten mit Ruben ruinieren lassen.

Dennoch spürte sie eine nervöse Unruhe durch ihr Nervensystem zucken. Sie trank ihren Tee aus und duschte noch einmal, ließ sich das Wasser über das Gesicht laufen, schloss die Augen und hielt die Luft an. Anschließend schlüpfte sie in eine schmal geschnittene waldgrüne Zigarettenhose und ein weißes Seidenhemd, das sie an der Taille verknotete.

Kurz nach 16.30 Uhr, während sie sich wieder schminkte, kam eine Nachricht von Lorrie.

Al, hast du gerade Zeit? Ich habe früher Feierabend und dachte, wir könnten vielleicht vor dem Event noch was trinken gehen.

Auf Lorries Vorschlag hin trafen sie sich in einer Bar bei Alex ums Eck, ein schummeriges Lokal mit ausnahmslos herablassendem Personal und roten Wänden, die mit Requisiten aus der Sowjet-Ära dekoriert waren.

Als Lorrie hereinkam, erkannte Alex sie nicht auf Anhieb. Statt dem üblichen Schwarz trug sie einen merkwürdig schmeichelhaften orangefarbenen Jumpsuit, aber sie wirkte erschöpft, ein wenig verschwitzt und untypisch nervös.

Sie zwängte sich auf die Bank gegenüber von Alex.

»Was für ein Scheißtag«, sagte sie.

»Und auch dir Hallo. Was ist los?«

»Ach, nichts weiter. Ich habe nur vielleicht gerade, äh, meine gesamte Karriere versaut, weil ich vor meiner Chefin einen Nervenzusammenbruch hatte. Aber sonst ist alles bestens.«

Lorrie winkte einen Kellner herbei, um sich was zu trinken zu bestellen, und setzte dann zu einer verwirrenden Geschichte über ein Meeting mit ihrer Chefin am Vormittag an.

»... und dann habe ich, glaube ich, gesagt, dass ich bei einer Beförderung in eine Führungsposition ›meine Seele anzünden und in einen Vulkan werfen‹ möchte oder so was in der Art.«

»O Gott, Lorrie.«

»Gott hilft mir jetzt auch nicht mehr, meine Liebe. Jetzt kann mich nur noch Satan retten.«

»Lorrie, kannst du mal eine Minute mit den Witzen aufhören? Kannst du mal einen Moment lang ernst sein und mir sagen, ob es dir gut geht?«

Lorrie verschränkte die Hände und stützte das Kinn auf die Fingerknöchel.

»Ich weiß nicht, Alex, ich weiß es wirklich nicht. Ich dachte immer, dass ich meinen Job mag und gut darin bin, und jetzt denke ich mir – was mache ich da überhaupt? Warum verbringe ich mein Leben an einem Ort, an dem man mir nicht einmal zutraut, ein sechsköpfiges Team zu leiten? Ist ja nicht so, als hätte ich mich für die Leitung der NASA beworben oder als Präsidentin der Weltbank. Es sollte doch wirklich nicht so schwer sein, in einer beschissenen Stadtverwaltung am Arsch der Welt zur Teamleiterin befördert zu werden.«

»Es klingt schon seltsam, dass sie diesen Harry-Typen befördert haben und nicht dich.«

»Tut es das? Da bin ich mir gar nicht so sicher. Vielleicht ist Harry einfach der Bessere für die Stelle. Oder vielleicht ist er besser darin, sich selbst als der Bessere für die Stelle darzustellen. Und vielleicht … reicht das schon.«

»Für mich hört sich das so an, als wäre ein Tapetenwechsel gar keine so schlechte Idee, Lorrie.«

»Ja, vielleicht. Vielleicht wäre es aber auch überall dasselbe, egal wo ich hingehe. Ich glaube, mit mir stimmt was nicht.«

Alex lehnte sich über den Tisch, legte die Hand auf Lorries und sah sie aufmerksam an. »Mit dir ist alles in Ordnung, Lorrie. Du bist klug, du bist freundlich, du bist witzig. Ich hätte dich liebend gern als Teamleiterin.«

Alex meinte das ernst, alles davon. Es war die Wahrheit. Und doch, sobald die Worte ausgesprochen waren, fragte sie sich, ob sie Lorrie wirklich gern als Vorgesetzte hätte. Lorrie war einfach so … *Lorrie*, die ganze Zeit. Ja, sie war witzig und freundlich und klug, aber sie war auch so unbeherrscht. Sie konnte sich nicht so zurücknehmen, wie man es hin und wieder tun musste, wenn man etwas erledigt bekommen wollte.

Was Lorrie gerade erzählte, bekam Alex nicht ganz mit, irgendwas von wegen ihre Mutter habe Krebs.

»Scheiße, Lorrie, Anne hat Krebs?«

»Nein, Alex, das ist es ja gerade. Hat sie nicht. Es geht ihr gut. Fit wie ein Turnschuh. Wahrscheinlich überlebt sie uns alle.«

»Okay, klar. Na, dann ist ja gut! Aber – was hast du gerade über deine Chefin gesagt? Vielleicht habe ich mich ja verhört, aber es klang, als hättest du ihr erzählt, dass Anne stirbt?«

Lorrie lieferte eine lange, weitschweifige Erklärung über einen Traum, den sie gehabt hatte, und ein Gespräch mit Ivan, in dem es darum ging, den eigenen Tod vorzutäuschen, und eine Zigarette, die ihr aus dem Mund gefallen war, und irgendwas über verschütteten Kaffee. Am Ende klang sie nicht mehr, als würde sie eine lustige Anekdote erzählen. Sie hielt die Hände vor das Gesicht, als könnte sie es nicht ertragen, Alex' Reaktion zu sehen.

Alex kaute auf ihrer Unterlippe. Was sollte sie dazu sagen? Sie wollte sie unterstützen, aber seiner Chefin zu erzählen, die eigene Mutter liege im Sterben, um sich aus Schwierigkeiten herauszuwinden, erschien ihr ziemlich verrückt.

»Verstehe«, sagte sie langsam.

»Du brauchst nichts zu sagen. Ich weiß, das war eine lächerliche Aktion. Es ist nur – wie sie mich angesehen hat, als wäre ich ein Problem, das sie lösen muss … ich habe das nicht ausgehalten.«

Lorrie nahm die Brille ab und fuhr sich durch die Haare. »Ich denke, ich wollte wohl einfach, dass sie mich als Menschen aus Fleisch und Blut sieht.«

»Ein Mensch aus Fleisch und Blut … mit einer sterbenden Mutter?«

»Ich weiß, das war echt daneben.«

»Das klingt schon ziemlich durchgeknallt«, sagte Alex und sah Lorrie über den Tisch hinweg nachdenklich an. »Aber es ist nicht das Ende der Welt – vermutlich kriegt sie eh nie heraus, dass du dir das ausgedacht hast.«

»Oh, doch. Hast du eine Ahnung, was für eine schlechte Lügnerin ich bin? Ich könnte nicht mal lügen, wenn mein Leben davon abhängt! Außerdem will Philomena jetzt nicht mehr, dass ich bei der Eröffnung von Glup Gardens eine Rede halte, weil sie denkt, ich sei emotional nicht stabil genug. Sie will nicht mal, dass ich hingehe.«

»Vielleicht wäre das gar nicht so schlecht, Lorrie«, sagte Alex und versuchte, ihren Enthusiasmus, Lorrie von der Veranstaltung fernzuhalten, nicht gar zu sehr durchklingen zu lassen. Lorrie hob abrupt den Blick.

»Alex! Ich arbeite buchstäblich seit Jahren an diesem Glup-Gardens-Projekt! Ich weiß, du hältst die ganze Sache für problematisch, wegen der Verbindung zu Glup – und vielleicht hast du da auch recht –, aber es ist trotzdem das Beste, was ich in meiner gesamten Zeit bei der Stadtverwaltung gemacht habe. Das lass ich mir nicht von Philomena nehmen, nur weil sich herausstellt, dass ich … dass ich ein bisschen psychisch krank bin. Ich meine, wer von uns ist das nicht?«

»Nun –«

»Nein, ich werde das auf jeden Fall durchziehen. Ich gehe zur Eröffnung, halte meine Präsentation, stelle Sebastian Glup auf der Bühne vor und dann fange ich an, mir einen neuen Job zu suchen.«

»Warte – du stellst Glup vor?«

»Gott, Alex, fang nicht schon wieder damit an. Ja, ich spreche ein paar Minuten über das Projekt und übergebe dann an ihn.«

Alex spürte erneut einen Anflug von Übelkeit in ihrer Kehle aufsteigen.

»Lorrie«, setzte sie an. Die Worte kamen ihr langsam über die Lippen. »Es gibt etwas, das ich dir wahrscheinlich vor heute Abend sagen sollte. Wie du weißt, sind die Future Earthlings nicht gerade die größten Fans von Sebastian Glup …«

Lorrie schüttelte energisch den Kopf.

»Ich weiß, Alex! Ich weiß! Glup ist ein schrecklicher Typ, gar keine Frage. Aber können wir uns jetzt auf was anderes konzentrieren?«

»Nein, es ist nur so, dass …«

»Du kannst mir morgen Vorträge darüber halten, wie unmoralisch ich doch bin. Ehrlich, ich kann das wegstecken. Aber ich hatte einen absolut beschissenen Tag, und im Moment brauche ich einfach nur deine Hilfe, um diesen Abend durchzustehen.«

Alex rieb sich mit den Fingern über die Stirn. Dann seufzte sie und griff über den Tisch, um Lorries Hand zu nehmen.

»Tut mir leid. Ich will es dir nicht schwermachen. Du packst das.«

»Danke, Al. Du bist die Beste.«

Alex zog die Hand zurück und senkte den Blick. Sie konnte Lorrie nicht in die Augen sehen.

»Oh!«, sagte Lorrie und klatschte plötzlich in die Hände. »Ich wollte dir auch sagen, dass mein Freund Ivan vielleicht hingeht – du weißt schon, der Anwalt bei mir auf der Arbeit? Ich glaube, ich habe ihn schon mal erwähnt. Ich dachte, vielleicht würdest du ihn gern kennenlernen.«

»Ivan? Warum?«

»Na ja, er ist ein bisschen schräg. Aber er ist nett, auf eine irgendwie fiese Art. Und klug. Ich glaube, ihr würdet euch mögen.«

»Oh. Ach so.« Alex runzelte die Stirn. »Eigentlich habe ich …«

Sie unterbrach sich. Sie konnte Lorrie nicht erzählen, dass sie jemanden kennengelernt hatte, ohne auf die Einzelheiten einzugehen, *wie* sie Zoe kennengelernt hatte – und außerdem war sie sich ohnehin nicht ganz sicher, was sich zwischen ihr und Zoe abspielte. Konnte sie Lorrie davon erzählen? Wie sollte sie das überhaupt erklären?

Lorrie sah sie erwartungsvoll an.

»Ich hab sozusagen beschlossen, eine Dating-Pause einzulegen«, sagte sie.

»Was? Aber du bist doch schon seit Monaten mit niemandem mehr ausgegangen!«

Alex zuckte die Schultern. »Ich konzentriere mich auf meine Arbeit.«

»Hm, das ist wohl verständlich«, sagte Lorrie und zog eine leicht säuerliche Schnute, offenbar verärgert darüber, dass ihre Verkupplungspläne vereitelt wurden. »Aber falls Ivan heute Abend auftaucht, könntest du ihn dir dann nicht wenigstens mal ansehen?«

Alex gab ein unverbindliches Brummen von sich.

»Vielleicht ist er ja deine wahre Liebe! Vielleicht wird er dein Paul!«

Alex bemühte sich, nicht das Gesicht zu verziehen. Warum fiel es Lorrie so schwer, sich mit dem Gedanken abzufinden, dass nicht jeder einen Paul wollte? Aber jetzt war nicht der richtige Zeitpunkt für einen Streit.

»Also gut, Lorrie, ich werde ihn mir mal ansehen.«

Glup Gardens thronte auf dem Dach des Glup Centre for Contemporary Art. Das GCCA war ein riesiges Gebäude am Flussufer, das aus mehreren gigantischen Würfeln bestand, von denen jeder mit glänzenden weißen Platten verkleidet war. Lorrie fand, es sah aus wie die Basis eines riesigen, radioaktiven Weltraum-Iglus – ein blasser, leuchtender Klumpen, der unpassend futuristisch wirkte inmitten der strengen, puritanischen Gebäude drumherum, von denen die meisten noch aus der Goldrauschzeit stammten. Es war bizarr und ein schriller Anblick, aber das störte Lorrie nicht. Das Design zeugte zumindest von dem Versuch, bedeutsam zu sein, auch wenn das nicht ganz geglückt war.

Wie die Fassade war auch das Innere des GCCA größtenteils in reinem Weiß gehalten, bis auf die Böden, die aus einer glatten, schwarzen Substanz bestanden, die gefährlich rutschig aussah und deren Klangeigenschaft zur Folge hatte, dass jeder Schritt ein lautes, im ganzen Raum widerhallendes Klacken verursachte. In dem Gebäude war die Glup-Kunstsammlung ausgestellt, ein Sammelsurium aller großen Namen der Kunst der letzten zwanzig Jahre. Es war eine chaotische Zusammenstellung, fand Lorrie, denn offenbar waren die Künstler danach ausgewählt worden, wie berühmt und teuer ihre Werke waren, und nicht aufgrund der Qualität der Kunst an sich. Ein paar Stücke waren erstklassig, aber das einzige erkennbare übergeordnete Thema der Sammlung war der unverschämte Reichtum der Familie Glup.

Am Empfang wurden Alex und Lorrie von einer blonden Frau

mit den großen weißen Zähnen eines aristokratischen Pferdes willkommen geheißen. Sie wies ihnen den Weg durch das weite schwarze Meer des Foyers zu einem gläsernen Aufzug, der sie hoch in den sechsten Stock brachte.

»Oha«, sagte Alex, als sie das Dach betraten, und vor Rührung war Lorries Kehle wie zugeschnürt. Vor ihnen lagen viertausend Quadratmeter einheimischer Gräser und Büsche, durchzogen von geschwungenen Wegen, behutsam in Form gebrachten Sträuchern und Pergolen, die mit zarten, solarbetriebenen Lichterketten beleuchtet waren. Die Gärten erstreckten sich über mehrere miteinander verbundene Würfel, wobei ein Teil des Dachgartens über die Seite des Gebäudes hinausragte, sodass eine Plattform aus Grün über dem Fluss schwebte. Überall standen Picknickbänke aus glattem Metall, es gab ein Gewächshaus mit essbaren Pflanzen und Kräutern, einen großen Spielbereich für Kinder mit Klettergerüsten in Form von einheimischen Tieren und ein großes Wasserspiel in der Mitte, das ein dezentes Hintergrundgeräusch von über Stein plätscherndem Wasser erzeugte.

»Es ist traumhaft, Lorrie.«

»Ja, nicht wahr?«

Lorrie war schon einmal hier gewesen, aber nur tagsüber, als der Garten sich noch im Bau befand. Sie hatte nicht mit der Magie am frühen Abend gerechnet, mit dem leuchtenden Schimmer der Stadt um sie herum und dem dunstigen Himmel über ihnen, der sich in blassem Rosa und Blau zeigte. Dies war das Herzstück des gesamten Green-Cities-Programms. Sieben weitere Gärten sollten auf städtischen Immobilien entstehen, aber die Familienstiftung hatte das Budget für Glup Gardens erheblich aufgestockt, und keine der anderen Anlagen würde auch nur annähernd so üppig ausfallen wie diese.

Sie gingen zu dem Bereich, wo die Eröffnungsveranstaltung stattfand. Auf der der Stadt zugewandten Seite des Gebäudes gab es eine große gepflasterte Fläche mit einer Bar an einem Ende und einer erhöhten Bühne am anderen, vor der Stühle für rund zweihundert Gäste aufgestellt worden waren. In ein paar Wochen würde es eine öffentliche Einweihungsfeier geben, aber die Veranstaltung heute Abend war nur für geladene Gäste. Außer Lorrie und ihren Kollegen waren Stadträte, Glup-Mitarbeiter, hochrangige Mitglieder der Landesregierung und ein paar ausgewählte Pressevertreter anwesend.

Sofort eilten Kellner mit Tabletts voller Horsd'œuvres und leuchtend grüner Cocktails herbei. Das war eine Abwechslung zu dem üblichen Catering, das Lorrie gewöhnt war – meistens wurde der Start von Projekten der Stadtverwaltung durch eine Pressemitteilung verkündet oder bei einem Frühstücksempfang gefeiert, für den die Angestellten ihre Kekse selbst mitbringen mussten. Doch heute Abend waren sowohl das Catering als auch das Unterhaltungsprogramm von Glup Developments organisiert – und bezahlt – worden.

Ein dreiköpfiges Ensemble spielte melodischen, unaufdringlichen Jazz, gelegentlich übertönt von Gelächter oder Begrüßungsrufen aus der Menge, die in Grüppchen weiter hinten in der Nähe der Bar stand. Unter ihnen entdeckte Lorrie die lange, spindeldürre Gestalt von Philomena Petrakis neben dem Bürgermeister. Auf der anderen Seite von Philomena stand Schrumpfhand-Harry, der Hof zu halten schien – und zweifellos eine Reihe scharfsinniger und intelligenter Bemerkungen machte. Lorrie erschauderte und widmete sich wieder ihrem Cocktail, der köstlich minzig und süß war. Sie leerte ihn in vier großen Schlucken, bevor sie sich vom Tablett eines vorbeigehenden Kellners einen weiteren schnappte. Alex beobachtete sie mit zweifelndem Blick.

»Äh, Lorrie, hältst du es für eine gute Idee, das jetzt zu trinken? Musst du nicht eine Rede halten?«

»Nur ein paar Minuten, um zu sagen, wie toll Green Cities ist, wie großzügig die Glups sind, wie dankbar der Rat ist, blablabla.«

»Okay. Trotzdem. Vielleicht solltest du langsam machen.«

»O Mann, Alex, sei nicht so vernünftig. Ich bin es so was von leid, vernünftig zu sein.«

»Okay, gut, mach, was du willst, aber ...«

Alex unterbrach sich mitten im Satz. Sie guckte über Lorries Schulter. Lorrie verrenkte den Hals, um nachzusehen, was Alex' Aufmerksamkeit auf sich gezogen hatte.

Ach, Kacke. Ruben Armand.

Offenbar hatte er Lorrie und Alex entdeckt und kam auf sie zu. Er sah nicht übel aus, dachte Lorrie – er trug einen schicken Anzug und hatte einen Haarschnitt, der ganz klar in der gehobenen Preisklasse zu verorten war – seine widerspenstigen Locken waren zu einer erwachsenen Tolle geformt. Früher hatte Lorrie sein Haar immer etwas wilder gemocht. Jetzt sah er weniger wie der unordentliche Neunzehnjährige aus, den sie gekannt hatte, sondern eher wie der Vater dieses Neunzehnjährigen. An seiner Seite ging eine äußerst schlanke Frau, die beinahe so groß war wie er.

»Lorrie, schön, dich zu sehen«, sagte er, als er bei ihr war und ihr die Hand schüttelte, als hätten sie nichts als beruflichen Kontakt gehabt, als hätten sie sich noch nie zusammen betrunken, ihre Familien kennengelernt und einander an die Genitalien gefasst.

»Schön, dich zu sehen, Ruben«, sagte Lorrie und versuchte, ebenso förmlich zu sein, als ihr auf einmal bewusst wurde, dass sie recht angesäuselt war. Sie drehte sich zu der Frau an seiner Seite. »Und das muss deine Gattin sein?«

»Ich bin Zoe, ja«, sagte die Frau mit irgendeinem leichten europäischen Akzent. Sie trug ein langes, gerüschtes Kleid in einem Chartreuse-Ton, der an jedem anderen wohl hässlich gewesen wäre, an ihr aber unverschämt gut aussah. Es hatte schmale Träger, die ihre Schlüsselbeine und die elegante Landschaft ihrer Oberarme zur Geltung brachten.

»Ich mag dein Outfit«, sagte Lorrie und lächelte sie an, für den Fall, dass sie sich overdressed fühlte.

Mit einem königlichen Nicken nahm die Gattin das Kompliment an.

»Danke. Und das hier, das ist auch sehr hübsch«, sagte sie und ließ den Blick rasch über Lorries Jumpsuit wandern. »Sehr gewagt.«

Irgendetwas an ihr passte nicht ganz, dachte Lorrie, irgendetwas war falsch. Ihr Lächeln verdeckte ein anderes Gefühl, das Lorrie nicht identifizieren konnte.

Nun, eine Ehe mit Ruben musste wohl ziemlich anstrengend sein. Unerträglich sogar, wenn er auch nur annähernd so war wie der egozentrische Junge, den Lorrie damals vor all den Jahren gekannt hatte, als er ihr immer wieder aufs Neue das Herz gebrochen hatte. Zu ihrer Erleichterung stellte sie fest, dass sie sich zwar noch genau daran erinnerte, wie sehr sie ihn als Teenager geliebt hatte, aber jetzt, da er vor ihr stand, hatte diese Erinnerung anscheinend nicht mehr Macht über sie als ein altes Foto oder ein Werbejingle aus ihrer Kindheit. Die Erinnerung hatte nichts damit zu tun, wer sie beide heute waren. Sie fühlte einen siegheischenden Anflug völliger Gleichgültigkeit.

»Ruben, erinnerst du dich noch an Alex?«

»Oh. Äh, ja. Ja, ich erinnere mich. Hallo, Alex«, sagte er forciert. Alex schüttelte die Hand, die er ihr entgegenstreckte, aber ihr Blick schien von ihm abzurutschen, als wäre er aus einem glitschigen Material, das sie nicht mit Blicken fassen konnte. Lorrie kam diese unnatürliche Interaktion seltsam vor. Warum verhielten sich alle so komisch?

»Also. Ähm. Du arbeitest jetzt also für Sebastian Glup«, sagte sie, um das länger werdende Schweigen zu brechen. »Wie ist das so?«

»Er hält mich auf Trab«, sagte Ruben, lachte vor sich hin und rieb sich mit der Hand übers Kinn – eine Geste, an die sie sich noch aus seiner Jugend erinnerte und die ihn jetzt wie ein Katalogmodel für einen mittelgroßen Anzughändler aussehen ließ. »Momentan ist er eigentlich recht zufrieden mit mir, weil ich ihm geholfen habe, die ganze Sache hier auf die Beine zu stellen. Er ist ziemlich froh darüber, wie sich das Projekt entwickelt hat.«

»Ja, ich meine, wie schön sind denn bitte diese Gärten?«, sagte Lorrie und machte eine ausladende Geste. »Ich weiß es wirklich zu schätzen, dass du uns geholfen hast, Glup mit ins Boot zu holen.«

»Ja, natürlich, kein Problem«, sagte er. »Einer alten Freundin tue ich immer gern einen Gefallen.« Er sah rüber zu Alex, aber sie schien das nicht zu bemerken. Sie starrte Rubens Frau an, die wiederum in die Ferne zu sehen und auf niemanden zu achten schien.

Zwischen ihnen machte sich wieder eine dicke Stille breit. Lorrie wollte sich gerade eine Ausrede einfallen lassen, um an die Bar zu flüchten, als sie von zwei Händen aufgeschreckt wurde, die sie von hinten an den Schultern packten. Erleichtert über die Unterbrechung drehte sie sich um und fand Ivan hinter sich stehen. Er grinste sie auf eine Weise an, von der sie aus Erfahrung wusste, dass er extrem, geradezu übertrieben, high war.

»Lorrie!«, rief er aus. »Lorretta! Lorrissima! Was für eine Ehre, dich gleich *dreimal* an ein und demselben Tag zu sehen.«

»Ivan, ich bin so froh, dass du gekommen bist«, sagte sie und empfand ihm gegenüber einen Anflug von Wärme. Sie stellte ihn Alex, Ruben und Zoe vor. Ivan machte vor jedem eine ulkige Verbeugung, und Lorrie beobachtete Alex in der Hoffnung, einen Funken Interesse zu entdecken, aber Alex schien seine Anwesenheit kaum zu registrieren. Zum Glück nahm Ivan das offenbar nicht persönlich. Er strahlte in die Runde und hakte dann seinen Arm bei Lorrie unter.

»Lorrie, darf ich dich mal kurz entführen? Es gibt etwas Wichtiges zu besprechen.«

Er zog sie in Richtung der Plattform, die über den Fluss hinausragte. Sie hatte ein schlechtes Gewissen, weil sie Alex in dieser verwirrenden Konstellation allein ließ, und warf ihr noch einen entschuldigenden Blick zu. Alex sah mit ärgerlichem Gesichtsausdruck zurück, machte aber keine Anstalten, ihnen zu folgen.

Als sie außer Sichtweite der Veranstaltung waren, setzte sich Ivan auf eine Bank und zückte einen Joint.

»Was wir besprechen müssen«, sagte er, »ist high zu werden.«

»Ähm, ich glaube, das ist ein Nichtraucherbereich, Ivan.«

»Was redest du da? Wir sind draußen, niemand kann uns sehen.«

»Und außerdem, bist du nicht eh schon drauf?«

»Gut beobachtet, Lorrie. Aber weil ich ein ebenso guter Beobachter bin, kann ich sehen, dass du hoffnungslos *mies* drauf bist. Also warum nimmst du nicht einen Zug? Vielleicht heitert dich das ja auf.« Er zündete den Joint an, inhalierte tief und bot ihn ihr an. Sie sah ihn eine Sekunde lang an, dann schüttelte sie den Kopf.

»Das ist eine furchtbare Idee«, sagte sie.

»Eine verdammt gute, meinst du wohl.«

»Tu ich das? Okay. Na ja. Vielleicht schon. Aber kiffen werde ich trotzdem nicht.«

»Deine Freundin Alex schien ja nicht besonders auf mich zu stehen.«

Lorrie verzog das Gesicht. »Sie braucht eine Weile, um mit jemandem warm zu werden. Und außerdem hat sie mir, äh, heute erzählt, dass sie momentan nicht viel Interesse am Daten hat.«

»Willst du damit sagen, ich habe den ganzen Weg hierher umsonst auf mich genommen?«

»Sorry.«

»Vielleicht überlegt sie es sich ja noch anders. Im richtigen Licht kann ich echt attraktiv sein.«

»Ich weiß nicht, Ivan, sie ist irgendwie …«

»Oh, oh«, unterbrach sie Ivan. Lorrie drehte den Kopf und sah Philomena und Harry um die Ecke des Gartens in ihre Richtung kommen. Es war unklar, ob sie entdeckt worden waren. Ohne nachzudenken, sprang Lorrie auf, riss Ivan den Joint aus der Hand und drückte ihn wie wild an der Lehne der Bank aus, auf der sie gesessen hatten, bevor sie ihm die immer noch schwelenden Überreste entgegenwarf. Er fing ihn geschickt auf und steckte ihn ein. Auf der Suche nach einem Fluchtweg sah sich Lorrie panisch um, aber es war sofort klar, dass es keine Möglichkeit gab, Philomena und Harry zu entkommen, außer über das Geländer des Dachgartens zu steigen, die Mauer hinabzuklettern und sich in den Fluss zu stürzen. Kurz dachte sie an die Schreie, das Drama und den Geruch des Flusswassers – und entschied sich dann dagegen.

Augen zu und durch, dachte sie.

»Tut mir leid, Ivan, aber ich muss hier weg«, sagte sie leise und machte sich rasch davon, geradewegs auf Harry und Philomena zu. Letztere klappte den Mund auf, aber Lorrie nickte ihr nur kurz zu und ging weiter, als hätte sie etwas äußerst Wichtiges zu erledigen.

»Tut mir leid, Phil«, rief sie über ihre Schulter. »Muss nur schnell zur Toilette. Dringende Geschäfte, wenn du verstehst, was ich meine. Wir reden später, okay?«

Sie ging weiter, zurück zum Veranstaltungsbereich. Philomena rief ihr hinterher, aber Lorrie konnte nicht hören, was sie sagte.

Als sie sich der Bar näherte, hielt Lorrie nach Alex Ausschau. Keine Spur von ihr und auch nicht von Ruben – aber sie entdeckte Rubens Frau auf der anderen Seite des Gartens. Sie sah glamourös und europäisch und ein bisschen verärgert aus. Lorrie guckte auf ihr Handy. Noch eine halbe Stunde bis zu ihrer Rede. Auf einmal hatte sie Riesenhunger. Ja, das war das Problem: Sie hatte den ganzen Tag nichts gegessen. Bestimmt würde sie Philomena und Harry gegenübertreten können, wenn sie nur etwas im Bauch hätte. Und noch ein Gläschen würde sicher auch nicht schaden.

Alex hatte feststellen müssen, dass sie keinem der beiden in die Augen sehen konnte, als sie mit Zoe und Ruben allein zurückgeblieben war. Zoe übte eine Art Anziehungskraft auf sämtliche Zellen ihres Körpers aus. Sie hatte das dringende Bedürfnis, mit ihr allein zu sein, sie wieder zu berühren, mit ihr darüber zu reden, was heute geschehen war, was morgen und übermorgen und an allen Tagen danach geschehen würde, bis eine von ihnen oder beide tot waren.

Sie wagte es, ihr das Gesicht zuzuwenden.

»Zoe, ich frage mich, ob du und ich …«

»Weißt du was, ich könnte doch eine kleine *promenade* durch den Garten machen«, sagte Zoe unbekümmert und wandte den

Blick von Alex ab. »Ich muss mir die ganzen hübschen Pflanzen ansehen, die Sebastian bezahlt hat. Wir drei sehen uns später, okay?«

Sie gab Ruben ein Küsschen auf die Wange und ging davon – ihre langen Beine trugen sie rasch über das Dach. Ruben und Alex sahen ihr hinterher. *Was war das denn bitte?*, dachte Alex.

Mit undurchdringlicher Miene drehte Ruben sich zu ihr. Ihr war das unangenehm, und sie rieb sich die Hände.

»Das war schräg, das mit Lorrie gerade«, sagte sie.

Er zuckte die Schultern. »Ja, irgendwie schon.«

»Vielleicht solltest du – vielleicht ist das eine gute Gelegenheit, dich bei ihr dafür zu entschuldigen, wie du sie damals behandelt hast.«

Ruben sah sie lange an. »Willst du mich verarschen, Alex?«, sagte er mit einer Pause nach jedem Wort.

»Ich meine, du hast doch selbst gesagt, du fühlst dich schlecht deswegen, wie du ihr gegenüber warst …«

Er stieß ein gellendes Lachen aus. »Meinst du wirklich, dass ausgerechnet *du* mir deswegen ins Gewissen reden solltest, Alex? Ausgerechnet heute?«

Kleinlaut biss Alex sich auf die Lippe. »Okay. Du hast recht. Ich halt die Klappe.«

Einen Moment lang schwieg er. »Eigentlich wäre doch jetzt ein ganz guter Zeitpunkt für ein Gespräch.«

»Ein Gespräch?«

»Über meine Frau.«

»Über Zoe? Jetzt? Ich meine … ja, klar können wir reden … aber ich weiß nicht, ob jetzt der richtige Zeitpunkt ist. Ich muss vor der Ansprache noch die Kamera aufstellen.«

»Dauert nicht lange.«

»Na dann. Okay.«

Ruben fasste sie am Ellbogen und führte sie von der Menge weg ans Geländer. Lorrie war nirgends zu sehen. In der Ferne entdeckte sie Zoe, die offenbar auf der anderen Seite des Dachs die Silbereichen begutachtete.

Ruben stützte die Hände auf der Kante der durchsichtigen Plexiglasscheibe ab, die nach innen geneigt und hoch war – vermutlich, um opportunistische Nihilisten abzuschrecken, die andernfalls auf die Idee kommen könnten, darüberzuklettern und sich in den Fluss zu stürzen. Alex stand neben ihm, spähte über den Rand und sah auf das Wasser hinunter, in dem sich die Lichter der umliegenden Stadt spiegelten.

»Du hast also mit meiner Frau geschlafen«, sagte Ruben.

Natürlich war Alex klar gewesen, dass sie wohl oder übel mit Ruben über das sprechen musste, was zwischen ihr und Zoe vorgefallen war, dass es vermutlich in irgendeiner Form ein Gespräch darüber geben musste, was sie getan hatten und wie sie alle drei damit umgehen würden – aber sie fühlte sich dennoch schrecklich unvorbereitet auf diese Unterhaltung. Nachdem Zoe gegangen war, hatte sie darüber nachzudenken versucht, was sie Ruben sagen könnte, aber es war so schwer, die richtigen Worte zu finden, solange sie noch keine Gelegenheit gehabt hatte, mit Zoe über ihre Gefühle zu sprechen und darüber, was sich da genau zwischen ihnen abspielte.

Sie machte ein knappes zustimmendes Geräusch, sagte aber nichts weiter.

»Zoe hat mir von heute Nachmittag erzählt.«

Seine Stimme war ruhig. Alex erlaubte sich, einen Blick in sein Gesicht zu werfen, aber es zeigte keine erkennbare Emotion. Er sah hinauf in den Himmel über dem Dach.

»Okay. Nun ja. Es ist noch sehr frisch«, sagte Alex. Sie unterbrach sich. »Ich bin mir nicht sicher, was ich im Moment dazu sagen kann.«

»Ich möchte nicht, dass du was sagst.«

»Klar. Okay.«

»Genau genommen will ich dir was sagen.«

»Ach?«

»Ich will dir sagen, dass du nicht – dass du nichts *Besonderes* für sie bist. Du bist nicht die Erste. Und du wirst nicht die Letzte sein.«

Alex wurde schwindlig. Zoe hatte das schon mal gemacht? Das hatte sie nicht gewusst.

»Außerdem solltest du wissen, dass ich ihr gesagt habe, es wäre in Ordnung, aber eigentlich ist es das nicht.«

Er lehnte sich an die Plexiglaswand. Sie war so neu, so vollkommen durchsichtig, dass der Eindruck entstand, er lehne an nichts als Luft.

»Was – was soll das heißen?«, fragte Alex und versuchte, nicht gar so nervös zu klingen, wie sie sich fühlte.

»Sie hat mir erzählt, dass du sie neulich Abend, als ihr zusammen unterwegs wart, angegraben hast – und heute Morgen hat sie mir gesagt, dass sie eine Weile darüber nachgedacht hat und ›diese Verbindung weiter erforschen‹ möchte. Und – wie sie dir wahrscheinlich erzählt hat – habe ich ihr gesagt, dass sie das tun kann, sie hat meine Erlaubnis bekommen.« Er trat einen Schritt zurück, drehte sich zu ihr und verschränkte die Arme vor der Brust. »Aber ich möchte, dass du verstehst, dass ich nur zugestimmt habe, weil ich im Grunde keine andere Wahl habe.«

Auf einmal fühlte sich Alex' Mund trocken an. Sie schwieg und wartete darauf, dass er fortfuhr.

»Sie glaubt, dass sie das tun muss, andere Leute vögeln, damit wir irgendwann quitt sind.«

»Verstehe«, sagte Alex mit dünner Stimme.

Langsam atmete Ruben aus.

»Das ist schon … schon lange ein Problem zwischen uns. Seit sie von meiner Vergangenheit erfahren hat, von den ganzen Frauen, mit denen ich vor ihr zusammen war – und, ja, okay, auch von ein paar Frauen, während wir zusammen waren. Obwohl ich das inzwischen alles hinter mir gelassen habe, denkt Zoe, dass es aus Gründen der *Gleichberechtigung* notwendig ist, sich … in verschiedenen Formen ausleben zu dürfen. Mit verschiedenen … Leuten.« Er drehte den Kopf und sah Alex eindringlich an. »Und weil ich sie liebe, lasse ich sie das so verarbeiten, wie sie es nötig hat, damit sie letztendlich zu mir zurückkehren kann.«

»Ruben, ich weiß nicht, ob ich das alles wissen muss«, sagte Alex leise und sah hinaus aufs Wasser. Sie spürte ein neues, ungewohntes Gefühl, unendlich tief in ihrem Inneren, als hätte Ruben ihre Brust durchstoßen und würde nun ihr Herz in der bloßen Hand halten.

»Wir haben Regeln. Sie muss mich zuerst fragen. Mir war klar, dass sie mich auf dich ansprechen würde – das wusste ich sofort, als du damals zum Abendessen bei uns warst. Ich merke immer, wenn sie so auf jemanden reagiert.«

Rubens Stimme war ruhig, aber das kostete ihn offenbar einiges an Kraft.

»Als wir Iris bekamen, dachte ich, das würde sich legen. Aber offenbar hat sich nichts geändert, was? Sie sucht immer noch … nach Erfahrungen … bei anderen.« Beim Sprechen ließ er Alex nicht aus den Augen, als würde er ihre Reaktion abwarten. »Die

Sache ist die: Die anderen Beteiligten – die verstehen nicht immer, was vor sich geht. Manchmal werden sie zu anhänglich, und dann wird's kompliziert. Darum wollte ich heute Abend mit dir sprechen. Ich wollte, dass du die Situation verstehst.«

Alex hielt sich am Geländer fest und versuchte, ihre Aufmerksamkeit auf das Gefühl der glatten Konturen unter ihren Fingern zu richten. Warum hatte Zoe ihr nichts davon gesagt? Warum hatte sie den ganzen Mist erzählt, von wegen sie müsse erst ihre Gedanken sortieren und sich sicher sein, dass sie *das Richtige tue*? War das alles Blödsinn gewesen? Zu dem Zeitpunkt war ihr das romantisch erschienen, aber jetzt hatte sie den Eindruck, als hätte Zoe bloß ein rätselhaftes Spiel gespielt, und Alex hatte keine Ahnung, wie die Regeln lauteten – hatte nicht einmal gemerkt, dass es ein Spiel war. Sie hatte das Bedürfnis, sich hinzulegen.

Ruben tätschelte ihr die Schulter.

»Also, Alex. Du weißt, was Sache ist. Zoe ist meine Frau. Du kannst deinen Spaß mit ihr haben, aber glaube ja nicht, dass sie jemals dir gehören wird.«

Er sah sie lange an. Alex zwang sich, den Blick zu erwidern und nicht unter Rubens prüfender Miene zusammenzubrechen. Sein Mund verzog sich zu einem schmalen, angespannten Lächeln, dann drehte er sich um und ließ sie allein zurück. Nur eine unsichtbare Glasscheibe trennte sie von der Leere hinter der Dachkante und dem unbarmherzigen Wasser des Flusses unter ihr.

Lorrie fand sich an der Bar wieder, einen Cocktail in der einen Hand und ein Gebäckteilchen in der anderen. Wie viele Gläser hatte sie schon intus? Sie fühlte sich ein bisschen wackelig auf den Beinen. Hätte sie doch nur den Joint geraucht, den Ivan ihr angeboten hatte. Sie nahm keine Drogen – jedenfalls nicht mehr. Irgendwann zwischen zwanzig und dreißig hatte sie damit aufgehört, als sie herausgefunden hatte, dass die Wirkung von Gras auf ihr Gehirn – es erfüllte es mit einer süßen, schwindelerregenden Hysterie – ihre Denkfähigkeit beeinträchtigte. Aber mal ehrlich, was hatte ihr *denken* jemals wirklich gebracht?

Mit einem großen Schluck leerte sie ihren Cocktail, gab dem Barkeeper mit einer Geste zu verstehen, ihr noch einen zu machen, und versuchte dann, sich das Gebäck am Stück in den Mund zu stopfen. Es war größer als gedacht und passte kaum hinein. Ein Kügelchen sattgrünes Pesto entfleuchte, tropfte ihr von der Unterlippe und landete mit einem einzigen Plopp auf ihrem Jumpsuit. Sie versuchte, den Fleck mit dem Handrücken wegzuwischen, als sie links neben sich eine Stimme hörte.

»Da bist du ja, Lorrie.«

Philomena und Harry hatten sich lautlos von hinten angeschlichen, und Lorrie fühlte sich in die Enge getrieben – sie saß an der Bar in der Falle. Vor diesem Gespräch gab es kein Entrinnen.

Harry hielt ihr ein Glas Wasser und eine Serviette hin. Sie nahm sie widerwillig und tupfte vergeblich auf dem grünen Fleck herum, der sich auf der linken Seite ihrer Brust wie ein öliger Pilz ausbreitete.

Philomena sah sie missbilligend an.

»Lorrie. Harry hat mir gesagt, dass du heute Abend nach wie vor eine Rede halten willst.«

»Harry hat wie immer recht«, sagte Lorrie. Auf einmal fand sie Harrys ständige Rechthaberei zum Schießen. »Ich will heute Abend unbedingt eine Rede halten.«

Philomena presste die Lippen zusammen und atmete schnaubend durch die Nase aus. Arme Phil. Sie hatte wirklich einen schweren Job. Lorrie spürte den Drang, sie zu beruhigen.

»Phil. Mach dir keinen Kopf. Ich will nur kurz was sagen, um Sebastian Glup vorzustellen. Den alten Monsieur Gluppa-Glup. Den Gluptown-Funk. Den großen Glupsby.« Sie fing an zu lachen.

»Lorrie –«, setzte Philomena an, aber Lorrie fiel ihr ins Wort.

»Ich weiß, du wolltest, dass dieser Kerl hier«, sie versetzte Harry einen kollegialen Stoß in die Rippen, »die Vorstellung übernimmt, aber das Green-Cities-Projekt ist mein Ding, weißt du? Es ist Teil meiner *Identität*, Phil!«

Philomenas Gesichtszüge wurden weicher, aber nur eine Spur. »Tut mir leid, Lorrie, ich weiß, dass du viel Arbeit reingesteckt hast. Ich kann dir versichern, dass deine Leistung *gesehen* und *geschätzt* wird. Aber unter den gegebenen Umständen halte ich es für keine gute Idee, dass du heute Abend auf die Bühne gehst. Vielleicht fällt es dir schwer, das zu verstehen, aber wenn man die Sache mit deiner Mutter bedenkt, dann bist du einfach in keiner guten Verfassung, um öffentlich zu sprechen.«

»Ich versichere dir, Phil, ich bin in absolut professioneller Verfassung.« Lorrie nahm den neuen Cocktail vom Barkeeper entgegen und hob das Glas zu einem gespielten Toast.

»Lorrie. Hör bitte auf mich. Du bist heute nicht in Bestform. Du erinnerst dich doch bestimmt, dass du auf die Nachricht von Harrys Beförderung heute Morgen ziemlich … ähm … ablehnend reagiert hast.«

Lorrie schnaubte. »Ablehnend reagiert! Der war gut, Phil. Ja, ich war heute Vormittag ein bisschen neben der Spur, da hast du ja recht – aber diese Cocktails scheinen mich wieder in Form zu bringen. Ich kann geradezu spüren, wie es mir zunehmend besser geht.«

Philomena drückte die Zeigefinger an die Schläfen und schloss die Augen. Zwischen ihren Augenbrauen bildete sich eine steile Falte, als hätte sie körperliche Schmerzen. Als sie wieder sprach, war klar, dass sie mit ihrer Geduld am Ende war.

»Hör zu, Lorrie, es tut mir leid, aber meine Entscheidung steht fest. Harry wird Glup vorstellen, nicht du.«

Lorrie sah Philomena unverwandt an. Irgendwie waren ihre ganzen Selbstgespräche am Nachmittag, der ganze Alkohol, den sie intus hatte, die ganze Mühe, die zarten Drähtchen der Bombe, die in ihr tickte, zu kappen, umsonst gewesen. Sie fand die Sache nicht mehr lustig. Green Cities war ihre Idee gewesen. Es war ihr Projekt, verdammt noch mal. Sie spürte, wie sie sich vor Wut aufblähte.

»Dann wird Harry mich«, sagte sie langsam, »vom Podium schubsen müssen.«

Harry schmunzelte nervös. Philomenas Haltung änderte sich nicht.

»Lorrie, das ist kein Witz.«

»Oh, Philomena, komm schon. Ist nicht gewissermaßen alles ein Witz? *Mich* jedenfalls hältst du offenbar für einen.«

»Das stimmt einfach nicht, Lorrie.«

Philomena sah aus, als hätte sie noch mehr zu sagen, aber das Gespräch wurde durch das Auftauchen einer massigen Gestalt unterbrochen, die sich in ihr trauriges Dreieck drängte. *Verdammt.* Es war kein Geringerer als Sebastian Glup höchstpersönlich.

Lorrie kannte Sebastian aus Online-Meetings, aber sie war ihm noch nie in echt begegnet. Er war kleiner, als sie sich vorgestellt hatte, weit unter eins achtzig, aber er nahm eine Menge Raum ein. Er hatte den korpulenten Körper und die rubinrote Nase eines Mannes mit großzügigem Weinkeller und die hervorragend gemachten

Haartransplantate eines Milliardärs. Hinter ihm standen in respektvollem Abstand ein großer Mann mit dunklem Anzug und einem Gesicht starr wie eine Schieferplatte sowie eine hochgewachsene Brünette in einem Kleid, das auf beunruhigende Weise nahezu völlig transparent wirkte. Die Frau hatte einen unrealistischen Körper, wie eine Gummipuppe. Vielleicht Glups neueste Freundin? Lorrie stellte sich die beiden kurz beim Vögeln vor.

»Ich muss doch meinem kleinen Team von Bürokraten guten Tag sagen«, verkündete Sebastian mit einem Akzent, der so breit war, dass er schon beinahe parodistisch wirkte. »Harry, Phoebe, Laura. Schön, Sie endlich persönlich kennenzulernen.« Er ging von einem zum nächsten und gab erst Harry, dann Philomena, dann Lorrie einen forschen Händedruck. Harry und Philomena sahen ein wenig aus, als hätte es ihnen vor Bewunderung die Sprache verschlagen. Lorrie hingegen fühlte sich vor Wut und von den Cocktails angestachelt.

»Eigentlich heiße ich Lorrie«, sagte sie und schüttelte Sebastian fest die Hand, sogar noch fester als er.

»Verzeihung, Darlin'«, sagte er und stieß einen wiehernden Eselslaut aus, der nach einem Lachen klang, dabei hatte niemand etwas Lustiges gesagt. Er drückte ihre Hand fester, quetschte ihre Knochen geradezu, dann ließ er los. »Ich lerne einen Haufen Leute kennen, verstehen Sie? Also ›Lorrie‹, ja? Wie ein Lkw?«

»Ja, wie ein Lkw. Und außerdem«, sagte sie und deutete auf Phil, »heißt sie *Philomena*, nicht Phoebe.«

»Lorrie, bitte, das macht doch nichts –«, setzte Philomena an.

»Phil-o-mäh-nah«, sagte Sebastian langsam, als hätte er den Namen noch nie gehört.

»Ja. Wie Phil, nur mit mehr Gemecker – mäh, wie so ein Schaf, verstehen Sie?«, sagte Lorrie und schenkte ihrer Chefin ein süßes Lächeln. Philomena funkelte sie böse an.

Sebastian wieherte wieder. »Ich glaube, Sie und ich, wir werden Freunde, Lorrie-wie-ein-Lkw. Nächstes Mal denk ich dran. Wobei, wahrscheinlich nicht. Hahaha. Aber was ist mit diesem Kerl hier, lag ich mit seinem Namen richtig?«

»Allerdings, Sir«, sagte Harry leise und neigte den Kopf, als würde er mit einem Aristokraten sprechen.

»Lustige Geschichte, ich nenne ihn eigentlich gern Schrumpf...«, begann Lorrie, wurde aber von Alex unterbrochen, die mit bleichem Gesicht neben ihr auftauchte.

»Lorrie, möchtest du mich vielleicht dem berühmten Sebastian Glup vorstellen?«

Alex blinzelte Sebastian sichtlich kokett an, aber selbst durch den Dunst, der ihr das Gehirn vernebelte, konnte Lorrie sehen, dass irgendwas nicht stimmte – Alex lächelte, doch ihre Gesichtsmuskeln waren deutlich angespannt. Lorrie griff nach Alex' Hand.

»Oh, klar. Berühmter Sebastian Glup, das ist meine hinreißende Freundin Alexandra Black. Sie ist hier, um die Veranstaltung heute Abend zu filmen.«

Sebastian wirkte tatsächlich erfreut, Alex kennenzulernen, so wie es die meisten waren. Alex' Schönheit rief bei vielen Menschen eine seltsame Reaktion hervor, eine Art Respekt, als würden die schlanken Gliedmaßen und perfekt definierten Wangenknochen ihr den Status eines kleineren Stars verleihen.

»Mr Glup, freut mich, Sie kennenzulernen«, sagte Alex. »Ich bin schon gespannt auf Ihre Rede. Wenn Sie Zeit haben, würde ich Ihnen gern kurz ein paar Fragen zu den Gärten stellen und vielleicht auch zu den Investitionen von Glup Developments in …«

Sebastians Gesicht wurde kalt, seine Freude über Alex' Erscheinung verpuffte ebenso schnell, wie sie gekommen war. Er hob einen Finger, um sie zum Schweigen zu bringen, und drehte sich dann zu der Frau hinter ihm um.

»Jane, stand das auf der Liste?«

Die Transparentes-Kleid-Frau schüttelte den Kopf. »Sicher nicht.«

Lorrie begriff, dass es sich bei Jane nicht um seine Freundin, sondern um eine Assistentin handelte. Sie hatten schon oft miteinander telefoniert, aber sie waren sich nie persönlich begegnet. Sie sprach in einem steifen, teuren Akzent, und Lorrie hatte sie sich immer älter vorgestellt, als den Schlag Frau, die echte Perlen und Kaschmirstrickjacken trug. Diese riesige Frau, die auf die Art heiß war, wie man sie aus Pornos kannte, war ganz und gar nicht das, womit sie gerechnet hatte.

»Dann tut es mir leid, Kleines«, sagte Sebastian zu Alex. »Keine Interviews ohne ein Okay von Jane.«

Alex machte ein langes Gesicht, als hätte sie gerade schreckliche Neuigkeiten über ein geliebtes Haustier erhalten. Lorrie kam der Gedanke, dass vielleicht mehr von diesem Interview mit Sebastian abhing, als ihr bewusst war. Vielleicht sollte sie eingreifen.

»Komm schon, Basti. Wäre das nicht gute PR?«, sagte Lorrie mit einem, wie sie dachte, sanften, verschwörerischen Stoß in die Rippen, schätzte aber den Abstand falsch ein, und ihr Ellbogen traf ihn hart und spitz unter dem Brustkorb, wodurch ihm die Luft wegblieb. Er gab ein Quieken von sich und taumelte rückwärts.

»O Gott«, sagte Lorrie und legte die Hände an die Wangen. »Tut mir leid. Hab meine Kraft unterschätzt! Vielleicht hatte ich einen zu viel von diesen, äh, grünen Cocktails, was auch immer das sein mag.«

»Die heißen Grasshopper, Sie Intelligenzbestie«, murmelte er und machte sich davon. »Ich werde mit meinen Leuten reden.«

Als Glup gegangen war, musste Alex sich eingestehen, dass sie nicht eine Minute Small Talk mit Lorries Kollegen ertragen würde. Lorries Chefin sah sie mit eiserner Miene an, als wüsste sie nicht, wie Alex in den Ablauf des Abends passte, und als rechnete sie damit, dass sie Ärger machen würde. Alex schenkte Philomena ein halbherziges Lächeln und wandte sich an Lorrie.

»Lorrie, ich geh nur schnell meine Kamera aufbauen.«

»Natürlich!«, sagte Lorrie strahlend. »Ich komme mit und helfe dir.«

»Das ist nicht nötig …«

»Phil, Harry. Wir sehen uns später.« Lorrie winkte ihrer Chefin theatralisch zu, wobei sie beinahe das Gleichgewicht verlor. Alex griff nach ihrem Arm, um sie zu stützen, und führte sie an den Rand des Sitzbereichs vor der Bühne. Lorrie ließ sich auf einen Stuhl fallen und legte den Kopf in den Nacken, um in den Himmel zu gucken; Alex kniete sich neben sie und begann, ihre Kameratasche auszupacken, in dem unangenehmen Bewusstsein, dass sich Zoe und Ruben irgendwo in der Menschenmenge befanden, die sich allmählich um die Bühne versammelte. Sie sah zu Lorrie.

»Was ist los mit dir? Bist du high?«

»Schön wär's«, sagte Lorrie. »Aber nein. Ich glaube, ich bin nur ein bisschen angetrunken. Und vielleicht auch ein bisschen neben der Spur.«

Alex schüttelte den Kopf. Diese Seite von Lorrie hatte sie schon lange nicht mehr gesehen, und an jedem anderen Abend hätte sie sich wahrscheinlich gefreut, dass sie sich ein wenig locker machte.

»Du bringst dich echt noch in Schwierigkeiten mit deiner Chefin«, sagte sie.

»Wahrscheinlich hast du recht.« Lorrie seufzte und starrte immer noch in den Himmel. »Die Sache ist die: Im Moment fällt es mir echt schwer, mir das nicht einfach am Arsch vorbeigehen zu lassen.«

Es entstand eine Pause. Dann richtete Lorrie sich auf und sah zu Alex. »Ehrlich gesagt wirkst du auch ein bisschen neben der Spur, Alex.«

»Was? Mir geht's gut«, sagte Alex. Sie wünschte, Lorrie würde verschwinden. Nach dem Wortwechsel mit Ruben brauchte sie Zeit zum Durchatmen und um sich den nächsten Schritt zu überlegen.

»So siehst du aber nicht aus. Vorhin mit Ruben und seiner Frau hast du dich echt komisch benommen. Du konntest ihn nicht mal ansehen.«

Alex legte die Kamera weg und stand auf.

Lorrie fuhr fort. »Ich meine, ich weiß, er war ziemlich scheiße zu mir, als wir zusammen waren – nicht, dass wir jemals zusammen waren, also nicht, wenn du Ruben fragst, aber du weißt, was ich meine –, jedenfalls war er damals ein mieses Arschloch. Quasi der denkbar schlimmste Mensch, in den man sich verlieben kann. Weißt du noch, wie er war? Wenn eine Frau auch nur zufällig einen Blick in seine Richtung geworfen hat, ist sein Schwanz direkt aus der Hose gehüpft.« Lorrie unterbrach sich, als hätte sie kurz vergessen, worauf sie hinauswollte, dann quasselte sie weiter. »Wie auch immer, der Punkt ist jedenfalls, dass du wegen mir nicht sauer auf ihn sein musst. Ist doch alles zwanzig Jahre her. Ich bin darüber hinweg. Schnee von gestern, Baby!«

Alex spürte Ärger unter ihrem Schlüsselbein aufkeimen. Sie verschränkte die Arme vor der Brust.

»Weißt du, es dreht sich nicht alles um dich, Lorrie.«

»Na ja, nein, aber *in diesem Fall* schon, oder?«

»Ehrlich gesagt, nein. Tut es nicht. Das hat nichts mit dir zu tun.«

Ein Schleier der Verwirrung legte sich über Lorries Gesicht.

»Was … worum geht's denn dann?«

Drauf geschissen. Warum sollte sie lügen?

»Ich habe mit Zoe geschlafen«, sagte Alex lauter als beabsichtigt.

Lorrie sah sie ausdruckslos an.

»Zoe …?«

»Rubens Frau.«

»*Was?* Alex! Wie … Ich meine, ich dachte, ihr habt euch gerade erst kennengelernt?«

»Das ist eine lange Geschichte, aber vor einer Weile bin ich Ruben über den Weg gelaufen …«

»Du bist Ruben über den Weg gelaufen?«

»… und er hat mich ihr vorgestellt, und dann … dann hat sich das einfach so entwickelt.«

»Wow, Alex. Wow. Ich dachte, so was würdest du nicht mehr machen.«

Alex atmete tief ein und verkniff sich eine Reaktion. Es war so frustrierend, wenn Lorrie sich in Situationen wie dieser mal wieder schlagartig zum Moralapostel aufschwang. Mit Grauzonen und Kompromissen konnte Lorrie nicht umgehen – jedenfalls nicht, wenn es um Bettgeschichten ging. Für sie war alles schwarz oder weiß – entweder jemand benahm sich perfekt oder unverzeihlich. Anscheinend war sie von Natur aus unfähig, das sich wandelnde, kaleidoskopische Wesen des menschlichen Verlangens zu erfassen. Alex vermutete, das hing damit zusammen, dass Lorrie schon immer auf geradezu anstrengende Weise gut gewesen war. All die Jahre mit ein und demselben Mann zu schlafen und andere anscheinend nicht einmal anzusehen. Sie geriet nie in Schwierigkeiten, sie brachte sich nie in irgendwelche *heiklen Situationen*. Sie war zu sehr damit beschäftigt, ihre Arbeit zu machen, ihre Kinder zu lieben, ihr sündenfreies, risikofreies, sensationsfreies Leben zu leben.

»Ich hatte so was ja auch nicht mehr gemacht«, sagte Alex schließlich und bemühte sich um einen ruhigen Tonfall. »Aber mit Zoe ist das was anderes. Es ist anders als alles, was ich bisher erlebt habe.«

»Na ja, du hast doch früher schon mit verheirateten Leuten geschlafen, Alex.«

»Nein. Das hier ist nicht das Gleiche. Ich habe mich noch nie so … überwältigt gefühlt. Sie ist wirklich … ich *will* sie wirklich. Ich habe noch nie jemanden so gewollt wie sie. Und der Grund, warum ich ein bisschen *neben der Spur* wirke, wie du dich ausgedrückt hast, ist, dass sie vorher gesagt hat, Ruben wäre mit ihr und mir einverstanden, dass er einer offenen Beziehung zugestimmt hätte –«

»Ha, natürlich hat er das!«

»– aber vorhin habe ich mich mit Ruben unterhalten, und wie sich herausgestellt hat, ist er *nicht* damit einverstanden. Er findet sich nur damit ab, damit sie ihn nicht verlässt.«

»Oh. Ooooh.«

»Ja. Bei dem Gedanken wird mir ganz schlecht.«

»Das klingt ziemlich verkorkst.«

»Am schlimmsten ist, dass Ruben offenbar denkt, dass ich ihr egal bin, dass ich bloß eine Requisite in dem Psychodrama bin, das sich zwischen den beiden abspielt. Und das ist beschissen, weil ich ihr so gern was bedeuten würde. Ich dachte, ich wäre ihr wichtig.«

Lorrie sah verwirrt aus, als könnte sie Alex nicht ganz folgen.

»Ich fasse es nicht, dass du mit Rubens Frau geschlafen hast. Ich meine, gut, das Konzept der persönlichen Freiheit hat ihm wohl schon immer zugesagt. Vielleicht rächt sich jetzt einfach sein Verhalten von früher. War ja zu erwarten, dass das irgendwann ein Nachspiel hat. Oder ein Vorspiel, also seine Frau, mit anderen.« Sie fing an zu lachen. »Was für eine verdammte Seifenoper.«

Alex wandte sich ab. Sie konnte ihren Ärger nicht verbergen. Das Gespräch fortzusetzen, brachte nichts.

»Egal, Lorrie, vergiss es einfach. Ich muss meine Ausrüstung aufbauen.«

»Sorry, Alex, aber du schläfst mit der Frau von meinem Ex! Und er gibt nur widerwillig sein Einverständnis! Du musst zugeben, das ist schon ein ziemlich lustiges Szenario.«

»Wir unterhalten uns später, ja?«

»O Mann, tut mir leid, Alex, ich wollte dich nicht verärgern – ich bin nur … ich bin ein bisschen beschwipst, weißt du, und heute war ein echt schräger Tag. Ich lass dich in Ruhe, okay? Aber ich will auf jeden Fall mehr darüber hören. Nach den Ansprachen können wir uns unterhalten.«

Immer noch kichernd machte sich Lorrie davon. Alex baute ihre Kamera fertig auf, dann setzte sie sich ans Ende einer Reihe, um dem Jazz-Trio zuzusehen. Allmählich schwand der Ärger über Lorrie aus ihrem Körper und hinterließ eine unangenehme Lücke, in die eine völlig andere Art des Unglücklichseins rutschte. Sie versuchte, sich auf die Band zu konzentrieren, ließ sich von der Musik einlullen und beschwor sie, das metallische Quietschen zu unterdrücken, das von irgendwo um ihr Herz herum kam. Sie musste sich zusammenreißen, sich in Erinnerung rufen, wer sie war – oder besser gesagt, wer sie nicht war. Sie war nie jemand gewesen, sie *würde* nie jemand sein, der sich von Liebesdingen kaputtmachen ließ.

Sie musste mit Zoe reden. Sie drehte sich um und inspizierte die Menge, um zu sehen, ob sie in all dem tristen Businessdress irgendwo ihr schimmerndes Kleid entdeckte, aber da war keine Spur von ihr. Stattdessen sah sie Dana, die mit einem Getränketablett in der Hand über den Asphalt auf sie zuschwebte. Sie trug das schlichte schwarze Outfit einer Kellnerin, was, so vermutete Alex, als Verkleidung gedacht war – aber keine besonders effektive. Ihre Haare, die sie vor Kurzem knallpink gefärbt hatte, waren oben auf dem Kopf zu einem unordentlichen Knäuel aufgetürmt. Ihre Lippen waren violett, ihr Eyeliner ein dicker Strich. Unauffällig sah anders aus.

»Ein Gläschen, Madam?«

»Gerade ist schlecht, Dana.«

»Gefällt dir mein Outfit? Ich bin undercover.«

»In der Gastro hätte ich dich nicht erwartet.«

Dana grinste. »Ja, ne? Ich arbeite voll für den Big Boss. Fühlt sich ein bisschen schmutzig an. Irgendwie steh ich drauf.«

»Also erzählst du mir jetzt endlich, was ihr heute Abend vorhabt?«

Dana schüttelte den Kopf. »Magst du keine Überraschungen?«

»Es wäre hilfreich, zu wissen, was ich filmen soll. Ich verrate dich schon nicht. Du kannst mir vertrauen.«

»Alex, Babe, chill. Es ist besser für dich, wenn du nicht weißt, was los ist. Es geht nicht nur darum, dass ich nicht will, dass du deiner Freundin davon erzählst – sondern es ist auch zu deinem Besten. Damit du nicht mit hineingezogen wirst.«

Das hörte sich aber gar nicht gut an. In was sollte Alex nicht *hineingezogen* werden? Hatte Dana etwa vor, ein echtes Verbrechen zu begehen?

»Es ist nur so, du weißt schon, meine Freundin Lorrie, ich habe gerade erfahren, dass sie eine Rede halten wird. Sie wird Glup vorstellen. Und ich würde nicht wollen – ich will nicht, dass sie blamiert wird.«

»Deiner Freundin passiert nichts«, sagte Dana abwinkend, dann kicherte sie geheimnisvoll. »Glup hingegen …«

»Komm schon, Dana. Würdest du mir bitte einfach sagen, was ihr vorhabt?«

»Siehst du dann schon. Sorg nur dafür, dass du deine Kamera auf Glup richtest. Die Show willst du nicht verpassen.«

Dana zwinkerte ihr zu und schwebte dann mit ihrem Tablett zu einer Gruppe von Männern mittleren Alters in einheitlichen anthrazitfarbenen Anzügen, die sie mit nacktem Verlangen begafften. Alex widmete ihre Aufmerksamkeit wieder dem Jazz-Ensemble, das gerade eine flotte Version von »Moon River« spielte. Sie hatte kein gutes Gefühl bei dem, was Dana gerade gesagt hatte. Sie hatte kein gutes Gefühl bei allem, was an diesem Tag bislang passiert war.

Sie bemerkte zunächst nicht, dass sich jemand in die Reihe hinter ihr gesetzt hatte.

»Schön siehst du heute Abend aus, Alex.«

Es war Zoes Stimme an ihrem Ohr. Alex rührte sich nicht.

»Nur ein wenig müde. Du hattest wohl einen anstrengenden Tag, nehme ich an?«

Alex faltete die Hände im Schoß, drehte aber nicht den Kopf. Sie beobachtete den Kontrabassisten auf der Bühne, der, während er an seinem Instrument herumzupfte, fast schon sexuelle Grimassen zog.

»Was ist los, Alex? Redest du nicht mit mir?«

»Danke, dass du mich vorhin mit deinem Mann allein gelassen hast, Zoe. Das war wirklich sehr aufmerksam von dir.«

Schweigen. Als Zoe endlich wieder etwas sagte, klang ihre Stimme ernst.

»Alex, ich habe dich doch gewarnt, dass er heute Abend ein bisschen komisch drauf sein könnte. Natürlich sagt er, dass ihn das mit uns nicht stört – aber als ich ihm erzählt habe, was passiert ist, da war er … er war ein klein wenig sauer, glaube ich.«

»Was du nicht sagst.«

»Ich habe dich doch gewarnt – ich habe gesagt, dass du heute Abend lieber nicht kommen solltest.«

Alex wandte den Kopf, um Zoes Blick zu erwidern. Zoe sollte sehen, dass sie unglücklich war und das nicht einfach abschütteln konnte.

»Ruben hat mir erzählt, dass ich nicht die Erste bin, mit der du das machst«, sagte sie.

Zoe hob die Augenbrauen leicht an – sie wirkte amüsiert.

»Hat er das, ja? Tja. Ich weiß nicht genau, was du von mir hören willst. Aber es stimmt. Ich gebe es zu. Ich bin keine Jungfrau.«

»Ich habe den Eindruck, dass du mir gegenüber nicht ganz ehrlich warst, Zoe. Ich habe das Gefühl, dass du mich … ich weiß auch nicht … manipuliert hast.«

Zoe seufzte. »Alex, komm schon.«

Alex wandte den Blick wieder ab.

»Ich verstehe einfach nicht, was zwischen dir und Ruben abgeht. Das zwischen uns scheint ihm so gar nicht zu passen. Ich meine, die ganze Situation ist schon ziemlich schräg.«

Dass Zoe mit den Schultern zuckte, spürte sie eher, als dass sie es sah.

»Ehen sind fast immer ›eine schräge Situation‹, wie du sagst.«

Zoe legte Alex die Hand in den Nacken und rieb ihr leicht mit dem Daumen über die Wölbung der Wirbelsäule. Es war ärgerlich, wie gut sich das anfühlte. Selbst in ihrer Wut konnte Alex nicht leugnen, dass Zoe mit ihrer Berührung in der Lage war, einen gewissen Nervenkitzel auf ihren Körper auszuüben.

»Tut mir leid, dass ich dir nicht gesagt habe, dass ich außerhalb meiner Ehe auch mit anderen Menschen zusammen war. Eigentlich wollte ich dir erzählen, wie es zwischen Ruben und mir steht, damit du die Situation ein bisschen besser verstehst. Aber dann habe ich dich heute gesehen, und ich fürchte, ich ... ich war abgelenkt. Diese Wirkung hast du nämlich auf mich. Sobald ich in deiner Nähe bin, denke ich nicht mehr an Ruben und unsere Probleme. Dann kann ich nur noch an dich denken.«

Gott, wie sehr wünschte sich Alex, dass das die Wahrheit war.

Noch immer lag Zoes Hand in Alex' Nacken, noch immer schickte ihr Daumen Stromstöße durch Alex' Nervensystem.

Aber es war nicht die Wahrheit, konnte nicht die Wahrheit sein. Oder doch?

Alex überlegte, den Kopf zu drehen, Zoes Finger zu nehmen und sie an die Lippen zu drücken, da zog Zoe die Hand weg.

»Na jedenfalls«, sagte Zoe. »Vor ein paar Stunden hast du nicht besonders interessiert daran gewirkt, über meinen Mann zu sprechen.«

Alex stieß einen Laut aus, der irgendwo zwischen Lachen und Knurren lag.

»Hör zu, ich will nicht, dass du sauer bist, Alex. Ich empfinde wirklich was für dich. Aber im Moment ist eine Menge los, und das zwischen dir und mir ist nur ein Teil davon. Ich war heute bei dir, weil dieses Gefühl zwischen uns, du weißt schon, rausmusste. Ich glaube, wir wollten beide, dass es passiert. Aber die Sache ist die – nach heute Abend, als ich dich und Ruben zusammen gesehen habe … Ich denke, dass alles ein bisschen, wie sagt man, heftig wird? Vielleicht wäre es besser, wenn wir es langsamer angehen, vielleicht bis sich die Wogen geglättet haben.«

Alex wirbelte herum und sah Zoe direkt an. »Zoe, nein. Das will ich nicht.«

Zoe stand auf. Sie streckte die Hand aus und berührte Alex mit den Spitzen ihrer schlanken Finger an der Wange.

»*À bientôt*, Alex. Ich ruf dich an.«

Und dann schritt sie davon.

Alex sackte auf ihrem Stuhl zusammen und versuchte, sich zu sammeln. Sie legte eine Hand an die Wange, wo Zoe sie berührt hatte. *Verdammt.* Das war unerträglich. Sie verkraftete das nicht. Sie musste dieses Gespräch noch einmal führen, richtig mit Zoe reden, um – zumindest einmal in ihrem beschissenen Leben – ehrlich zu sagen, was sie wollte. Und zwar, dass Zoe zugab, dass das zwischen ihnen echt war und mit einer lebendigen, lodernden Energie brannte, die niemand zügeln konnte – nicht Ruben mit seiner herablassenden Haltung und auch nicht Zoe, egal wie sehr sie versuchte, was heute vorgefallen war, einfach als *Gefühl* darzustellen, das *rausmusste.*

Sie drehte sich um, um nachzusehen, ob Zoe noch in Sichtweite war, ob sie sie vielleicht zurückrufen konnte – aber es war zu spät. Die Menge hatte sie verschluckt.

Lorrie wusste nicht, was zur Hölle mit Alex, Ruben und Rubens Frau abging. Nichts davon ergab ihrer Meinung nach Sinn. Erst hatte sie es irgendwie lustig gefunden, als Alex ihr davon erzählt hatte, aber je mehr sie darüber nachdachte, desto mehr bekam sie ein flaues Gefühl im Magen, das sie daran erinnerte, wie es ihr damals mit neunzehn fast immer ging, als Ruben ihr ständig sagte, sie sei der wichtigste Mensch in seinem Leben, meist kurz bevor er loszog, um eine andere zu vögeln.

Da stand er jetzt, gegenüber in der Menge, nippte an einem Cocktail und sah auf eine Weise extrem gut aus, die nicht mehr auch nur im Entferntesten anziehend auf sie wirkte. Kurz stellte sie sich vor, was für ein schreckliches Leben sie beide hätten führen können, hätte sie nicht vor all den Jahren ein für alle Mal den Stecker gezogen. Sie hätte seine verlässliche, unkomplizierte Gespielin bleiben können, die für die Momente lebte, in denen sein göttlicher Blick zufällig mal auf sie fiel, die sich seine Sorgen anhörte und die ihm einen Hafen bot, an dem er anlegen konnte, wenn er sonst niemanden zum Abhängen hatte, und die ihm beim Aufblühen zusah, während sie langsam unter der Last ihrer unerwiderten Liebe dahinwelkte. Früher oder später hätte er angefangen, sie zu verachten, weil sie ihn so sehr brauchte, weil sie so viel mehr von ihm wollte, mehr, als er jemals von ihr wollen würde. Schlimmer noch, sie hätte angefangen, sich selbst zu verachten.

Während sie über die Chlamydien, Genitalwarzen und die Syphilis nachdachte, die sie wahrscheinlich von ihm bekommen hätte, wären sie zusammengeblieben, drehte Ruben plötzlich den Kopf zu ihr, und ihre Blicke trafen sich. *Scheiße.* Er schlenderte auf sie zu. *Scheiße, Scheiße, Scheiße.*

»Hallo noch mal«, sagte er.

»Ja, hallo.«

»Genießt du den Abend?«

Sie verzog das Gesicht. »Nicht so richtig. Ist ein komischer Tag heute.«

Er stieß einen einzelnen, bellenden Lacher aus.

»Ein *verdammt* komischer Tag. Hat dir deine Freundin Alex erzählt, was sie getrieben hat?«

Ach, verfickt noch mal. Darauf hatte Lorrie nun wirklich keine Lust. Sie hatte schon genug mit ihrem eigenen Drama zu tun, ohne in diese vermaledeite Dreiecksgeschichte hineingezogen zu werden, die Alex geschaffen hatte. Mit diesem Gefühlschaos wollte sie nichts zu tun haben. Leider sah es so aus, als würde Ruben ihr in dieser Angelegenheit keine Wahl lassen.

»Ähm. Sie hat da vielleicht was erwähnt.«

»Dass sie meine Frau gefickt hat?«

»Also … ja. Das war es, was sie erwähnt hat.«

Er antwortete nicht, sondern stand nur da und sah sie mit leerem Gesichtsausdruck an.

»Und wie ich gehört habe, hast du … gesagt, das sei in Ordnung?«

Wieder lachte Ruben, manisch diesmal, mit übertrieben weit aufgerissenem Mund, sodass Lorrie ihm bis ganz nach hinten in den Hals sehen konnte. Gott. Das war die reinste Tortur.

»Ja, klar habe ich gesagt, das sei okay. Denn ich finde es super, wenn meine Frau mit anderen ins Bett steigt. Das gibt mir so ein richtig gutes Gefühl.«

Meine Güte, dachte Lorrie. Vielleicht hatte Ruben tatsächlich einen noch schlechteren Tag als sie. Peinlich berührt wandte sie den Blick ab. Auf der anderen Seite des Dachs sah sie Alex dort, wo sie sie hatte stehen lassen, in ein Gespräch mit einer Kellnerin mit knallpinken Haaren verwickelt.

Ruben lachte immer noch, aber es klang rau und schmerzerfüllt, ohne jede Spur von Humor. Diese Version von Ruben hatte kaum noch etwas mit dem Jungen zu tun, den Lorrie gekannt hatte, dem Jungen, in den sie so über alle Maßen verliebt gewesen war. Sie fragte sich, ob sie ihn überhaupt jemals richtig geliebt hatte. Vielleicht war sie nur in die Vorstellung von einem Menschen verliebt gewesen – oder in die Vorstellung von Liebe an sich.

Sie stellte fest, dass sie Mitleid empfand für diesen abstoßenden Fremden, der da vor ihr stand. Sie drehte sich wieder zu ihm um und versuchte, sich einen klugen Rat einfallen zu lassen, um ihn aufzuheitern, aber die Cocktails hauten ordentlich rein. Ihr war, als würde ihr das Gehirn im Schädel herumschwappen.

»Ich finde das sehr, äh, kosmopolitisch von dir«, sagte sie zögernd. »Ich meine, auch wenn es … na ja, aus deiner Sicht nicht gerade ein *ideales* Arrangement ist, nehme ich mal an, der Silberstreif am Horizont ist, dass du auch eine gewisse, äh, Flexibilität hast? Funktioniert das so? Wenn ich mich recht erinnere, hast du früher die Freiheit, ähm, deine Möglichkeiten auszuloten, immer sehr genossen.«

Er hörte auf zu lachen und sah sie mit mahlendem Kiefer an.

»Du denkst, ich habe das verdient«, sagte er.

»Gott, nein – nein, ich meine nur, dass du früher, als wir, ähm, zusammen rumgehangen haben, immer davon gesprochen hast, wie wichtig Freiheit in einer Beziehung ist.«

»Ja, okay, ich war echt ein Arschloch.«

»Das wollte ich nicht …«

»Hat Alex dir erzählt, dass sie mich auch gevögelt hat?«

Lorrie blinzelte mehrmals, unsicher, ob sie ihn richtig verstanden hatte.

»Du … was?«

»Damals, mit neunzehn. Ungefähr zu der Zeit, als mit uns beiden Schluss war, um genau zu sein. Eines Abends ist sie in die Bar gekommen und hat sich richtig an mich rangeschmissen. Sie war ein ziemlich guter Fick, wenn ich mich recht erinnere. Ich kann verstehen, was meine Frau an ihr findet.«

Lorrie spürte ein schwindelerregendes Rauschen, als würde sie mit rasender Geschwindigkeit durch die Luft stürzen. Sie taumelte einen Schritt zurück. Er drehte sich ganz zu ihr um und betrachtete sie aufmerksam, als wollte er die volle Wirkung seiner Worte sehen.

»Sie hat mich gebeten, dir nichts davon zu erzählen. Aber sieht ganz so aus, als interessiert es mich nicht mehr sonderlich, was Alex will.«

Lorrie wandte sich ab, damit sie ihn nicht ansehen musste.

»Du warst schon immer ein Arschloch, Ruben.«

Alex hatte nicht geplant, in dieser Nacht mit Ruben zu schlafen, damals, in jener grauen Vorzeit, als es noch keine Smartphones gab, iTunes gerade erst erfunden worden war und man noch Zeitungen las und live fernsah. Es war eine Zeit vor Facebook, vor Twitter, vor Tinder und YouTube und Netflix und Instagram. Es war eine Zeit vor Filtern, vor Hashtags, vor Vaping, vor Bitcoins, vor Fitbits, vor BTS und Bieber und Black Lives Matter. Es war eine Zeit, in der man sich noch anrief und CDs kaufte und den Klimawandel für eine fragliche Entwicklung in ferner Zukunft hielt, die für das heutige Leben ungefähr so relevant war wie Astralreisen oder der Fall Roms. Das war vor langer, langer Zeit.

Alex war an diesem Abend nur mit einem einzigen Ziel in die Bar gegangen – einem Ziel, das nur zu Lorries Bestem gewesen war.

Was Ruben betraf, war Lorrie endlich zur Vernunft gekommen. Endlich schien sie zu begreifen, dass er ein schwarzes Loch in Menschengestalt war, das nur dazu fähig war, anderen das Leben auszusaugen, ohne je etwas zurückzugeben. Alex verurteilte Lorrie nicht, weil sie so lange gebraucht hatte, um zu dieser Einsicht zu gelangen; Ruben hatte seinen ganzen Charme spielen lassen, und das zu einer Zeit, als fast niemand in ihrem Leben – außer Alex selbst – verstanden hatte, dass Lorrie es wert war, erobert zu werden. Alex gab Ruben nicht einmal die Schuld für das, was er Lorrie angetan hatte, nicht so richtig – er war bloß ein Junge gewesen, der mit hübschem Gesicht und scheinbar grenzenlosem Selbstvertrauen zur Welt gekommen war, eine Kombination, die in dem Alter so gut wie jeden in einen sexuellen Psychopathen verwandeln würde.

Ruben hatte in einem Irish Pub in der Nähe der Uni gearbeitet, ein Lokal mit schmuddeligem grünem Teppich und drei Billardtischen, ein beliebter Treffpunkt von Berufstrinkern und Maschinenbaustudenten. An einem Donnerstagabend gegen Ende seiner Schicht war Alex dort aufgetaucht, zwei Nächte, nachdem Lorrie ihm die Mail geschickt hatte, um mit ihm Schluss zu machen.

Sie fand ihn in einem schwarzen T-Shirt und Jeans hinter der Bar, wo er einer Betrunkenen Ende zwanzig, die sich über den Tresen zu ihm vorbeugte und auf offensiv kokette Weise eine Zigarette rauchte, einen Gin Tonic einschenkte.

Alex setzte sich ans andere Ende des Tresens und wartete darauf, dass er sie bemerkte. Als die Betrunkene aufgab und mit ihrem Getränk davonstolperte, um sich ihren Freunden anzuschließen, schlenderte Ruben zu Alex.

»Alex. Was für eine Überraschung, dich hier zu sehen.«

»Hallo, Ruben.«

»Ich hätte gedacht, dieses Etablissement wäre nicht cool genug für deine sensible Kunsthochschulseele.«

»Da hast du richtig gedacht.«

»Und doch bist du hier.«

»Und doch bin ich hier.«

Er zapfte ihr ein Bier, und als seine Schicht vorbei war, setzte er sich auf einen Drink zu ihr. Ein paar junge Männer in pastellfarbenen Rollkragenpullovern spielten auf der Jukebox einen Nickelback-Song nach dem anderen, und so zogen sich Alex und Ruben in den Innenhof zurück. Sie saßen auf Drahtstühlen um einen wackligen Holztisch, der ganz klebrig war von Bier. Zwischen ihnen stand ein schwerer Glasaschenbecher voller Zigarettenstummel anderer Leute.

»Schön, dich mal allein zu sehen, Alex«, sagte Ruben und lächelte sie an. »Ich habe den Eindruck, ich bekomme dich nie zu Gesicht, wenn Lorrie nicht dabei ist.«

Alex musterte ihn: den Schwung seiner Haare über der Stirn, den Bogen seiner Oberlippe, die spitzen Schneidezähne. Einen Augenblick lang überlegte sie, ob sie sich auf die Choreografie seines Flirtens einlassen sollte, dann schob sie den Gedanken beiseite.

»Eigentlich bin ich nur wegen Lorrie hier«, sagte sie.

»Ach?«

»Sie hat mir erzählt, sie hat dir geschrieben, dass sie sich nicht mehr mit dir treffen will.«

Einen Moment lang sah er sie an, als wollte er abschätzen, was sie hier machte, worum es bei diesem Gespräch genau ging. Er seufzte. »Ja. Ich hab sie wohl nicht mehr ganz so oft gesehen, seit ich hier arbeite. Sie scheint da zu viel reinzuinterpretieren.«

»Du hast nicht auf ihre Mail geantwortet.«

»Bist du hier, um mich dazu zu drängen, mich bei ihr zu melden? Ich bin mir nämlich nicht sicher, ob dich das was angeht, Alex.«

»Ich will dich zu gar nichts drängen. Es geht mir sonst wo vorbei, ob du ihr zurückschreibst oder nicht.«

Er runzelte die Stirn. »Warum bist du dann hier?«

»Ich bin hier, weil ich dich bitten möchte, ihren … ihren Wunsch zu respektieren.« Sie hatte sich diese Worte zurechtgelegt, bevor sie heute Abend hergekommen war. Aber jetzt, da sie sie aussprach, kamen sie ihr falsch vor: übertrieben förmlich, lächerlich. »Weißt du, es ist ihr echt schwergefallen, dir zu schreiben, dass sie dich nicht mehr in ihrem Leben haben will. Aber es ist wichtig. Du tust ihr nämlich echt nicht gut.«

Ruben sagte nichts, sondern lehnte sich zurück. Er sah aus, als wäre er sauer. Seine schwarzen, geraden Augenbrauen formten ein V über seiner Nase. Anscheinend erwartete er eine ausführlichere Erklärung, dabei fand Alex, dass die so was von auf der Hand lag.

»Wie du ihr das Gefühl gibst, dass du dir etwas aus ihr machst, obwohl du das ganz offensichtlich nicht tust – das macht sie kaputt.«

»Ich mache mir was aus ihr.«

»Aber du willst nicht ihr Freund sein.«

Er zuckte mit den Schultern. »Ich will von niemandem der Freund sein. Ich glaube eben einfach nicht, dass monogame Beziehungen in unserem Alter notwendig sind.«

»Okay, aber ich glaube nicht, dass Lorrie das so sieht. Sie liebt dich nämlich, und es tut ihr wirklich weh, wie du immer wieder in ihr Leben geschneit kommst und ihr gerade genug gibst, um sie bei der Stange zu halten, aber nicht annähernd genug, um sie glücklich zu machen.«

Ruben verschränkte die Arme.

»Es ist ja nicht so, als hätte ich keine Gefühle für sie.«

»Das ist ja das Problem, Ruben. Sie sieht, dass du etwas für sie empfindest, was auch immer das ist, und sie hofft, dass diese Gefühle die gleichen sind wie ihre für dich – sind sie aber nun mal nicht.«

Er schnaubte ungläubig. »Und woher, bitte schön, willst du das wissen, Alex?«

»Na ja, fürs Erste, wenn du für sie so empfinden würdest wie sie für dich, dann würdest du nicht ständig mit anderen Mädels in die Kiste steigen.«

Sie sah ihn eindringlich an, fixierte ihn mit ihrem Blick, und ein paar Sekunden lang hielt er ihm stand, stellte sich der Herausforderung – doch dann guckte er weg und trank einen Schluck Bier.

»Ich verstehe nicht ganz, warum du hier bist und mir das alles erzählst. Sie hätte selbst mit mir sprechen können. Sie hätte mir das selbst sagen können.«

»Hat sie doch, Ruben. In ihrer Mail.« Alex zögerte. Sie wollte nicht, dass das Gespräch in einem Streit ausartete, aber sie musste sich klar ausdrücken. »Ich mache mir Sorgen, dass du sie nicht in Ruhe lässt und sie dazu überredest, sich wieder mit dir zu treffen, weil du sie *magst* und es dir ganz gut in den Kram passt, sie um dich zu haben, auch wenn es ihr Leben ruiniert.«

Lange schwieg er und starrte zu einem Tisch mit betrunkenen Mittzwanzigern. Sein Profil sah fantastisch aus. Alex konnte verstehen, warum Lorrie auf ihn stand, konnte nachvollziehen, warum es ihr so schwergefallen war, sich von ihm zu trennen.

Während sie darauf wartete, dass er etwas sagte, dachte sie an Lorrie, die in den letzten Tagen mit von Tränen entstelltem Gesicht im gemeinsamen Wohnzimmer auf dem Sofa zusammengesunken dagesessen hatte wie ein Windsack, aus dem die Luft raus war. Plötzlich tat sich in Alex' Magen eine Grube aus Zweifeln auf. Vielleicht hätte sie heute Abend nicht herkommen sollen. Vielleicht hätte sie sich einfach raushalten sollen. Vielleicht hatte Ruben recht, und es ging Alex nichts an. Sollte Ruben Lorrie von diesem Gespräch erzählen, wäre sie stinksauer. Womöglich würde sie ihr das nie verzeihen.

Schließlich wandte Ruben ihr wieder das Gesicht zu.

»Okay, Alex. Ich werde mich an deine Bitte halten. Ich lasse Lorrie in Ruhe.«

Sie spürte ihr schlechtes Gewissen anklopfen, aber auch einen Anflug von Erleichterung.

»Aber du musst auch etwas für mich tun.«

»Ach, muss ich das?«

»Ja.« Langsam breitete sich ein Lächeln auf seinem Gesicht aus. »Du musst bleiben und noch was trinken.«

Später, als er sie küsste, in der Ecke des Biergartens, unter einer Lichterkette, dachte sie: *Ach, deshalb also weint Lorrie um ihn.* Noch später, als sie allein in seinem Schlafzimmer waren und er Stellen in ihrem Körper fand, von denen sie selbst nicht einmal gewusst hatte, dass es sie gab, dachte Alex: *Macht er das auch mit Lorrie? Läuft das so zwischen ihnen?*, und eine Traurigkeit durchzuckte sie, die ihre aufsteigende Lust dämpfte. Aber dann führte Ruben Hand und Mund wieder an eine neue Stelle, und Alex dachte nicht mehr an Lorrie. Sie dachte an überhaupt nichts mehr.

Lorrie versuchte, sich mit gleichmäßigem Tempo von Ruben zu entfernen, damit er nicht die Genugtuung bekam, zu sehen, was für eine Wirkung seine Worte auf sie gehabt hatten. Sie marschierte geradewegs zur Bar, wo sie einen weiteren grünen Cocktail exte. Das Jazz-Ensemble spielte immer noch, aber allmählich nahmen die Leute ihre Plätze vor der Bühne ein. Sie stellte fest, dass es beinahe an der Zeit war, ihre Rede zu halten. Sie musste sich zusammenreißen.

Alex hatte mit Ruben geschlafen. An diesen Satz konnte sie nicht einmal denken, ohne dass ihr rauschende Schwärze die Sicht nahm. Alex hatte mit ihm geschlafen, als Lorrie noch in ihn verliebt gewesen war, zu einer Zeit, als Lorrie und Alex zusammenwohnten und Alex ihre Abende damit verbrachte, Lorrie über die Schultern zu streicheln, während die Traurigkeit darüber, dass Ruben ständig MIT ANDEREN FRAUEN SCHLIEF, sie zerriss und ES IHR DAS VERFICKTE HERZ BRACH. Ihre innere Stimme konnte sich die Großbuchstaben nicht verkneifen.

Neunzehn Jahre waren seitdem vergangen. Neunzehn Jahre, in denen Lorrie Alex alles erzählt hatte, jede Dummheit, die sie begangen hatte, jeden lächerlichen romantischen, gesellschaftlichen und beruflichen Fehler, den sie gemacht hatte, alles, was sie sich erhoffte, alles, was sie bereute. Neunzehn Jahre, in denen Alex nicht ein Wort darüber verlor, was sie mit Ruben getan hatte.

Fuck. Fuckfuckfuckfuckfuckfuckfuck. Sie fühlte eine solche Woge der Wut, der Demütigung, dass sie nicht wusste, wie sie diese ganzen Gefühle in ihrem armen Menschenkörper behalten sollte. Sie legte die Hand an den Mund. Sie wollte kotzen.

»Du siehst aus, als müsstest du reihern.«

Ivan war neben ihr an der Bar aufgetaucht. Sie warf ihm einen Seitenblick zu. »Ivan, hallo. Ja. Muss ich tatsächlich. Sehr scharfsinnig von dir.«

»Was ist los?«

Sie ließ sich auf den Tresen fallen und stützte die Stirn auf die Arme.

»Ich kann's dir nicht erzählen. Ich habe Angst, die Worte laut auszusprechen. Es ist zu abgefuckt.«

»Klingt spannend.«

Lorrie hob den Kopf. »Ivan, hast du eigentlich den Joint noch?«

»Ja, schon. Aber meinst du, du willst wirklich –«

»Gib her.«

»Okay, gut. Aber nicht hier. Wir können nach hinten, hinters Gewächshaus.«

Der Pfad, der hinter das Gewächshaus führte, war höchstens einen Meter breit. Lorrie und Ivan standen an die Wand gelehnt da, er zündete den halb gerauchten Joint an und reichte ihn ihr. Sie nahm einen tiefen Zug und begann augenblicklich zu husten.

»Du musst den Rauch in der Lunge halten«, sagte er.

»Leck mich, Ivan, ich bin keine zwölf. Ich weiß, wie man kifft.«

Er sah zu, wie sie noch einen Zug nahm, diesmal mit mehr Erfolg.

»Lorrie, was ist los mit dir? Versteh mich nicht falsch, aber irgendwie wirkst du noch mehr durch den Wind als heute Nachmittag auf der Straße. Hast du wegen heute Morgen Ärger mit Philomena?«

»Wahrscheinlich. Aber das ist im Moment meine geringste Sorge.«

»Also, was ist es dann?«

Sie war sich nicht sicher, ob darüber zu reden ihr helfen würde, aber nicht darüber zu reden schien keine Option zu sein. Wie, bitte schön, sollte sie diese lächerliche neue Info für sich behalten? Das konnte sie einfach nicht.

»Ich habe gerade herausgefunden, dass meine *Freundin* Alex mit meinem *Ex-Freund geschlafen* hat«, verkündete Lorrie dramatisch und stieß, um ihren Worten Nachdruck zu verleihen, mit dem Joint in die Luft.

Ivan sah verwirrt aus.

»Deinem … Ex-Freund?«

»Ja!«

»Bist du nicht seit Anbeginn der Zeit mit Paul zusammen?«

»Ja, schon, aber vor Anbeginn der Zeit war ich mit Ruben zusammen. Glups Anwalt.«

»Ja, klar, stimmt. Ich glaube, das hast du mal erwähnt.« Ivan runzelte die Stirn. »Tut mir leid, falls ich schwer von Begriff bin, aber spielt es wirklich eine Rolle, ob deine Freundin mit ihm geschlafen hat? Ich meine, wann war das? Als ihr zusammen wart?«

»Ja!« Sie zögerte. »Na ja. Eigentlich weiß ich das nicht so genau. Vielleicht nicht, während wir zusammen waren. So genau hat er das nicht gesagt. Aber … falls es nicht während unserer Beziehung war, dann zumindest nicht lange danach. Und sie hat es nie erwähnt. Kein einziges Mal. In zwanzig Jahren nicht.«

Ivan nahm ihr den Joint wieder ab und zog nachdenklich daran.

»Uncool«, lautete sein abschließendes Urteil.

»SEHR UNCOOL.«

»Und was willst du jetzt machen?«

Sie pflückte ihm den Joint aus den Fingern.

»Den hier rauchen. Und dann werde ich …« Sie versuchte, sich etwas angemessen Rachsüchtiges einfallen zu lassen. »Ich werde meine Rede halten … und nach Hause gehen … und Paul davon erzählen.«

Ivan zog die Augenbrauen hoch.

»Damit zeigst du's ihr aber.«

»Ja. Sie wird in Pauls Achtung echt sinken.«

»Hat sie Paul auch gevögelt?«

»Meine Fresse, Ivan, halt einfach die Klappe.«

Auf einmal fiel ihr auf, dass sie das Jazz-Ensemble nicht mehr hören konnte. Aus der Lautsprecheranlage ertönte eine Danksagung vom Band an die örtlichen Aborigines, auf deren gestohlenem Land sie alle tranken und Kanapees aßen. Glups Assistentin Jane hatte sich in letzter Minute um diese Aufnahme gekümmert, nachdem die örtliche Aborigines-Gruppe, mit der Lorrie in Kontakt stand, von der Vereinbarung zurückgetreten war, eine Rauchzeremonie abzuhalten. (Kurz zuvor war bekannt geworden, dass Glups Firma GMG bei einem Bergbauprojekt in Westaustralien eine vierzigtausend Jahre alte Höhlenmalerei in die Luft gesprengt hatte.)

»Scheiße, Ivan, ich muss los. In einer Minute muss ich auf die Bühne.«

Sie eilte zurück zum Veranstaltungsbereich. Als sie sich der Bühne näherte, sah sie Harry und Philomena unten an der Treppe stehen. Harry ging seine Notizen durch, während Philomena misstrauisch in die Menge guckte. Als sie Lorrie auf sich zukommen sah, kniff sie die Augen zusammen.

»Du gehst da nicht hoch, Lorrie«, sagte sie mit gesenkter Stimme, als Lorrie sie erreichte. »Du bist betrunken.«

»Bin ich das?« Lorrie machte einen wilden kleinen Shimmy. »Vielleicht schon. Aber wenigstens bin ich lustig, wenn ich betrunken bin.«

Philomenas Gesicht verfinsterte sich.

»Ich will das nicht noch einmal sagen müssen, Lorrie. Eigentlich sollte ich das überhaupt nicht sagen müssen. Du weißt, dass du die Stadtverwaltung in diesem Zustand nicht vertreten kannst.«

Gerade wollte Lorrie etwas erwidern, da blickte Harry von seinen Notizen auf und legte ihr sanft die Hand auf den Arm.

»Lorrie, bitte. Ich weiß, dass dir diese Veranstaltung viel bedeutet, aber mit diesen furchtbaren Neuigkeiten über deine Mutter – da ist das einfach ein ungünstiger Zeitpunkt. Das ist eine sehr traumatische Situation, mit der du da fertigwerden musst.«

»Ja«, sagte Philomena. »Und offenbar verarbeitest du dieses Trauma auf eine … eine ziemlich seltsame Art.«

Lorrie fing an zu lachen. Sie schüttelte Harrys Hand ab und zerzauste ihm die tadellos ordentlichen Haare. So ein übler Kerl war er eigentlich gar nicht, dachte sie und wandte sich wieder an Philomena.

»Weißt du was, du hast recht, Phil. Ich fühle mich tatsächlich etwas seltsam. Aber vielleicht bin ich auch einfach nur ein seltsamer Mensch.«

»Aber die Krankheit deiner Mutter …«

»Weißt du was, meine Mutter hat sich auf wundersame Weise erholt. Sie ist nicht mehr krank. Du brauchst dir also keine Sorgen um mich zu machen.«

Philomena sah sehr müde aus. Sie legte Lorrie entschieden die Hand auf die Schulter.

»Hör bitte auf mit dem Quatsch, Lorrie. Mit Schambeinkrebs ist nicht zu spaßen. Es bleibt dabei: Du wirst heute Abend keine Rede halten. Harry stellt Glup vor, und dabei bleibt es.«

»Okay, Phil«, sagte Lorrie, dann wurde sie plötzlich von der wilden Energie der Gesetzlosen gepackt, befreite sich aus Philomenas Griff und sprang die Treppe hinauf auf die Bühne.

Oben am Rednerpult angekommen, wurde Lorrie schwindelig. Die Lichter, die die Bühne erhellten, waren grell, und sie wurde sich auf unangenehme Weise jeder Falte, jedes Röllchens und jeder Kurve ihres Körpers in ihrem billigen Jumpsuit bewusst.

Sie hob das Gesicht zum Publikum. Philomena hatte außen in der ersten Reihe Platz genommen und starrte Lorrie mit verschränkten Armen an – sie war wohl zu dem Schluss gekommen, dass es die Stadtverwaltung noch schlechter aussehen ließe, wenn sie Lorrie physisch von der Bühne zerrte, anstatt sie einfach sprechen zu lassen. Mit vor Sorge starrem Gesicht saß Harry neben ihr. Ganz hinten entdeckte Lorrie Ivan, der den Daumen in die Höhe reckte. Und ja, da war auch Alex, ganz am Rand, die Kamera neben sich. Ihre Blicke trafen sich, und sie lächelte Lorrie aufmunternd an.

Leck mich, Alex, dachte Lorrie.

Anfang der Woche hatte sie eine kurze Rede vorbereitet, damals, als alles noch gut lief, als sie noch glaubte, dass ihre Arbeitgeber sie mochten und respektierten und dass Alex ihre beste Freundin war, eine Freundin, der sie ihr nacktes, verletzliches Herz voll und ganz anvertrauen konnte. Sie hatte die Rede tagelang eingeübt – sie wollte sie ganz natürlich und selbstbewusst vortragen, als würde sie sie sich gerade spontan einfallen lassen. Aber jetzt, im Scheinwerferlicht, mit dem ganzen Gras und Alkohol und Versagen und Verrat, die ihr durch die Adern strömten wie die vier apokalyptischen Reiter, fiel ihr nicht einmal mehr der erste Satz ein.

Sie bückte sich nach ihrer Handtasche, die sie zu ihren Füßen auf die Bühne hatte fallen lassen, und holte ihre Notizen heraus. Das Papier war kaffeeverschmiert, vermutlich von ihrem Aufeinandertreffen mit Philomena auf der Straße. Sie schüttelte es glatt und richtete sich auf.

»Guten Abend«, begann sie. Das leise Gemurmel legte sich allmählich. »Mein Name ist Lorrie Hope. Ich bin Referentin und langjährige Mitarbeiterin bei der Stadtverwaltung.«

Selbst in ihren Ohren klang die Stimme, die aus den Lautsprechern dröhnte, ein wenig verwaschen. Vielleicht hatte Philomena recht gehabt. Vielleicht war sie *wirklich* zu betrunken, um eine Rede zu halten. Aber jetzt stand sie hier, auf der Bühne, vor diesen ganzen Menschen. Sie hatte den Berg erklommen; nun blieb ihr nichts anderes übrig, als hinunterzuspringen.

»Ich bin sehr stolz, Sie alle heute Abend hier begrüßen zu dürfen, um die Eröffnung von Gup Glardens zu feiern.«

Ein Raunen ging durch die Menge.

Lorrie hustete.

»Verzeihung – ich meine Gard Glupens.«

Das Publikum kicherte nervös.

»Glur Gludens. Gulp Girdins.«

Sie konnte sich nicht bremsen.

»Glam Glurpings. Grip Gonkins. Glum Glurters!«

»*Lorrie*«, zischte Philomena ihr zu, und der giftige Tonfall schnitt durch das verwirrte Lachen des Publikums.

»Ah – sorry. Sorry«, sagte Lorrie, hielt einen Finger hoch und holte tief Luft. »Lassen Sie mich das noch einmal versuchen.«

Während sie darauf wartete, dass sich die Menge beruhigte, biss sie sich in die Wange, um den hysterischen Lachanfall zu unterdrücken, der aus ihrer Kehle hervorzubrechen drohte. Sie startete einen neuen Anlauf.

»Willkommen in G-lup Gar-dens«, sagte sie, wobei sie die Wörter sorgfältig aussprach, wie jemand, der gerade erst lesen lernt. »Dieser schöne neue öffentliche Raum, an dem wir uns heute Abend alle erfreuen, ist nur der Anfang eines größeren Projekts, mit dem die Dächer der Stadt grüner und … äh …« Das nächste Wort in ihren Notizen konnte sie nicht entziffern, da die Tinte in einem dunklen Kaffeefleck verlaufen war. Sie guckte genauer hin, aber je angestrengter sie hinsah, umso mehr verschwamm die Schrift. Sie schaute auf und sah direkt in die kleinen wässrigen Augen von Sebastian Glup, der in der ersten Reihe saß.

»Das Projekt wird die Dächer der Stadt grüner und … glupschiger machen«, sagte sie.

Aus dem Publikum vernahm sie das unverkennbare Geräusch von unterdrücktem Gekicher. Sie sah wieder auf ihre Notizen. Es gab so viel, was sie sich zurechtgelegt hatte, aber die Wörter verschwammen zu einem langen, unsinnigen Satz.

wichtiger Schritt wirklich begeistert froh beteiligt
Emissionsreduzierung Klima grün Gemeinschaft
Großzügigkeit Schlüssel Partnerschaft Zukunft unglaublich

Sie hob wieder den Blick. Hinter dem Publikum war die Sonne gerade unter den Horizont gesunken. Dort, wo die Stadt den Himmel berührte, war ein schillernder Streifen aus Korallrot und Gold zu sehen und darüber eine Blüte aus pfirsichfarbenen Wolken, die in ein undurchdringliches Zwielicht übergingen.

»Sehen Sie sich das an«, murmelte sie. Die Zuschauer drehten die Köpfe, um ihrem Blick zu folgen. »Was für ein Ausblick auf das Ende der Welt.«

Am Rande ihres Sichtfelds nahm Lorrie Harry wahr, der ihr subtil eine Reihe von Zeichen gab. Sie konnte nicht entschlüsseln, was die Bewegungen zu bedeuten hatten. Vielleicht wollte er ihr mithilfe des Winkeralphabets eine passendere Ansprache übermitteln – es wäre so was von typisch für Harry, das Winkeralphabet zu kennen. Ihr fiel auf, dass auch Philomena aufgestanden war und in einer halb kauernden Position verharrte, als könnte sie sich nicht entscheiden, ob sie eingreifen oder Lorrie einfach ihr öffentliches Harakiri zu Ende bringen lassen sollte, damit die Sache endlich vorbei war.

Lorrie versuchte sich zu erinnern, warum sie so entschlossen gewesen war, diese Rede zu halten. Sie hatte Philomena übertrumpfen wollen ... um etwas einzufordern ... aber was? Welcher Sinn steckte dahinter? Sich die Anerkennung von Leuten zu erkämpfen, die ihr egal waren, für diesen Job, von dem sie nicht einmal mehr glaubte, dass sie ihn noch wollte? Wenn sie jetzt so darüber nachdachte, erschien ihr das nicht sonderlich sinnvoll.

Sie atmete langsam aus.

»Na, wie dem auch sei. Wissen Sie was? Ich glaube, mehr brauchen Sie nicht von mir zu hören. Hier ist der Kerl, für den Sie hergekommen sind. Der alte Mr Geldsack höchstpersönlich! Gluppopotamus für seine Freunde, Gluppalupagus für seine Feinde – der Unsägliche, der Unersetzliche, der strafrechtlich Unverfolgbare: Sebastian Glup.«

Als Lorrie vom Rednerpult zurücktrat, hatte sie das unheimliche Gefühl zu schweben, als hätte sich der Boden unter ihren Füßen verflüssigt. Unglaublich, aber sie hörte tatsächlich, ganz leise, schwachen Applaus. Ohne groß darüber nachzudenken, hielt sie Sebastian die Hand hin, als er an ihr vorbeiging. Er würdigte sie keines Blickes und rauschte an ihr vorüber. Vielleicht würden sie doch keine Freunde werden.

Auf halbem Weg die Treppe hinunter zögerte sie und versuchte, sich zu orientieren. Ein paar Leute im Publikum sahen sie immer noch neugierig an, als wäre sie die Hauptattraktion in einer Freakshow. Unter den ihr zugewandten Gesichtern war auch das von Philomena. Sie klatschte mechanisch, als Sebastian ans Rednerpult trat, aber in ihrem Blick lag bereits Lorries förmliche Abmahnung.

Sie wurde von einer Art schwindelerregenden Panik gepackt. In der Stadtverwaltung war sie erledigt. Völlig am Ende. Davon würde sie sich nicht mehr erholen. Selbst wenn sie noch so viele Mediationsgespräche mit einer der netten blonden Damen aus der Personalabteilung führte, ihr Ansehen bei Philomena ließ sich nicht wiederherstellen. Sie hatte sich losgesagt, war ausgebrochen wie ein kleiner Planet, der sich selbst aus seiner Umlaufbahn katapultiert hatte, um zu sehen, wie es ihm in einer weiter entfernten Galaxie ergehen würde.

Hinter ihr setzte Sebastian zu seiner Rede an.

»Wer auch immer diese Idiotin war«, begann er, »sie hat verdammt recht, dass ich strafrechtlich nicht verfolgt werden kann. Und die Finanzaufsicht täte gut daran, das nicht zu vergessen.«

Er stieß ein raues, bedrohliches Lachen aus, und das Publikum stimmte nervös mit ein. Lorrie wartete darauf, dass er noch mehr über ihre einleitenden Worte sagen würde, aber offenbar war er fertig mit ihr. Er begann mit seiner eigentlichen Rede – etwas von wegen in Glup Gardens spiegele sich sein langjähriges Engagement für Nachhaltigkeit wider, bla, bla, bla. Was für ein Schwachkopf, echt. Lorrie hatte die Schnauze voll von ihm, von Philomena, von Alex, von der Arbeit, von den ganzen Leuten im Publikum. Immer noch auf den Stufen stehend ließ sie den Blick über die Gesichter schweifen, die Glup zugewandt waren. Allesamt wirkten sie falsch.

Jeder Einzelne im Publikum hatte sein wahres, menschliches Ich in einen luftdicht verschließbaren Beutel gepackt und sein Gefühlsleben abgetrennt, damit der Sack aus Fleisch und Blut, der ihn herumtrug, unbeeinflusst von Emotionen seine Leistungskennzahlen effektiver erfüllen konnte.

Was sie sich jetzt wünschte, so sehr, wie sie sich noch nie etwas in ihrem Leben gewünscht hatte, war, nach Hause zu gehen. Sie wollte zu Paul, sie wollte zu ihren Kindern. Sie wollte Clara auf den Kopf küssen und Ruthies Stupsnase streicheln, hören, wie ihr Tag gewesen war, sie baden, ihnen ein Buch vorlesen, ihnen ein Gutenachtlied vorsingen. Sie wollte BH und Schuhe ausziehen und sich in ihrem unaufgeräumten Wohnzimmer auf die Couch legen, mit dem Kopf in Pauls Schoß, und ihm von ihrem grässlichen Tag erzählen, und er würde ihr alle Fehler verzeihen, die sie gemacht hatte. Sie wollte Pizza bestellen und vor dem Fernseher einschlafen. Sie wollte, dass dieser verfluchte Tag endlich vorbei war.

Lorrie hatte gerade den Fuß der Treppe erreicht, als Glups Rede abrupt endete. Eben hatte er etwas von der tiefen Verbundenheit von Glup Developments mit der Community erzählt, als er mitten im Wort abbrach. Lorrie drehte sich um und sah ihn mit zusammengekniffenen Augen in die Menge gucken, als hätte er etwas gesehen, das ihm nicht gefiel. Sie folgte seinem Blick und entdeckte, ohne zu verstehen, was genau sie da sah, eine schwarze Gestalt, die sich rasch auf sie zubewegte.

Es war eine der Kellnerinnen. Nicht irgendeine, sondern die mit den pinken Haaren, mit der sie Alex vorhin hatte sprechen sehen. Etwas in der Hand haltend rannte sie seitlich an den Stuhlreihen entlang. Sie schien sich auf Lorrie zu konzentrieren. Was wollte sie bloß von ihr? Nun hatte die Kellnerin sie erreicht, und Lorrie wollte etwas sagen – aber mit einem langen Satz schoss die Frau an ihr vorbei, wobei sie Lorrie aus dem Weg stieß, und stürmte die Treppe hinauf. Lorrie stolperte, taumelte zur Seite und stürzte auf die Hüfte. Ihr Schmerzensschrei wurde von einem kollektiven Luftschnappen übertönt und dann von einem Aufschrei aus der Menge.

Sie drehte den Kopf, um zu sehen, was auf der Bühne über ihr vor sich ging. Die Kellnerin stand hinter Sebastian und hatte ihm einen Arm um den Hals gelegt. Sie hielt ihm etwas an die Schläfe.

Verdammte Scheiße, war das etwa –

Alex beobachtete das Geschehen durch das Objektiv ihrer Kamera. Die kleine rechteckige Scheibe des Suchers zeigte die schwarze, mit Topfpflanzen geschmückte Bühne und das Rednerpult mit Glups Körper dahinter. Während der Ansprache – falls man das, was da eben passiert war, so nennen konnte – hatte sie die Kamera auf Lorrie gerichtet, aber die Aufnahme unterbrochen, nachdem Lorrie zu reden begonnen hatte. Sie glaubte nicht, dass Lorrie diesen Moment gern auf Band hätte: komplett zugedröhnt und hackedicht auf der Bühne. Erst als Glup aufgetaucht war, hatte Alex wieder mit dem Filmen begonnen, hatte das aggressive Schreiten zum Podium eingefangen und so weit herangezoomt, dass sein Oberkörper den Sucher ausfüllte. Das Bild war so gestochen scharf, dass sie bei genauem Hinsehen die einzelnen Poren auf seiner Nase erkennen konnte.

Alex war so auf Glup konzentriert, dass sie zwar die Reaktion des Publikums hörte, aber nicht so recht wusste, was vor sich ging, bis Dana im Sucher erschien, eine Waffe auf Glups Kopf gerichtet.

Entsetzt wich Alex von der Kamera zurück und sah zur Bühne, um sich zu vergewissern, dass sie sich das nicht nur eingebildet hatte. *Scheiße*. Damit hatte sie wirklich nicht gerechnet. Ja, die Future Earthlings hatten früher schon ein paar gefährliche und nicht ganz legale Aktionen durchgezogen – Laster mitten auf stark befahrenen Straßen geparkt, sich an Gebäude geklebt, während Sportveranstaltungen Signalraketen gezündet, nackt vor dem Parlamentsgebäude geflitzt –, aber mit körperlicher Gewalt hatten sie noch nie gedroht.

Würde man Alex mit dieser Angelegenheit, was auch immer das war, in Verbindung bringen? Vielleicht sollte sie die Aufnahme lieber stoppen – machte sie sich durch das Filmen zur Komplizin? Aber nein, den Teufel würde sie tun. Sie konnte auf keinen Fall aufhören zu filmen. Was auch immer geschah, das war das Einzige, was sie keinesfalls tun konnte. Das Entsetzen, das sie empfand, wurde von einem kranken Nervenkitzel überboten. Das hier würde sich in ihrer Doku *wahnsinnig gut* machen.

Eine Stille breitete sich aus, die nur von den fernen Verkehrsgeräuschen unter ihnen durchbrochen wurde. Alex zoomte ein wenig heraus, damit sie mehr von Danas und Glups Körpern sowie die Position ihrer Beine sehen konnte. Außer Atem von dem Lauf auf die Bühne schnappte Dana lauthals nach Luft. Auch Sebastian atmete geräuschvoll, aber sein Gesichtsausdruck verriet nichts.

Das Schweigen wurde von Danas Stimme gebrochen, die hoch und klar über das Dach schallte. Wie ein Bankräuber in einem Comic forderte sie alle auf, sich nicht zu bewegen. Alex warf einen Blick auf die Leute um sie herum. Unglaublicherweise gehorchte das Publikum. Gebannt blieben alle auf ihren Plätzen sitzen, als wären sie geradezu gelähmt vor Angst.

Alex schaute zurück zur Bühne. Auf Sebastians Stirn bildeten sich bereits Schweißperlen. Mit ihrem geschmeidigen Körper, den leuchtenden Haaren, den verrückten, dunklen, intelligenten Augen sah Dana neben Glup unerträglich schön aus – wie ein Panther neben einem Nacktmull.

Dana sprach, und ihre Worte hallten über das Dach. Sie zählte die Sünden der Familie Glup auf: Steuerhinterziehung, Fahrlässigkeit, Gier, Vertuschung, Betrug, Korruption, Ausbeutung, Diebstahl, Gewalt – die Liste war ziemlich lang. Während Dana redete, stand Glup ganz still da. Sein Blick war auf einen Punkt links von der Bühne gerichtet.

Alex drehte den Kopf, um zu sehen, wo er hinguckte. Zu einem großen, robust gebauten Mann in einem schwarzen Anzug, der sich über seiner Rückenmuskulatur spannte. Ein Bodyguard? Langsam, kaum wahrnehmbar, bewegte er sich seitwärts. Ein Teil von Alex wollte aufschreien, um Dana zu warnen, aber sie brachte keinen Ton heraus. Sie wollte sie warnen, aber noch mehr wollte sie, dass der Mann sie aufhielt, dass er sie daran hinderte, zu tun, was auch immer sie mit der Waffe zu tun gedachte.

Dana ging Glups Verbrechen der Reihe nach durch, lieferte die Beweise, nannte die Namen der Beteiligten und erinnerte an die Opfer. Eine Minenexplosion in Indonesien, Dutzende tote und verletzte Arbeiter, deren Familien nie entschädigt wurden. Ein Ölleck vor der Küste Südaustraliens, Tausende verendete Vögel, Fische und Robben. Verschmutzung einer Wasserstraße in Nigeria, die das Trinkwasser von Hunderttausenden Menschen vergiftet hatte. Bestechung von Politikern. Unterwanderung von Vorständen und Satzungsorganen. Entmündigung von lokalen Communitys, Manipulation der Medien, Desinformationskampagnen. Die endlose Produktion von Tonnen und Abertonnen fossiler Brennstoffe, der Brennstoffe, mit denen Autos fuhren, Flugzeuge flogen und Fabriken Güter herstellten und die die Erde schon bald ersticken lassen würden.

Es war faszinierend und fesselnd und herzzerreißend. Alex hatte den Eindruck, als würde Dana ein Epos vortragen und als würde die Geschichte, die sie erzählte, nicht nur von Sebastian Glup und seinen Unternehmen handeln, sondern von allem, jedem, überall – im Grunde von uns allen.

Warum unternahm niemand etwas wegen der Waffe? Es war unfassbar, dass alle bloß dasaßen, während jemand vor ihnen stand und einen anderen Menschen mit dem Tod bedrohte. Die Zuschauer waren wie ein Haufen verängstigter Kinder, dachte Alex, und zwar allesamt. Ihr kam der Gedanke, dass sie auf etwas warteten – auf das Läuten einer Glocke, auf einen Helden. Sie warteten darauf, dass ihnen jemand sagte, was zu tun war.

Nach einer gefühlten Ewigkeit, die in Wahrheit wahrscheinlich nur ein paar Minuten gedauert hatte, kam Dana allmählich zum Ende. Sie geißelte Sebastian und seine Unternehmen, sie geißelte die Stadtverwaltung dafür, dass sie mit ihm zusammenarbeitete, sie geißelte das gesamte Publikum, das vor ihm saß, ihm applaudierte, sich an diesem korrupten System beteiligte, das es Männern wie Glup ermöglichte, es bis an die Spitze zu bringen.

Während Danas Rede hatte sich der Bodyguard verstohlen wie eine Katze an den Rand der Bühne geschlichen, wo er nun außerhalb von Danas und Glups Blickfeld hinter ihnen stand. Die Hand lag an seinem Gürtel. Alex stockte der Atem.

Dana erreichte das Ende ihrer Rede.

»Ich verurteile Sie, Sebastian Rupert Glup, zu –«

Auf einmal verstummte sie. Das Publikum schnappte kollektiv nach Luft. Da war noch jemand auf der Bühne. Es war – Lorrie?

Oh, Scheiße. Verdammt! Alex spürte einen Anflug von Panik. Lorrie stand oben auf der Treppe, nur ein, zwei Meter vom Rednerpult entfernt, wo Dana immer noch den Arm um Glups Hals hatte. Beschwichtigend streckte Lorrie die Hände vor dem Körper aus, wie wenn man sich auf der Straße einem fremden Hund nähert. Was zum Teufel tat sie da? War sie jetzt völlig übergeschnappt?

»Ich weiß nicht, wer Sie sind, Lady«, sagte Lorrie leicht lallend, was Alex nicht gerade beruhigend fand. »Aber offenbar haben Sie ein paar sehr berechtigte Einwände.«

Dana grinste.

»Ach, finden Sie?«

»Glup hier scheint, na ja, ein Riesenarschloch zu sein. Der absolute König der Arschlöcher! Gar keine Frage. Er hat es auf jeden Fall verdient … auf irgendeine Art … zu leiden. Und die ganze Sache hier –«, sie wedelte mit dem Arm und deutete auf Dana, die Waffe und die Bühne, »das ist alles höchst dramatisch. Aber ich wollte Sie nur fragen – könnten Sie bitte, ähm, könnten Sie es vielleicht erst mal gut sein lassen? Würden Sie mir den Gefallen tun? Ich hatte nämlich echt einen harten Tag.«

Ein paar Sekunden lang sah Dana Lorrie an, als überlegte sie, wie sie antworten sollte. Dann schüttelte sie spöttisch den Kopf und drehte sich wieder zu Glup.

Sie führte die Waffe näher an Glups Schläfe. Ihre Stimme war streng und eindringlich.

»Ich verurteile Sie, Sebastian Rupert Glup, dazu, *Ihre verdammten Steuern zu zahlen.*«

Als Alex sich später daran zu erinnern versuchte, was sie als Nächstes gesehen hatte, fiel es ihr schwer, die Ereignisse in die richtige

Reihenfolge zu bringen. Natürlich hatte sie alles aufgezeichnet, aber noch in derselben Nacht hatte sie, ohne groß darüber nachzudenken, der Polizei ihre Kamera überlassen, die sie als Beweismittel für das Strafverfahren gegen Dana einbehalten hatte. Es dauerte Wochen, bis sie einwilligten, ihr eine Kopie auszuhändigen. Als Alex in der Zwischenzeit anrief und fragte, ob sie die Kamera zurückbekommen könne, behandelte man sie schroff, als könnte sie sich glücklich schätzen, dass sie nicht selbst strafrechtlich belangt wurde.

Natürlich war Alex nicht die Einzige mit Filmmaterial. Als Dana auf die Bühne gestürmt war, hatten eine Menge Leute im Publikum ihr Handy gezückt. Aus nahezu jedem Blickwinkel gab es pixelige Aufnahmen des Geschehens, und mehrere davon waren im Internet leicht auffindbar. Aber in den Tagen nach dem Vorfall konnte Alex sich nicht dazu durchringen, sich etwas davon anzusehen. Mit dem verworrenen Bildmaterial im Kopf leben zu müssen, war schon schlimm genug.

In ihrer Erinnerung machte Lorrie noch ein paar Schritte auf Dana und Glup zu, und dann gab es eine Reihe von Bildern, die sie nicht mehr sortiert bekam: Danas zitternde Hand – ein Finger spannte sich – Glup fiel auf die Knie – jemand sprang auf die Bühne – Schreie –

Und irgendwann ertönte ein Geräusch, das laut genug war, um ein Loch in den Himmel zu reißen.

TEIL 7

Epilog

Lorrie hatte nicht beabsichtigt, mit ihrem Auftritt auf der Bühne ihr Leben aufs Spiel zu setzen. Sie war betrunken gewesen und ein bisschen high, und womöglich hatte sie mitten in einem kleinen Nervenzusammenbruch gesteckt, aber komplett den Verstand verloren hatte sie nicht. In Wahrheit verhielt sich das so: Sie war näher an der Bühne gewesen als alle anderen und hatte sehen können, dass die Waffe in Danas Hand zu leicht war, zu minderwertig aussah, um echt zu sein. Unten an der Bühne, von wo aus Lorrie die Waffe gesehen hatte, nachdem Dana sie beiseite geschubst hatte, von diesem Winkel aus war es offensichtlich gewesen, dass die Unterseite der Waffe aus billigem Plastik bestand. Soweit Lorrie das beurteilen konnte, war Dana eine leidenschaftliche Umweltaktivistin – ganz offensichtlich eine etwas durchgeknallte, theatralische –, aber wie eine eiskalte Mörderin kam sie Lorrie nicht vor.

Lorries Theorie stellte sich als richtig heraus: Die Pistole, die Dana Sebastian an den Kopf hielt, war eine Requisite, die sie aus dem Fundus der Improvisationstruppe hatte mitgehen lassen, mit der sie gelegentlich am Wochenende abhing.

Leider hatte Lorrie den Bodyguard nicht bedacht. Im Gegensatz zu Danas Pistole war seine aus Metall und mit Kugeln gefüllt. Diese Waffe war es, die den Himmel aufriss und Blut, Schreie und Chaos verursachte. Der Bodyguard drückte ab, und ein kleiner, harter Zylinder, der zu nichts anderem bestimmt war, als ein Leben zu beenden, durchbohrte das Fleisch an Danas Oberarm. Sie ließ ihre Attrappe fallen und Sebastian los, der in die Knie sank. Die Kugel, die ein Loch in Danas Körper gerissen hatte, gab sich noch nicht zufrieden. Sie zischte weiter durch die Luft, bis sie ihr endgültiges Ziel erreichte: das Innere von Lorries Brust, nur wenige Zentimeter von ihrem Herzen entfernt.

So viel Blut überall. Gott sei Dank, sagten danach alle, Gott sei Dank war Harry Mercado da. Während Dana den Bodyguard anbrüllte, dass er *ihr in den verdammten Arm geschossen und eine Frau getötet hatte*, und Philomena immer noch im Publikum saß und eine ausgewachsene Panikattacke durchlebte und Alex immer noch alles filmte, während das alles geschah, sprang Harry, der einen Erste-Hilfe-Schein von der St John Ambulance hatte, auf die Bühne, riss sich die Jacke vom Leib und drückte sie Lorrie auf die Wunde, wodurch er verhinderte, dass in der Zeit, bis die Sanitäter eintrafen und Lorrie, Dana und Glup ins Krankenhaus brachten, der starke Blutverlust zum tödlichen Blutverlust wurde.

Das alles war acht Monate her. Lorrie hatte sich gut erholt. Manchmal tat die Stelle, in der die Kugel gesteckt hatte, immer noch weh, als wollte ihr Körper sie in regelmäßigen Abständen daran erinnern, was sie ihm zugemutet hatte – und was für eine Idiotin sie gewesen war.

Sobald sie fit genug war, fing sie an, täglich spazieren zu gehen, zum einen, um ihren Körper bei der Heilung nach der Operation zu unterstützen, und zum anderen, weil sie dachte, dass sie dadurch die paar Kilo fernhalten konnte, die sie seit der OP abgenommen hatte. (Wie sich herausstellte, war angeschossen zu werden deutlich effektiver als jede noch so strenge Diät.) Manchmal kamen ihre Töchter mit, und alle drei gingen in Claras langsamem Kleinkindtempo, hielten alle paar Meter an, um ein Blatt, eine Feder oder einen besonders bemerkenswerten Backstein zu untersuchen, und Ruthie ließ sich lang und breit über ihre neuen magischen Fähigkeiten oder ihre jüngste noble Mission aus – Themen, für die Lorries Geduld seit dem Flirt mit der Sterblichkeit vor Kurzem ganz neue Ausmaße erreicht hatte.

Meistens jedoch machte sie diese Spaziergänge allein, verbrachte halbstündige Intervalle außerhalb des Hauses, hörte auf Kopfhörern Musik oder ließ einfach nur die Geräusche der Welt auf sich einprasseln – das Schackern der Elstern, den rumpelnden Verkehr auf der Bell Street, den Wind. Diese Spaziergänge fand sie wunderbar und zugleich beunruhigend. Zeit allein zu verbringen, ganz allein zu sein, war aufregend und beängstigend, als wäre sie plötzlich losgelöst von der Schwerkraft – ja, sie konnte fliegen, was durchaus aufregend war – aber alles, was sie kannte und liebte, war immer noch fest mit dem Boden verbunden.

Heute war sie allein unterwegs, aber sie schlenderte nicht wie sonst ziellos umher. Heute war sie auf dem Weg zu einem Café ein paar Kilometer von ihrem Haus entfernt, das eine grimmige Deutsche mit Dreadlocks führte, die Lorrie manchmal behandelte, als wäre sie eine alte Freundin, und manchmal, als sähe sie sie zum ersten Mal.

Sie war dort mit Alex verabredet.

Sie hatten sich nicht mehr gesehen, nicht seit Glup Gardens. Alex hatte versucht, mit Lorrie im Rettungswagen mitzufahren, durfte aber nicht – zum einen aus Platzmangel und zum anderen, weil Lorrie, als sie sich ihr näherte, etwas stöhnte, das ganz nach *Verpiss dich und geh sterben* klang, und die Sanitäter daher vorschlugen, dass Alex ihr vielleicht etwas Freiraum lassen sollte. Als Lorrie nach der Operation aufwachte, bat sie Paul, Alex auszurichten, sie wolle sie nicht sehen.

Eigentlich hatte Lorrie eine Weile lang überhaupt niemanden sehen wollen. In dieser seltsamen Übergangszeit der Genesung wollte sie nichts anderes, als mit Clara und Ruthie auf der Couch kuscheln und sich immer wieder *Frozen II* ansehen, bis alle drei sämtliche Dialoge und jedes Wort von jedem Lied von vorne bis hinten auswendig kannten.

Clara wachte immer noch viel zu früh auf, aber sie hatte sich in den Tagen nach Glup Gardens, während Lorrie im Krankenhaus lag, von der Brust entwöhnt, und so holte Lorrie sie, anstatt sie zu stillen, zu sich und Paul ins Bett und kitzelte sie leicht am Arm, bis sie beide wieder einschliefen.

Paul nahm sich von der Arbeit frei, und Anne kam häufig vorbei. (»Ach Liebling, du hast ja so viel abgenommen!«, hatte sie beim dritten Besuch begeistert ausgerufen. »Du solltest dich öfter anschießen lassen!«) Ansonsten gestattete Lorrie es nur einem weiteren Menschen, sie zu besuchen, und zwar Harry, dem sie, nachdem er sie offenbar vor dem Verbluten auf dem Dach gerettet hatte, zähneknirschend wohlgesinnt war. Harry hatte ihr köstliche französische Macarons mitgebracht, nach denen die Kinder ganz verrückt waren und die er wohl selbst gebacken hatte, nachdem er einen Abendkurs in französischer Backkunst belegt hatte. »Eigentlich ist er ganz nett«, bemerkte Paul hinterher, »für einen Typen mit Händen so groß wie eine Babyratte.«

Ivan hatte ein Carepaket vorbeigebracht, bestehend aus einer Flasche Gin aus einer kleinen Manufaktur und einem großen Tablett mit Hasch-Brownies, von denen er sagte, er wolle sie kommerziell verkaufen, sobald Marihuana legalisiert werde. Philomena hatte Lorrie einen großen Blumenstrauß samt Genesungskarte geschickt, auf deren Vorderseite ein inspirierendes Zitat von Arianna Huffington stand: *Scheitern ist nicht das Gegenteil von Erfolg, es ist ein Teil davon.*

»Alter, was soll der Scheiß?«, sagte Lorrie zu Paul, bevor sie die Karte in den Mülleimer warf.

In den Tagen nach der Operation meldeten sich Nachrichtenredaktionen aus aller Welt bei ihr und baten um ein Interview. Ein Video von Lorrie, wie sie auf die Bühne ging, um Dana davon abzuhalten, Glup mit der unechten Pistole zu erschießen, war viral gegangen (»Sie werden nicht glauben, was passiert, wenn diese inspirierende zweifache Mutter in eine Geiselnahme eingreift«, titelte die *Daily Mail*). Aus einem weiteren Video, das zeigte, was tatsächlich passiert war, als Lorrie in die Geiselnahme eingegriffen hatte (nämlich dass Lorrie, nachdem sie angeschossen worden war, wie ein Zirkusclown mit den Armen wedelnd nach hinten umfiel), hatte jemand ein GIF gemacht, das nun der erste Googletreffer war, wenn man »fette Frau fällt um« eintippte.

Lorrie lehnte alle Anfragen nach einem Kommentar ab. Ihr war bewusst, dass sie sich von den Medien als Heldin darstellen ließ, auch wenn das absolut nicht der Wahrheit entsprach – aber die ganze Angelegenheit war ihr zu peinlich, um die Sache richtigzustellen.

Eine Woche nachdem alles den Bach runtergegangen war, schickte Alex eine lange Mail über das, was in jener Nacht vor zwanzig Jahren mit Ruben vorgefallen war. Sie hatte durch Zoe von Rubens Geständnis erfahren und das Bedürfnis, den Vorfall zu erklären. So wie Lorrie das verstand, war Alex' Erklärung, dass sie zu ihrer eigenen Überraschung festgestellt hatte, dass sie mit Ruben schlafen wollte, und so hatte sie eben mit ihm geschlafen.

Ich wollte dir nicht wehtun, schrieb Alex.

Ich verspreche, dass das nicht geplant war. Es war einfach dumm und egoistisch – ich glaube, gerechtfertigt habe ich das vor mir selbst, weil das mit euch schon vorbei war, und es war ja nicht so, dass ich ihn dir ausgespannt hätte. Aber ich habe es sofort bereut. Der einzige Grund, warum ich dir damals nichts davon erzählt habe, war, dass es dir zu sehr wehgetan hätte, das zu hören.

Was du nicht sagst, dachte Lorrie. Sie antwortete nicht.

Ein paar Tage später schrieb Alex noch einmal und fragte, ob sie Lorrie für ihre Doku interviewen dürfe. Das entfachte Lorries Zorn so sehr, dass sie eine ausführliche Antwort voller Großbuchstaben und Schimpfwörter verfasste, in der sie darlegte, warum sie *keinesfalls* in Alex' Doku auftreten oder überhaupt jemals wieder mit ihr sprechen würde.

Sie zeigte den Entwurf Paul, der ihr vorschlug, ihn vor dem Absenden noch eine Weile ruhen zu lassen, was sich als guter Rat erwies. Letzten Endes löschte sie ihn und verschob Alex' Mail unbeantwortet in den Spam-Ordner.

Aber das alles war Monate her. Seitdem hatte die Zeit getan, was sie immer tat: Sie war vorangeschritten und hatte Lorries Wut so weit abklingen lassen, dass sie keine scharfen Kanten mehr hatte, sondern nur noch wie ein glatter Stein auf dem Grund ihres Bauchs lag.

Dann, letzte Woche, sah Lorrie, dass Alex ihr eine Facebook-Einladung zur Vorpremiere ihrer Doku geschickt hatte. Sie überlegte, sie zu ignorieren – aber dann stellte sie fest, dass sie das nicht wollte. Nein, sie wollte diesen Film sehen, über den überall Kritiken geschrieben wurden, vom *New Yorker* bis zur *Times of India*, weil er eine »komplexe und vielschichtige Betrachtung« der »Grenzen des akzeptablen Protests« angesichts einer existenziellen Bedrohung darstellte. Schließlich waren Lorrie selbst und das, was ihr widerfahren war, mit ein Grund dafür, dass der Film schon vor seiner offiziellen Veröffentlichung so viel Aufmerksamkeit erhielt.

Sie stieß einen Seufzer aus und nahm die Einladung an.

Offenbar verstand Alex das als das Hissen einer weißen Fahne, denn innerhalb einer Stunde schickte sie Lorrie eine Nachricht mit der Bitte, sich auf einen Kaffee zu treffen.

Als Lorrie ankam, war Alex bereits im Café. Sie saß an einem Tisch am Fenster und las ein Buch. Die Sonne blendete sie, und als Lorrie auf sie zuging, sah sie auf und kniff die Augen zusammen, als hätte sie Schwierigkeiten, sie zu erkennen.

»Lorrie«, sagte sie und stand auf. »Wie geht's dir?«

»Ziemlich gut, danke«, sagte Lorrie und beugte sich unbeholfen vor, um ihr einen Kuss auf die Wange zu geben. »Wohl besser als beim letzten Mal.«

Alex lachte kurz auf, ein bisschen gezwungen.

»Na ja, da hängst du die Messlatte aber ziemlich tief – beim letzten Mal bist du angeschossen worden und hast aus einer Wunde in der Brust geblutet.«

»Im wörtlichen *und* im übertragenen Sinn«, sagte Lorrie, setzte sich und warf Alex einen Seitenblick zu.

Alex verzog das Gesicht und sah aus, als wollte sie etwas sagen, aber in dem Moment brachte Hilda, die Deutsche, die das Café führte, Alex ihren Long Black.

»Das Übliche?«, fragte Hilda und musterte Lorrie kritisch, als ob ihre Standardbestellung – heiße Schokolade mit fettarmer Milch – sowohl ein geschmackliches Versagen als auch ein moralisches Scheitern darstellte.

»Ja, danke, Hilda. Und vielleicht ein Croissant?«

Als sie weg war, saßen Lorrie und Alex schweigend da. Keine von beiden wusste so recht, wo sie anfangen sollte.

»Also«, sagte Alex schließlich. »Arbeitest du immer noch, ähm, in der Stadtverwaltung?«

Lorrie nahm die laminierte Speisekarte vom Tisch und tat, als würde sie sie lesen.

»Warum? Hast du gedacht, dass sie mich nach meiner unglaublichen Rede rausgeworfen haben?«

»Nein, ich meine, ich dachte bloß ... ich dachte, du hättest gesagt, du überlegst, dich anderweitig umzusehen ...«

»Wahrscheinlich hätten sie mich auch rausgeschmissen. Oder abgemahnt. Oder mir so lange die kalte Schulter gezeigt, bis ich aus freien Stücken gekündigt hätte. Aber ich glaube, wahrscheinlich hatten alle Mitleid, weil ich angeschossen wurde und so, und darum haben wir quasi alle beschlossen, die ganze Geschichte mit dem Nervenzusammenbruch und der Rede und allem einfach aus unserem kollektiven Gedächtnis zu streichen.«

»Wow, wirklich? Ich hatte schon Angst, dass du wegen der ganzen, äh, Gluppopotamus-Sache Ärger bekommst.«

»Na ja, klar, bei Glup kam das weniger gut an, aber ich glaube, unterm Strich war er eher stinkig, weil er fast einen Kopfschuss bekommen hätte. Er war so sauer wegen der Nummer, die die Future Earthlings abgezogen haben, dass er uns die Mittel für das Green-Cities-Programm gestrichen hat – er hat die Stadtverwaltung dafür verantwortlich gemacht, dass es so weit gekommen ist, was ich ziemlich unfair fand.«

»Ach Mist, Lorrie, das tut mir so leid. Ich hatte echt keine Ahnung, dass Dana das tun würde.«

»Ehrlich, Alex?«

Alex rutschte unbehaglich auf ihrem Stuhl herum.

»Okay, dass *irgendwas* passieren würde, wusste ich schon. Ich hatte nur keine Ahnung, dass es … das sein würde.«

Lorrie wandte den Blick von Alex ab. Am Nebentisch hatte sich ein kleiner Junge zwei kalte Pommes in die Nase gesteckt und ächzte, um seinen jüngeren Bruder zu erschrecken.

»Hast du eigentlich noch Kontakt zu Dana?«

»Na ja – sozusagen. Ich habe sie für meine Doku interviewt, als sie auf Kaution draußen war. Sie bereut die ganze Sache schon ziemlich.«

»Ich vermute, im Gefängnis hat sie genug Zeit, ihren Kummer zu verarbeiten.«

»Sie hat nicht damit gerechnet, dass tatsächlich jemand verletzt wird.«

»Nein, hat sie wohl nicht.« Lorrie sah zu Alex und schlug einen sanfteren Ton an. »Das mit der Anzeige tut mir leid. Damit hatte ich nichts zu tun.«

Alex winkte ab.

»Lorrie, ich hoffe, du weißt, dass ich es dir sagen wollte. Versucht hab ich's ja, aber du hast dich nicht gerade, ähm, empfänglich gezeigt … und dann war da noch die ganze Sache mit Zoe … Ich meine, es war für uns alle ein schräger Tag, oder? Aber ich versichere dir, dass ich dir davon erzählt hätte, wenn ich gedacht hätte, dass sie was Gefährliches planen.«

Lorrie betrachtete Alex und versuchte sich zu entscheiden, ob sie ihr glauben wollte. Schließlich nickte sie.

»Okay. Na, jedenfalls haben wir es geschafft, das Projekt stattdessen durch die Landesregierung finanziert zu bekommen. Die meisten Gärten können also wie geplant umgesetzt werden.«

»Das ist super! Aber ich hoffe, du hast nicht … ich meine, bei dir auf der Arbeit glauben die aber nicht, dass du was damit zu tun hattest, oder?«

Lorrie zuckte die Achseln.

»Na ja, zumindest macht mich Philomena anscheinend nicht für Danas Aktion verantwortlich, selbst nachdem herausgekommen ist, dass ich dafür gesorgt habe, dass du dabei sein konntest und du mit den Future Earthlings in Verbindung stehst.« Sie unterbrach sich und runzelte die Stirn. »Hmm, so genau weiß ich das eigentlich gar nicht. Vielleicht hat sie mir ja doch die Schuld daran gegeben? Gesagt hat sie jedenfalls nichts – zumindest nicht direkt. Allerdings hat sie darauf bestanden, dass ich eine Zeit lang in Therapie gehe, angeblich, weil sie befürchtet, ich könnte eine posttraumatische Belastungsstörung entwickeln – Arbeitsschutz hat sie schon immer großgeschrieben – und auch, weil sie denkt, ich könnte etwas Unterstützung gebrauchen, um mit der Schamkrebsdiagnose meiner Mutter fertigzuwerden.«

»Oje.«

»Ja. Das war jedenfalls interessant. Aber sonst läuft's ganz gut – ich überlege sogar, mich um eine Beförderung zu bewerben.«

Alex zog die Augenbrauen eine Spur Richtung Decke.

»Du erinnerst dich an Harry – den Typen, dem sie statt mir die Teamleiterstelle gegeben haben?«, fragte Lorrie.

»Ja, klar. Der Schrumpfhand-Mann, stimmt's? Hat er's vergeigt? Hat er heimlich Gelder veruntreut? Mit seiner Sekretärin geschlafen?«

»O Gott, nein. Eigentlich war er sogar ein ziemlich guter Teamleiter, nur ein bisschen unerfahren. Und Sekretärinnen haben wir gar nicht, kopieren müssen wir schon selbst – ziemlich lächerlich. Na, jedenfalls geht Harry ins Ausland, um als Freiwilliger bei den Vereinten Nationen Vertriebenen in Syrien zu helfen. Hab ich dir erzählt, dass er Arabisch spricht? Manchmal denke ich, er hat kein anderes Ziel im Leben, als dafür zu sorgen, dass ich mich schlecht fühle. Auf jeden Fall hat Philomena vorgeschlagen, dass ich mich um die Stelle als Teamleitung bewerben sollte, jetzt, wo sie wieder frei geworden ist.«

»Wow. Okay, das ist doch ein gutes Zeichen, oder?«

Lorrie verschränkte die Arme hinter dem Kopf, wodurch sich eine Verspannung im Nacken löste.

»Weißt du, ich bin mir gar nicht sicher, ob ich das wirklich machen will – eigentlich war ich noch nie scharf darauf, eine Führungskraft zu werden. Außerdem hat gerade eine neue Staffel von *Bachelor in Paradise* angefangen – ich habe also so schon eine Menge um die Ohren.«

Alex lachte. »Ich denke doch, in diesem Fall wäre Multitasking machbar.«

»Um ehrlich zu sein, der Hauptgrund für mein Zögern ist, dass ich überlege, zurück an die Uni zu gehen.«

»Echt? Willst du promovieren? Ich kann mir dich schon richtig als Akademikerin vorstellen. Professor Hope.«

»Promovieren? Gott, nein. Lieber würde ich sterben. Nein, ich habe überlegt, etwas ganz anderes zu machen – vielleicht was mit Landschaftsarchitektur? Ich habe mich noch nicht ganz entschieden.« Sie wartete, während Hilda ihr das Gebäckteilchen und die heiße Schokolade brachte. »Nach der Glup-Gardens-Sache hatte ich eine Menge Zeit zum Nachdenken, und mir ist klar geworden, dass mein Leben im Moment eigentlich ganz schön ist, weißt du? Ich meine, ich liebe Paul, ich liebe meine Kinder, ich genieße meine Arbeit – zumindest größtenteils. Ich bin mir nicht sicher, ob ich irgendetwas Weltbewegendes tun muss, ob ich ständig nach etwas *streben* muss, damit mein Leben lebenswert ist.«

»Hmm, da ist was dran«, sagte Alex, klang aber nicht, als würde sie glauben, dass da was dran wäre. »Aber – ich meine, du hast so viel Potenzial, Lorrie. Vergiss das nicht. Du könntest alles Mögliche tun. Du bist noch nicht mal vierzig!«

»Ich weiß nicht. Muss ja nicht jeder eine Amal Clooney sein.« Sie löffelte sich mit Schokolade bestäubten Milchschaum in den Mund. »Ist ja auch egal, ich spiele gerade sowieso nur mit dem Gedanken. Aber was ist mit dir? Wie läuft's mit Zoe?«

Alex stützte den Ellbogen auf den Tisch und das Kinn auf die Hand.

»Nicht gut. Nach Glup Gardens haben wir uns noch ein paarmal getroffen, aber ich war so damit beschäftigt, die Doku fertigzustellen … und überhaupt, nach Glup Gardens war es, als ob der Funke erloschen wäre, zumindest bei ihr. Ich dachte wirklich, ich wäre verliebt, weißt du ... aber für mich hat sich dadurch einfach nur bestätigt, dass Verliebtsein nichts für mich ist. Das war alles so chaotisch und schmerzhaft. Es hat ewig gedauert, bis es mir wieder einigermaßen gut ging.«

Lorrie sah sie nachdenklich an. Sie glaubte immer noch, dass Alex und Ivan gut zusammenpassen würden, wenn sie sie nur davon überzeugen könnte, einander eine Chance zu geben.

»Ich weiß, das ist ziemlich radikal, Alex, aber vielleicht kannst du ja eines Tages mal in Erwägung ziehen, dich in einen Menschen zu verlieben, der auch bereit ist, sich in dich zu verlieben.«

»Hm, ja, in der Theorie klingt das wunderbar – aber in der Praxis finde ich diese Leute einfach nie besonders interessant.« Alex zog einen Mundwinkel nach oben. »Ich meine, ich dachte wohl, Zoe wäre auf gewisse Weise dazu bereit. Sie hat immer mal angedeutet, dass sie Probleme mit Ruben hatte. Aber wenn es wirklich hart auf hart gekommen wäre, dann hätte sie ihn nicht verlassen.«

»Meinst du nicht?«

»Nein, wirklich nicht. Und weißt du, wenn sie mit mir hätte zusammen sein wollen, richtig zusammen – ich glaube, das hätte mich echt glücklich gemacht, zumindest für eine Weile. Aber ich habe viel darüber nachgedacht und ich bin einfach nicht davon überzeugt, dass Glück für mich das Endziel ist.« Sie kniff reumütig die Lippen zusammen. »Manchmal denke ich, die ganze Zeit so verdammt unzufrieden zu sein, ist vielleicht der einzige Grund, warum ich überhaupt was erledigt bekomme.«

Lorrie klappte den Mund auf, um zu widersprechen, schloss ihn aber wieder. Sie dachte an ihr eigenes Leben. Sie war doch glücklich, oder? Ja. Das war vermutlich keine vernünftige, moralisch korrekte oder gesunde Reaktion auf die kaputte Welt, in der sie lebte, aber das änderte nichts an der Wahrheit: Sie war glücklich. Im Großen und Ganzen hatte sie einen Scheiß erreicht, aber glücklich war sie.

Vielleicht hatte Alex recht. Vielleicht lag der Schlüssel zum Erfolg tatsächlich in ständiger Unzufriedenheit.

»Ruben und Zoe sind also immer noch zusammen?«, fragte sie, biss in ihr Croissant und hielt einen Moment lang inne, um die buttrig-leichte Gaumenfreude auszukosten.

»Ich glaube schon. Wenn du mich fragst, ist das keine gesunde Beziehung – sich gegenseitig wehzutun ist für sie die einzige Möglichkeit, sich verbunden zu fühlen.«

»Wenn's funktioniert«, sagte Lorrie und erlaubte sich ein mattes Lächeln.

Alex sah hinunter auf ihre Tasse und drehte sie langsam auf der Untertasse. Schließlich trank sie den Rest Kaffee mit einem großen Schluck aus und lehnte sich vor.

»Lorrie, hast du – hast du meine Mail über Ruben bekommen?«, fragte sie leise, als wäre sie sich nicht sicher, ob Lorrie sie wirklich hören sollte. »Über das, was damals zwischen uns vorgefallen ist?«

Lorrie nickte. Alex lehnte sich wieder zurück und senkte den Blick.

»Es tut mir so leid. Ich hab Scheiße gebaut. Ich wünschte, es wäre nie passiert oder dass ich damals zumindest ehrlich zu dir gewesen wäre.«

Lorrie lachte kurz auf.

»Stell dir vor, wie verdammt sauer ich gewesen wäre, wenn du mir damals davon erzählt hättest. Ich wäre dir wahrscheinlich an die Gurgel gegangen!«

»Ja, wärst du vermutlich«, sagte Alex und sah nervös auf, als wüsste sie nicht, ob sie auch lachen durfte.

»Ich war so verrückt nach dem Kerl.«

»Warst du wirklich.«

Lorrie holte tief Luft.

»Ich war stinksauer auf dich, als Ruben mir davon erzählt hat. Das war unglaublich mies von dir, wo du doch ganz genau wusstest, was ich für ihn empfunden habe.«

Alex nickte und ließ das Kinn auf die Brust sinken.

»Ich meine, ich weiß, dass er nicht gut für mich war«, fuhr Lorrie fort. »Das habe ich sogar damals schon eingesehen. Aber ich war in ihn verliebt, auf meine bescheuerte Art und Weise, und du hast das gewusst. Das hättest du respektieren sollen – du hättest *mich* respektieren sollen, Alex.«

»Ich weiß. Das tut mir wirklich leid.«

Eine Weile lang schwiegen beide. Um sie herum gingen die lebhaften Geräusche im Café weiter: das Klappern von Besteck, das Zischen der Kaffeemaschine, das Gegacker der Kinder im Zuckerrausch am Nachbartisch. Alex hielt den Kopf gesenkt. Sie sah todunglücklich aus.

Schließlich ergriff Lorrie wieder das Wort.

»Aber das alles ist schon lange her«, sagte sie. »Und mir ist aufgefallen, dass ich nicht sonderlich gut darin bin, nachtragend zu sein. Ich habe festgestellt, zu versuchen, weiter auf dich böse zu sein, ist ... na ja ... äußerst langweilig.«

Sie streckte den Arm über den Tisch und legte ihre Hand auf die von Alex. Alex sah auf. Sie drehte die Hand um, sodass sich ihre Handflächen berührten.

Einen Moment lang sahen sich die beiden an.

»Also erzähl mal«, sagte Alex, »was ist schlimmer: ein Schuss in die Brust oder sich zu langweilen?«

Lorrie drückte ihre Hand.

»Her mit euren Kugeln, ihr Pisser.«

Und dann fingen sie beide an zu lachen.

Danksagung

Danke an meinen Lektor Ian See und meine Lektorin Alaina Gougoulis und an das gesamte Team von Text, die dieses Buch mit so viel Begeisterung unterstützt haben – ich hätte mir keine bessere Erfahrung mit einem Verlag wünschen können.

Danke an alle an der Faber Writing Academy, insbesondere an meine Tutorinnen Emily und Sophie, und an alle meine talentierten Mitstudierenden, die mir geholfen haben, Teile dieses Romans herauszuarbeiten.

Danke an meine frühen Leser und Leserinnen Lou, Sophie, Sime und meine Mutter für das ganze Feedback und ihren Zuspruch.

Danke an meine Eltern, die mich mit dem Gedanken aufwachsen ließen, dass Schreiben eine lohnende Beschäftigung ist. Danke auch an Sime, der an dem Abend, an dem wir uns kennenlernten, begriff, dass ich eine Schriftstellerin bin, und der mich auch weiterhin als eine betrachtet hat, selbst in den langen Phasen, in denen ich nichts geschrieben habe.

Und schließlich danke ich meinen lieben Kindern dafür, dass sie so witzig, originell und entzückend sind.

Edna St. Vincent Millay ›Sonett 41‹ (S. 21) wurde zitiert nach: Edna St. Vincent Millay ›ich lebe, ich vermute. Sämtliche Sonette‹ (S. 93). Übersetzt und herausgegeben von Günter Plessow, EDITION SIGNAThUR, Dozwil 2018.

FSC
www.fsc.org
MIX
Papier | Fördert gute Waldnutzung
FSC® C083411

Das bei der Produktion dieses Buches entstandene CO_2
wurde durch die Finanzierung von Klimaschutzprojekten kompensiert:
climate-id.com/17531-2110-1001/de

Die englische Originalausgabe erschien 2023 unter dem Titel ›The Opposite of Success‹ bei Text Publishing, Melbourne.

1. Auflage 2024

Übersetzung: Claudia Voit
Lektorat: Nina Hübner
Umschlaggestaltung: Lübbeke Naumann Thoben, Köln
Satz: Fagott, Ffm
Gesetzt aus der Adobe Garamond
Druck und Verarbeitung: CPI books GmbH, Leck
Gedruckt auf säurefreiem und chlorfrei gebleichtem Papier
Printed in Germany
ISBN 978-3-8321-6944-2

www.dumont-buchverlag.de